그물코 한국문학

# 그물코한국문학 ①

**한혜선 지음**

**풀빛**

## 책 머리에

한국문학은 어떤 특색을 보이며 이어져왔을까?

문학작품과 작가의 생애, 그리고 시대적 상황을 어떻게 하나로 묶어서 이야기할 수 있을까?

문학은 그 안에 담겨진 것으로만 판단해야 하는 것이 문학비평의 본질이다. 문학을 연구하는 방법에는 내재적 비평과 외재적 비평이 있다. 문학작품만을 연구 대상으로 하는 것은 내재적 비평이다. 문학작품과 작가의 생애, 그리고 시대와 사회를 함께 연구하는 것은 외재적 비평이다.

이 책에서는 이 두 관점을 합쳤다.

그 작품이 무엇을 이야기하려고 했는가? 또 그 작품의 문학성은? 왜 작가는 그 작품을 썼을까? 또 시대마다 보여주는 문학정신은 무엇일까?

이 책에서는 이러한 문제들을 탐구하였다.

이 책이 읽는 이들에게 도움이 되었으면 좋겠다. 하나 부탁하고 싶은 것은 이 책을 머리로 읽는 것이 아니라, 마음속에 담기를 바란다. 이 책은 암기를 위해서 씌어진 것이 아니다. 문학이 무엇인지 알고, 더 친밀하게 사귈 수 있고, 더 가까이 다가가도록 돕기 위하여 씌어진 것이다. 이 책을 읽으면서 외우려고 형광펜으로 줄을 치

4

지 않아도 된다. 외우려고 애쓸수록 잊어버리게 마련이다. 문학은 외우는 것이 아니라 느끼는 것이다. 여러분의 마음속에 불타오르는 감성의 불길에 이 책을 바치고 싶다. 이 책은 불쏘시개이다. 여러분의 마음에 불길이 타오르게 되면 이 책은 던져버려라!

처음 이 책을 쓰기로 했을 때, 나는 어떤 방식으로 서술할 것인가를 고민했다. 좀 특이하게 서술하고 싶었던 것이다.

나는 먼저 토론식으로 서술하였다. 국어 시간에 학생들이 작가와 작품을 조사해서 발표하고, 다른 학생들과 토론을 하는 것이다. 그리고 선생님이 마지막으로 정리하는 방식으로 서술하였다. 색다른 방식이긴 하지만 산만한 느낌이 들었다. 많은 학생이 토론자로 등장하고, 질문하고 대답하는 형식으로 서술하여 중요한 부분들이 선명하게 드러나지 않았다.

그래서 다른 방식을 생각해보았다. 많은 학생들이 나와서 산만했기 때문에 이번에는 두세 사람으로 줄여보기로 했다. 나는 상상력을 발휘하여 새로 건립된 현대문학관 방문기를 썼다. 나는 중학생인 용용이와 뿡뿡이를 데리고 현대문학관을 찾아간다. 그야말로 최첨단의 과학적 방법으로 설치된 현대문학관이다. 1900년대부터 발간된 책들이 진열되어 있고, 작가들의 사진이 걸려 있다. 또 컴퓨터에 모든 것이 입력되어 있어서 더 알고 싶은 항목의 버튼을 누르면 자세한 설명이 나온다. 나도향의 「벙어리 삼룡이」가 무슨 이야기인지 알고 싶으면 컴퓨터에서 읽어주고, 또 요약한 항목도 있다. 그 작품에 대한 설명도 알 수 있다. 김유정은 방이 하나밖에 없는 형수네 집에 얹혀살면서 천으로 막을 쳐놓고 윗방에서 소설을 썼다. 그것을 그대로 재현하여 푸른 장막을 쳐놓고 그 안으로 들어가면 김유정이 자신의 음성으로 소설을 읽어준다. 물론 김유정의 음성은 컴퓨터로 재생된 것이다. 이렇게 써보았더니 재미는 있지만, 문학작품에 스며들어 있는 작가들의 삶과 고통이 진솔하게 그려지지 않고 허구적인 것처럼 느껴졌다. 이렇게 허비한 원고지가 천 매나 되었다.

그 다음에는 허구적 서술방식이 아닌 설명적 서술방식을 택하였다. 그러느라고 2년에 가까운 세월이 지나갔다.

이 책을 쓰면서 느낀 것은 작가는 써야만 하는 어떤 운명을 타고난 것이 아닐까 하는 생각이다. 같은 시대를 살았다 하더라도 작가들이 태어난 삶과 길은 다르다는 것이다. 작가들이 살아온 삶의 길이 다르고, 그 충족될 수 없는 욕망과 열정이 더 깊을수록 더 좋은 작품이 나오게 되는 것이다. 그것은 이 책에도 해당되는 말이다. 나의 충족될 수 없는 욕망과 열정이 더 깊었다면, 그리고 그 열정이 이 책 속에 담겨 있기를 바란다.

더불어 이 책을 쓸 수 있는 기회를 준 도서출판 풀빛에 감사 드린다.

이 책을 쓰는 동안 격려해준 가족들, 또 멀리서 걱정해주신 어머님, 아버님께 감사 드립니다.

김호순 선생님께도 감사 드립니다. 그리고 내가 감사 드릴 분이 너무 많다는 것을 기억하겠습니다.

1995년 1월
한혜선

# 차 례

1권

# 1920년대 문학

## 1950년대 시

1. 동족 살상의 전쟁터에서 – 구상
2. 죽은 자와 살아 남은 자의 목숨 – 신동집
3. 빛의 꼬리를 물고 쏟아지는 물고기 – 전봉건
4. 누가 나의 이름을 불러다오 – 김춘수
5. 치마 밑으로 하얀 외씨버선이 – 신석초
6. 나의 가장 나아종 지닌 것 – 김현승
7. 이미지를 통한 언어미학 – 문덕수
8. 아가와 나비 – 정한모
9. 울음이 타는 가을 강 – 박재삼

## 1950년대 소설

1. 절대적 권위에 대한 항거 – 김성한
2. 세상으로 나간 것일까, 들어온 것일까? – 장용학
3. 하필이면 인간으로 태어났을까? – 손창섭
4. 모든 것은 끝나는 것이다 – 오상원
5. 꽃밭과 불꽃의 의미 – 선우휘
6. 인간은 잘못 쏘아진 총알일까? – 이범선
7. 시대 속에 던져진 강인한 여성 – 박경리
8. 전쟁터에서 잃어버린 육체 – 하근찬
9. 「꺼삐딴 리」 – 전광용

## 1950년대 희곡

「산불」 – 차범석

6. 이 땅에는 자유가 참 많습니다 - 오규원
7. 서울의 예수가 울고 있다 - 정호승

## 1970년대 소설

1. 객지에서 고향으로 - 황석영
2. 수학 교사와 난장이의 꿈 - 조세희
3. 「아홉 켤레의 구두로 남은 사내」- 윤흥길
4. 사람의 아들? 신의 아들? - 이문열

## 1970년대 희곡

「옛날 옛적 훠어이 훠이」- 최인훈

# 그 물 코 한 국 문 학 ①

신문학

1900년대 시
1900년대 소설

1910년대
문학

1910년대 시
1910년대 소설
1910년대 희곡

1920년대
문학

1920년대 시
1920년대 소설
1920년대 희곡

신문학

# 신문학

### 새로운 문학의 시작

신교육, 신여성, 신가정, 신학문…….

1894년 갑오경장을 전후하여 불기 시작한 문명개화의 바람은 우리나라 구석구석에 새로운 문물들을 등장시켰다. 이 문물들에는 '옛것이 아닌 새로운 것'이라는 뜻에서 신(新)자가 붙었다.

당시 사람들은 이 시기에 새로이 나타난 문학도 역시 신문학이라고 불렀다.

1894년부터 1919년 3·1운동 이전까지를 개화기라 한다.

개화기를 더 자세히 두 시기로 나눈다. 갑오경장부터 한일합방까지를 개화 준비기간으로 보며, 한일합방부터 3·1운동까지를 독립을 위해 애쓴 시기로 본다. 처음에는 사회적으로 개화운동을 펼친 시기이다. 이 때는 국가의 위기를 걱정하는 애국의식이 고취되었다. 이 시기에 씌어진 문학을 시에서는 개화가사, 창가, 애국가사라 하고, 소설에서는 애국계몽소설이라 했다.

그 다음에는 개화의식을 가지고 새로운 문학운동을 펼친 시기이다. 이 때 씌어진 문학을 '신문학'이라 하였다. 시는 '신시' 또는 '신체시'라 했고, 소설은 '신소설'이라 했다.

신문학운동은 『소년』이란 잡지가 창간되면서 본격적으로 시작되었다.


## 신문학이 시작되는 자리

새로운 형태의 문학은 어떻게 나타난 것일까?

시대가 변하면 사람들의 의식도 변한다. 문학도 예외가 아니다. 그러므로 그 나타난 과정을 살피는 것은 그 시대를 살피는 것과 같다.

새로운 문학이 나타난 배경에는 다음과 같은 몇 가지 요소가 자리하고 있다.

첫째, 국어의 중요성을 깨닫게 된 것이 큰 영향을 끼쳤다. 『서유견문』은 1895년에 씌어진 최초의 국한문 혼용서로 한자에 한글을 섞어 쓴 책이다. 한자만을 문자로 알고 한글은 '언문'이라 부르며 천시하던 시대에, 한글을 문자로 인식한 유길준은 선각자라고 해도 무리가 없을 것이다. 그는 말과 글이 일치하는 언문일치를 주장하였다.

또 이봉운, 지석영, 주시경 선생을 중심으로 국어연구가 활발해졌다.

둘째, 우리나라 최초의 신문인 『한성순보』가 1883년 발행되고, 처음으로 순한글로 된 『독립신문』이 1886년 발간되고, 『매일신문』, 『황성신문』, 『데국신문』 등 여러 신문과 잡지가 발행되었고,

셋째, 1884년 갑신정변과 1894년 갑오경장 등으로 시대현실이 변하기 시작한 것을 빼놓을 수 없다.

넷째, 서양문물이 우리에게 소개되었다. 대표적인 예로, 미국 워싱턴과 보스턴 대학에서 공부한 후 유럽을 여행하고 돌아온 유길준이 서양의 발달한 문명을 보고 국가와 국민의 권리, 교육제도, 서양의 과학 등 서양문명을 소개한 『서유견문』이라는 기행문을 들 수 있겠다. 유길준은 서양을 알린 대표적 인물이다.

이 시기에 들어와서 외국 세력들이 앞다투어 침략해오자 우리 민족은 역사적 현실을 자각해야만 했다. 서양의 문명이 소개되고 국어에 대한 의식이 높아졌으며 서양식 교육제도가 도입되기 시작했다. 또한 기독교의 전파로 성경과 찬송가가 한글로 번역되면서 문학에서도 새로운 현상이 나타나기 시작했다.

사회적 혼란과 급변하는 시대에 한편으로는 민족의식이 강화되어 우리의 글과 얼을 찾으려 하였고, 또 한편으로는 세계 여러 나라의 존재를 인식하게 되는, 우리 문학의 전환기였다.

이 시대가 개화기이다. 개화기 문학의 특징은 개화, 계몽, 자주독립, 애국 등을 주제로 하는 작품이 많이 나타났다는 데 있다. 개화기의 시는 개화가사 또는 창가라고 불렸으며, 소설은 개화소설 또는 신소설이라고 불렸다. 신소설 작가로는 이인직 외에 안국선, 이해조, 최찬식 등이 있다.

# 1900년대 시

이 시기의 시가는 개화가사, 창가, 신체시로 나눌 수 있다.

1) 개화가사는 형식적인 면으로는 고대시가의 형식을 그대로 지니면서 내용에서 당시 사회적·정치적 문제들과 계몽사상을 담고 있다. 그것은 내용에 따라 애국독립가, 동학가, 의병가사 등으로 나뉜다.

애국가사는 『독립신문』에 발표되었던 시가들로, 자주독립과 민족적 단결, 문명개화가 주제였다. 애국가사에는 1896년에 씌어진 이필균의 「애국하는 노래」, 이중원의 「동심가」 등이 있다.

### 동심가

잠을 깨세, 잠을 깨세,

이천년이 꿈속이라,
만국이 회동하야
사해가 일가로다

범을 보고 개 그리고
봉을 보고 닭 그린다
문명개화하랴 하면
(1, 3연)

잠을 깨서 문명개화를 하자는 내용을 청유법으로 썼다. 범을 보고
개를 그리지 말고, 일치단결하여 올바르게 문명개화를 하여야 한다
는 것이다.

의병가사는 강한 저항의식을 지닌, 의병투쟁 정신을 담은 시가이
다. 의병활동에 가담했던 신태식의 「신의관 창의가」가 대표적인 의
병가사이다.

2) 창가는 찬송가와 서양의 행진곡의 영향을 받아 옛 시가 형식을
조금 벗어난 시가이다.

기차가 처음으로 부산을 향해 달리는 것을 보고 "빨리 부는 바람
의 형세 같으니/날개 달린 새라도 못 따르겠네"라고 노래한 「경부철
도가」가 7·5조의 노래 형식으로 부른 창가이다.

최남선의 「경부철도가」(1904), 「한양가」(1905), 「세계일주가」
(1914) 등이 있고, 지은이를 알 수 없는 「권학가」, 「학도가」 등이
있다.

시대적으로 나누어 볼 때 개화기 이전의 시를 고대시 또는 고시가
라 한다면, 개화기 초기의 시는 주로 개화가사나 창가이다. 개화가
사나 창가들은 고시가와 마찬가지로 4·4조나 3·4조의 정형적인

율조를 지니고 있었다.

3) 신체시는 형식에서 새로운 자유시의 형태를 보여주었고, 고대 시가의 음악적 율조를 깨뜨렸다.

신체시란?

최남선, 이광수가 주로 쓴 신체시는 정형적인 율조를 깨뜨리고 자유로운 형태로 표현하려는 새로운 형식의 시였다. 그러나 형식적인 면에서 규칙적으로 반복되는 후렴과 창가적인 형태가 남아 있어 완전한 자유시는 아니었으며, 내용도 개화가사나 창가처럼 계몽적이었다. 신체시는 시인의 생각을 그대로 직접적으로 말하고 있고 시적 이미지로 나타내지 못하여 현대시라고 하기에는 무리가 있다. 그러나 고시가나 개화가사와 비교할 때 정형성을 벗어나고 새로운 감각으로 시상을 표현했다는 점에서 높이 살 만하다.

신체시는 고시가에서 근대시로 넘어오는 시기에 씌어진 새로운 형태의 시이다. 또 신체시는 고시가와 대칭된다는 점에서 신시라고도 한다. 주로 민족사상의 고양과 계몽을 내용으로 하는 시들이 많았다.

1880년대 이후의 시는 개화가사 →창가 →신체시 →근대시 →현대시로 전개된다.

# 최초의 신시 — 최남선

### 해(海)에게서 소년에게

텨……ㄹ썩, 텨……ㄹ썩, 텩, 쏴……아.
싸린다, 부슨다, 문허바린다.
태산 갓흔 놉흔 뫼, 딥태 갓흔 바위ㅅ돌이나
요것이 무어야, 요게 무어야,
나의 큰 힘, 아나냐, 모르나냐, 호통싸디 하면서,
싸린다, 부슨다, 문허바린다.
텨……ㄹ썩, 텨……ㄹ썩, 텩, 튜르릉, 콱.

텨……ㄹ썩, 텨……ㄹ썩, 텩, 쏴……아.
뎌 세상 뎌 사람 모다 미우나,
그 중에서 쏙 한아 사랑하난 일이 잇스니,
담크고 순정한 소년배들이,
재롱터럼, 귀엽게, 나의 품에 와서 안김이로다.
오나라, 소년배, 입맛텨듀마.
텨……ㄹ썩, 텨……ㄹ썩, 텩, 튜르릉, 콱.

(1, 6연)

이 시가 한국문학사에서 '최초의 신시' 또는 '신체시'라고 불리는 작품이다. 당시 겨우 열여덟 살이던 소년 최남선이 이 시를 썼다. 이 시는 서구 자유시의 영향을 받아서 쓴 최초의 신시로 1908년 11월 우리나라 최초의 월간 종합잡지 『소년』의 창간호 첫 페이지에 실렸다. 이 잡지도 역시 최남선이 창간한 잡지이다.

18세의 소년은 이 시를 쓰면서 무엇을 생각했을까? 다시 말해서 최남선이 말하고 싶어한 것은 무엇일까?

이 시의 제목에서 볼 수 있듯이 시인은 '바다'와 '소년'을 생각하고 있다. 우리나라에서는 전통적으로 산수를 노래하기를 즐겼으나, 바다를 노래한 시는 드물었다. 그런데 최남선은 '소년'을 노래하기 위해 '바다'를 빌려왔다. 어린이나 소년을 주체적인 인격체로 보지 않던 이 때에 최남선은 소년을 새 시대의 주인공으로 생각하였다.

바다는 무한한 공간으로 광활하게 펼쳐져 있다. 바다의 파도는 힘차게 솟구친다. 이 시에서 노래하는 건 바로 바다의 광활함과 힘이다. 바다는 세계를 향해 열려 있으며, 바다를 넘어서 새로운 문명이 들어왔다.

제1연에서는 바다가 얼마나 힘이 있는지를 노래한다. 태산이나 바위도 부수고 무너뜨린다. 2연에서는 지상에서의 힘과 권력을 누리는 자도 "내 앞에서"는 꼼짝 못한다고 했다. 이렇게 바다의 위력을 노래하다가 6연에 이르면 소년의 기상을 찬양한다. 바다가 소년을 좋아하는 이유는 담이 크고 순정하기 때문이다. "오너라, 소년배, 입맞춰주마"에 이르러 바다와 소년의 이미지는 합쳐지게 된다.

바다와 소년은 시간적으로 공간적으로 무한하게 열려 있다. 또 악과 싸울 수 있는 두려움 없는 기상을 지니고 있다는 점이 공통적인 요소이다. 용기 있고 순수한 소년을 찬양하기 위해 바다를 노래하면서 마지막 연에서야 소년을 등장시키는데, 특히 소년은 구시대의 모든 것을 개혁하고 새로운 문물을 받아들여 발전해나가는 새 시대의 주인공으로 그려진다. 당시 새 시대 새 사회 건설의 열망이 바다와 소년에 담겨 나타난다.

3·4조는 우리 전통시의 기본 자수율이다. 「해에게서 소년에게」는 이러한 자수율을 처음으로 깨뜨렸다. 그러나 완전한 자유시라고 볼 수 없는 것이, 한 행과 한 연은 정형적인 율격에서 벗어났으나, 전체적으로 볼 때 각 연은 동일한 율격이 반복되기 때문이다.

"텨……ㄹ썩, 텨……ㄹ썩, 텩, 쏴……아"라는 의성어가 동일하게 반복되고, 3·3·5 또는 4·3·4·5 등의 동일한 음수율과 음보율이 반복되는 정형적인 형태를 이루었다. 그러나 엄격한 옛 정형시가와는 다르다. 「해에게서 소년에게」는 비교적 자유로운 형태로 정형성에서 벗어난 최초의 신시라고 할 수 있다. 이러한 점이 이 시의 문학사적인 의의이다.

이 시의 시적 특징으로 다음과 같은 표현 기법이 나타난다.

파도치는 소리 '터얼썩', '터얼썩 쏴' 하는 의성어는 청각적인 분위기를 자아내면서 바다를 눈앞에 그리게 한다.

"요것이 무어냐", "너희들이냐" 등 구어체를 사용하여 직접 말을 하는 듯한 친근한 느낌을 주는 대화체의 시이다.

또 '때린다', '부순다', '무너버린다' 등의 '다'라는 구어체 종결어미를 사용하고 있는데, 지금이야 '～다'라는 종결어미가 많이 쓰이지만 그 당시에는 별로 사용되지 않았었다. 특히 시에서 종결어미를 사용한 것은 특이한 일이었다.

구두점을 사용한 것도 특이하다. 본래 우리의 문장에는 쉼표나 마침표 등이 없었으나, 구두점을 써서 행과 연을 구별하고 단락을 구별하여 호흡을 조절할 뿐 아니라 운율적인 효과를 자아낸다. 또 구두점의 사용은 행과 구절을 끊어지게도 하고 연결되게도 하여 뜻을 구별할 수 있게 한다. 특히 쉼표의 사용으로 시어들이 중첩되어 수식될 수 있게 하였다. 이와 같은 점들이 당시 독자들에게 새로운 느낌을 주었다.

『소년』이란?

『소년』은 1908년 창간호가 나왔고, 전부 23권까지 발간되다가 1911년 당국에 의해 폐간되었다. 이 잡지는 개화기에 발간된 신문들 못지 않게 신문학 발전에 큰 도움이 되었다. "우리 대한으로 하여금 소년의 나라로 하라"라는 『소년』의 모토에서도 볼 수 있듯이, 새 시대를 향한 첫걸음을 내딛는 신문학의 주인공은 소년들이어야 했다. 18세의 최남선은 『소년』에 실린 글들을 대부분 혼자서 쓰면서 새로운 지식을 전달하는 주역이 되었다. 최남선은 소년뿐 아니라 소년을 가르치는 어른들에게도 이 글들을 읽게 하려고 했다.

『소년』 창간호의 목차를 보면, 최초의 신체시 「해에게서 소년에게」가 들어 있고 「소년시인」, 「갑동이와 을순이의 상종」, 「거인국 표류기」, 「소년 한문교실」, 「러시아는 어떠한 나라인가」, 「나이아가라 폭포」 등이 실려 있어 대체로 신체시, 이야기, 취미기사와 외국의 문물을 소개하는 내용을 다루었음을 알 수 있다. 『소년』은 당시의 독자들이 잘 모르는 외국의 문물을 소개하여 독자들의 호기심을 끌었을 뿐만 아니라, 세계의 지리를 소개하고, 새로운 곳에 눈을 돌리도록 서양의 지식을 보급하였다. 또 당시 독자들에게는 처음인 서양의 시와 소설을 간단히 번역, 소개했다. 예를 들어 바이런, 엘리엇, 테니슨 등의 시들을 찾아볼 수 있다.

독자들은 「이솝이야기」, 「걸리버 여행기」, 「로빈손 무인절도 표류기」와 톨스토이의 소설들을 읽을 수 있었다. 『소년』에서는 서양의 위인들과 영웅들의 이야기를 실어 서양의 역사를 알리는 한편 외국 위인들에 대한 이야기를 통해 민족사상을 계몽하는 역할도 했다. 이 잡지에는 우리나라 화가인 심전 안중식이 그린 삽화도 있었다.

처음에는 최남선이 쓴 신체시들을 매호마다 실었으며, 후에는 이광수가 시와 소설들을 많이 발표했다. 최남선과 이광수가 중심이 되어 활동하던 이 시기를 우리 문학사에서는 '2인 문단시대'라고 한다.

『소년』이 문학사에서 차지하는 의의는 첫째, 근대적인 신체시가 발표되었으며 둘째, 새로운 문장의 기틀을 마련했다는 점이다. 당시에는 한문이 주가 되었고 문장에서는 토씨를 달 때처럼 부분적인 곳에만 국문을 사용하였다. 이처럼 아직 한글 사용이 활발하지 못하던 때에 『소년』에서는 국문이 주가 되고 한문이 부분적으로 쓰이는 '국주한종'의 문장을 사용하여 새로운 문장 확립에 기여했던 것이다.

최남선은 '신문관'이라는 출판사를 차리고 『소년』을 발간하였다. 최남선, 그는 어떤 사람이며 '신문관'에서는 어떤 책들이 출판되었는지 알아보자.


## 최남선의 공적과 과오

최남선은 1890년에 서울에서 태어나 1957년까지 살았다. 호는 육당(六堂)으로, 어려서는 한문공부를 했다. 어린 나이인 11세 때 『황성신문』에 논문을 발표하였고, 14세에 일본유학을 갔으나 퇴학하고 귀국하였다. 15세 때는 신문에 일제의 침략을 규탄하는 논설을 발표하여 감옥에 가기도 하였다. 16세에 다시 일본으로 가서 와세다 대학에 입학하였다. 이 때 모의국회 사건으로 조선 유학생들의 항의 사태가 있었는데 이 일로 최남선은 퇴학당했다. 최남선은 두 번이나 유학을 갔으나 학교를 다닌 것은 불과 몇 개월뿐이었다.

그는 귀국하면서 인쇄기구를 들여와 출판사 '신문관'을 설립했다. '신문관'에서는 스토우 부인이 쓴 「검둥이의 설움」과 「대한지지」, 「외국지지」 등의 일반 교양서들을 출판하였다. 또 처음으로 기차가 달리는 것을 보고 노래한 「경부철도가」와 「한양가」 등의 창가 책을 발간하기도 했다.

최남선은 그 외에 육전소설을 출판했다. 육전소설이란 책값이 균일하게 6전이었기 때문에 붙여진 이름이다. 「춘향전」, 「심청전」, 「사씨남정기」, 「옥루몽」 등 20여 권의 고대소설들이 육전소설로 출판되었다. 그 때까지 고대소설은 목판본이나 손으로 베낀 필사본이어서 많은 사람들이 읽을 수 없었는데, 활자로 인쇄된 육전소설이 나오면서 많은 독자들에게 읽히게 되었다.

앞에서도 밝혔지만 '신문관'에서는 1908년 「소년」을 발간하여 대중을 계몽하고 새로운 문물을 소개하였다. 「소년」은 인기 있는 잡지였지만 일제에 거슬리는 기사를 실어 정간 처분을 당하기도 하고, 압수되기도 했다. 그러다가 결국 1911년 발매금지를 당하였다. 최남선은 1912년 다시 소년들을 위한 잡지 「붉은 저고리」를 발간하지만 폐간당하고 만다. 1913년 또다시 「아이들 보이」를 창간하지만 폐간된다. 그리고 1914년에는 「청춘」을 창간했다. 소년에서 성장한 청년들을 위한 종합잡지였다. 「청춘」에서는 처음으로 현상문예 작품을 모집하여 새로운 문인들을 발굴하였다.

최남선은 신체시를 발표한 시인이었으며, 잡지를 발간하여 근대문학으로의 첫걸음을 시작한 선구자였을 뿐만 아니라, 1919년 3·1운동 당시 「기미독립선언문」을 기초하여 민족 대표의 한 사람으로 체포, 수감되기도 한 사람이다. 그는 「별주부 이야기」, 「보은 박 이야기」, 「토끼타령」 등 설화를 연구한 민속학자이며, 또한 역사학자였고 수필가였다. 조국 순례를 통해 우리의 국토를 사랑하는 마음을 담은 「심춘순례」, 「백두산 근참기」, 「금강예찬」 등의 산문을 남기기도 했다. 조선정신을 주장하여 조선 본래의 문학을 부활시키자는 시조부흥운동에 앞장섰으며 『백팔번뇌』라는 시조집도 있다.

　그러나 최남선은 이러한 공적을 헛되게 하는 잘못을 범한다. 당시 총독부의 압력에 굴하여 조선 청년들에게 일제의 침략전쟁에 참여할 것을 선동했던 것이다. 이러한 친일행위로 그는 해방 이후 반민족행위자로 형을 받았고, 이것은 그에게 씻을 수 없는 오점이 되었다.

# 1900년대 소설

개화기의 문학을 '신문학'이라 하고, 이 시기의 소설을 '신소설' 또는 '개화기 소설'이라 한다. 개화기 이전의 소설은 낡은 옛것이라 하여 '구(舊)소설'이라 하며, 개화기 이후의 소설은 옛것과는 다른 새로운 것이 나타났다 하여 '신(新)소설'이라 하였다.

개화기의 문학을 둘로 나눌 수 있다.

### (1) 애국계몽기

사회적으로 개화의식이 널리 퍼지던 시기에, 국가의 위태로움을 생각하여 애국의식을 불러일으키는 전기류의 소설들이 발표되었다.

1897년 『태서신사(泰西新史)』를 시작으로 『미국독립사』, 『월남 망국사(越南亡國史)』 등 외국의 역사서가 번역되어 발간되었고,

1907년 『라란부인전』, 『피득대제(彼得大帝)』 등의 서양 위인전이 번역되었다. 1907년 실러의 『빌헬름 텔』을 역사학자 박은식이 중국어로 된 책을 중역하여 '서사건국지'라는 제목으로 발간하였다.

처음에는 외국의 역사와 위인전을 번역하거나 번안하여 소개하였으나, 곧 우리의 역사적 위인들의 전기를 써서 애국의식을 고취하였다.

1908년 신채호의 『을지문덕』, 우기선의 『강감찬전』, 1909년 신채호의 『최도통전』, 『이순신전』 등 역사적 인물들의 전기가 나왔다. 이러한 전기류가 씌어진 시기를 '애국계몽기'라 한다.

서양의 위인, 영웅들과 한국의 역사적 인물들은 건국의 공을 세웠거나 국난을 극복한 영웅들이다. 당시 우리나라는 역사적으로 어려운 시기에 빠져 있었다. 위인전을 쓰게 된 이유는 국가적 위기를 인식하고, 영웅들의 행위와 업적을 본받아 어떻게 해서든지 위기를 극복하고자 하는 열망이 있었기 때문이다.


### (2) 신소설

개화기 신소설의 주제는 계몽적이고, 자주독립, 신교육, 자유결혼, 계급타파 등의 근대의식이 반영되어 있다. 문학사에서 신소설은 새로운 사상을 반영하고 언문일치의 문장에 접근한 점 등의 문학사적 의의를 가지고 있다. 그러나 문학적 예술성이 미숙하고 작가정신이 미확립되어 근대소설의 양식을 갖추지는 못하였다. 신소설은 고대문학에서 근대문학으로 옮겨가는 과정에 놓이게 된다.

이인직은 1906년에 「혈의 누」를 쓰고, 이듬해에 책으로 출판하면서 "「혈의 누」는 '신소설'"이라고 『대한매일신보』에 광고를 냈다. 이 때부터 신소설이란 말이 널리 쓰이게 되었다.

우리가 읽어본 고대소설은 작가들이 누구인지 모른다. 아마 사회적으로 소설을 무시하고, 언문으로 이야기를 꾸미는 것을 좋지 않게 생각했기 때문일 것이다. 대부분의 고대소설들은 작가의 이름이 없다. 또 고대소설이 인쇄되어 나올 때도 작가란에는 출판한 사람의 이름이 적혀 있었다.

그러나 「혈의 누」에는 작가의 이름을 기입하였고, 이 때부터 작가의 이름이 확실히 명기되고, 또 작가의 전문성을 인정하게 되었다.

신소설 작품들이 많이 있으나, 대표적인 작가와 작품은 다음과 같다.

이인직의 「혈의 누」, 「귀의 성」, 「치악산」 상권, 「은세계」

이해조의 「자유종」, 「화(花)의 혈(血)」

최찬식의 「추월색」

김교제의 「치악산」 하권, 「현미경」, 「비행선」

안국선의 「금수회의록」, 「공진회」 등이다.

신소설 작품 중에는 순수한 창작물도 있었지만, 외국작품을 번안한 소설들도 많았다. 또 한편으로는 고대소설을 개작한 작품들도 있었다.

## 청일전쟁? 일청전쟁? — 이인직

「혈의 누」의 작가 이인직은 '최초의 신소설 작가'답게 여러 가지 생각할 거리를 우리에게 던져준다. 이인직은 40세에 대한제국 정부의 장학금을 받는 관비 유학생으로 일본 도쿄 정치학교에 들어갔으나 곧 다시 '도신문(都新聞)'이라는 신문사의 견습생이 되었다. 그는 신문이 사회에 얼마나 중요한 영향력을 끼치는가를 피부로 느끼게 되었다. 또 신문에 발표되는 소설들이 정치적 이념을 전달하기 위한 방법으로 이용되고 있다는 것도 알게 되었다. 정치적 야망을 지니고 있던 그는 신문의 중요성을 깨닫고 정치소설의 영향을 받게 되었다.

이인직은 귀국한 후 러일전쟁 때에는 일본측의 통역을 담당했고, 『국민신보』와 『만세보』의 주필을 지내다가 『대한신문』의 사장이 되었다. 1906년 『만세보』에 있을 당시 최초의 신소설로 불리는 「혈의 누」를 연재하였다. 그의 소설에는 당시 일본에서 유행하던 정치소설들의 면면도 보인다.

최초의 신소설 「혈의 누」는 이렇게 시작한다.

**혈의 누**

　일청전쟁의 총소리는 평양 일경이 떠나가는 듯하더니, 그 총소리가 그치매 사람의 자취는 끊어지고 산과 들에 비린 티끌뿐이라.
　평양성의 모란봉에 떨어지는 저녁 볕은 뉘엿뉘엿 넘어가는데, 저 햇빛을 붙들어매고 싶은 마음에 붙들어매지는 못하고 숨이 턱에 닿은 듯이 갈팡질팡하는 한 부인이, 나이 삼십이 될락 말락하고, 얼굴은 분을 따고 넣은 듯이 흰 얼굴이나 인정 없이 뜨겁게 내리쪼이는 가을 볕에 얼굴이 익어서 선앵두빛이 되고, 걸음걸이는 허둥지둥하는데 옷은 흘러내려서 젖가슴이 다 드러나고 치맛자락은 땅에 질질 끌려서 걸음걸이는 허둥지둥하는데 치마가 밟히니, 그 부인은 아무리 급한 걸음걸이를 하더라도 멀리 가지도 못하고 허둥거리기만 한다.

　이인직은 「혈의 누」에서 청일전쟁을 일청전쟁이라고 불렀다. 이 소설에는 친일적인 냄새가 짙게 풍긴다. 그는 청나라 군사들을 "호랑이보다 더 무섭고 여자들을 농락하는 원수 같은 족속들이어서 여자들은 그들을 보기만 하면 도망을 친다"고 묘사한 반면에, 소설 속의 일본 사람들은 여자들을 보호해주고 여주인공인 옥련이를 구해준 후에 양녀로 삼기까지 하는 선량한 사람들로 그리고 있다.
　청나라 사람들은 나쁜 사람으로, 일본인들은 긍정적으로 등장시킨 친일적인 성향이 그의 작품에 깔려 있다. 작가의 삶은 작품에 드러나기 마련이니, 작품을 통해 작가의 사상을 알 수 있다. 이인직은 우리나라를 팔아먹은 이완용의 비서였으며, 한일합방문서를 작성할 때에 이완용을 도운 인물이다.
　당시 문명개화를 부르짖던 지도자들 중에는 일본에서 공부한 사람들이 많았다. 일본의 영향을 받은 그들은 개화의 방법을 일본의 것에서 찾았는데, 그들 중에는 이인직처럼 친일의식을 지닌 사람들이 꽤 있었다.

「혈의 누」는 신소설로서 어떤 의의를 지니고 있을까?

앞에서 본 것처럼 작품의 서두가 고대소설과는 다르다는 점이다. 「춘향전」과 비교해보자.

### 춘향전

화설, 아조 인조조 때에, 전라도 남원 부사 이등이 한 아들을 두었으니 명은 몽룡이라. 년광이 십육에 관옥의 기상과 두목지의 풍채와, 이백의 문장을 겸하였으니, 칭찬 아니리 없더라.

소설의 시작부터 무언가 다른 느낌이 든다. 고대소설은 한문어투의 문장을 썼지만 신소설은 우리가 쓰는 말과 같고, 한글로 씌어진 언문일치의 문장이다. 「혈의 누」는 청일전쟁의 한 장면을 사실적으로 묘사하는 것으로 시작되는 데 반해, 고대소설은 대부분 "숙종조 태평성대에 봄나비 쌍쌍", "인조조에" 등으로 시작한다. 「춘향전」에서는 춘향이가 어찌나 아름다운지 "밤이슬에 반만 핀 복숭아꽃" 같으며 이 도령은 "두목지의 풍채"라고 했다. 그러나 「혈의 누」에서는 한 부인이 허둥지둥 헤매는 모습을 사실적으로 묘사하고 있다. 전에는 이런 사실적 묘사가 없었다.

그러면 「혈의 누」가 어떤 이야기인지 살펴보자.

평양에서 일청전쟁의 총소리가 그치면서 젊은 한 부인이 남편과 딸을 찾아 헤맨다. 부인과 딸을 전쟁 중에 잃어버린 김관일은 집으로 돌아와 기다리나 부인과 딸이 나타나지 않아 죽은 줄로 알고 외국 유학을 떠난다. 허둥지둥 딸을 찾아 헤매던 부인은 헌병부에

갔다가 집으로 오지만 아무도 없다. 남편과 딸이 죽은 줄 알고 유서를 써놓고 강에 빠져 죽으러 간다. 전쟁 중 총에 다친 딸 옥련이는 일본 적십자의 치료를 받고 살아나, 일인 군의의 양녀가 되어 일본으로 간다.

한편 강물에 몸을 던진 부인은 구출되고 남편이 미국으로 공부하러 간 것을 알게 되자 기다린다. 일본에서 교육받던 옥련이는 양부가 전사하자 양모의 구박을 받는다. 그 때 조선 청년 구완서를 만나게 되어 같이 미국으로 공부하러 간다. 미국 워싱턴에서 옥련이는 아버지를 만나게 된다. 아버지의 허락으로 옥련이는 구완서와 약혼을 한다.

한편 평양에서 딸이 죽은 줄만 알고 있던 옥련 어머니는 옥련이의 편지를 받는다.

2권은 옥련이가 고국으로 돌아온 후를 기다리시오, 라고 끝맺는다.

(옥련이의 7세부터 17세까지의 이야기인 「혈의 누」는 전편이고, 후편인 「모란봉」은 1913년에 연재되나 미완으로 끝난다.)


「혈의 누」의 시대적 배경은 청일전쟁과 그 후이다. 전쟁 통에 부모를 잃은 옥련이는 새로운 세계를 경험하게 된다. 미국에 가서 문명개화를 경험하고 신교육을 받는 것이다.

구완서는 "공부를 힘써 하여 귀국한 뒤에 우리나라를 독일국같이 연방도를 삼되 일본과 만주를 한데 합하여 문명한 강국을 만들고자" 하는 목적을 지녔고, 옥련이는 "공부를 힘써 하여 귀국한 뒤에 우리나라 부인의 지식을 넓히"려고 한다. 「혈의 누」의 주제는 문명개화를 모델로 하는 신교육과 자유연애를 주장하는 계몽적 사상이 나타난다. 그러나 역사를 망각한 친일의식, 신문명과 신교육을 지나치게 선망하는 것 등은 비판받아야 할 점이다.

이인직의 대표작으로 「혈의 누」 외에 1908년 작인 「은세계」가 있다. 두 작품의 주인공들 모두 미국에서 공부하는 공통점을 지니고 있다. 「은세계」의 내용은 다음과 같다.

## 은세계

강릉 부자인 최병도를 강원 감사가 잡아들여서 돈을 빼앗으려고 없는 죄를 만들어 매를 때린다. 최병도는 돈을 바치면 살아나올 수 있었다. 그러나 양반 관리의 학정에 항거하여 돈을 바치지 않아 매를 맞고 죽게 되어 풀려난다. 최 부인은 딸 옥순이와 감영으로 가다가 다 죽어 풀려나오는 최병도를 만난다. 그는 집으로 돌아오다가 대관령 고개 위에서 숨이 떨어진다. 최병도는 죽고 최 부인은 아들을 낳고 미친다.

최병도네 살림을 관리하던 김정수는 옥순, 옥남 남매를 데리고 태평양을 건너 미국으로 공부시키러 간다. 미국에서 공부하던 중, 김정수는 돈을 가지러 귀국을 하였다가 재산이 다 없어진 것을 알게 되고 죽는다. 미국에서 옥순 남매는 돈이 떨어져 자살을 시도했으나 살아났다. 미국인의 도움으로 공부를 마친 옥순 남매는 귀국하였다.

귀국한 후, 어머니를 모시고 절에 가서 불공을 드린다.

절 동구 밖에서 총소리가 '탕'하고 나면서 웬 무뢰배 수백 명이 들어오더니 옥순의 남매를 붙들어 내린다.

무뢰배가 옥순 남매를 잡아놓고 총부리를 겨누면서

(무뢰) "네가 웬 사람이며, 머리는 왜 깎았으며, 여기 내려오기는 무슨 정탐을 하러 왔느냐? 우리는 강원도 의병이라 너 같은 수상한 놈은 포살하겠다."

"여보시오, 우리 동포, 들어보시오. 의병도 우리나라 백성이요, 나도 우리나라 백성이라. 이제 여러분 동포께서 의병을 일으켜서 죽기를 헤아리지 아니하고 하시는 일이 나라에 이롭고자 하여 하시는 일이오, 나라에 해를 끼치려는 일이오? 여러분은 흉기를 가지고 산야로 출몰하여 인민의 재산을 강탈하다가 수비대에 패하여 달아나거나 무수히 죽으니, 동포의 하는 일은 국민의 생명만 없애고 국가 행정상에 해만 끼치는 일이라.

또 동포의 마음에 국권을 잃은 것을 분하게 여긴다 하니, 진실로 분한 마음이 있을진대 먼저 국권을 잃은 근본을 살피고 국권이 회복될 일을 하는 것이 옳은 일이라.

내 선인도 재물냥이나 있는 고로 강원 감영에 잡혀가 매맞고 죽은 일이 있소."

옥남이는 의병들에게 관리들의 학정을 비판한다. 매관매직하던 풍조를 비판한다. 그렇게 결단난 나라를 황제 폐하가 등극하시면서 매관매직의 풍조가 사라졌다고 말한다. 융희 원년 이후로 황제 폐하가 학정한 일이 없다며 "대황제 폐하 만세"를 부른다.

옥남이가 무뢰배들에게 일장연설을 하는 것으로 그냥 끝나므로 완결된 작품이 아니다.

「은세계」의 구성은 전반부와 후반부로 나뉜다.

전반부는 구 봉건사회 구조의 모순을 비판하고 관리들의 부정부패를 그렸다.

전반부의 주인공은 강릉의 부자인 최병도이다. 최병도는 이유 없이 강원 감영에 잡혀가 매를 맞는다. 감사는 "부모에게 불효하고 형제에게 불목하"다는 죄를 선고한다. 어머니는 최병도를 낳다가 죽고, 아버지는 젖을 얻어먹이다가 죽었다고 대답하니, 이번에는 관정발악(官庭發惡)이라는 새 죄목이 생긴다. 죄 없는 부자들을 잡아다가 가두고 돈을 바치면 풀어주는, 양민을 수탈하는 구사회의 양반 관리들의 부패를 고발하고 있다. 최병도는 끝까지 항거하여 매를 맞다가 거의 죽게 되어서야 풀려나온다.

전반부에는 부패한 관리들을 비판하는 재미있는 노래들이 섞여 있다.

　　　내려왔네, 내려왔네, 불가사리 잡으러 내려왔네
　　　무엇 하러 내려왔나, 쇠 잡으러 내려왔네

돈을 빼앗으려는 탐관오리를 비판하는 민요이다.

「은세계」는 일찍이 광대들이 창으로 부르던 「최병두 타령」을 소재로 썼기 때문에 「상두소리」, 「농부가」, 「나뭇군 노래」 등 민중들이 부르던 민요가 그대로 나온다. 이러한 삽입가요에는 탐관오리들을 비판하는 민중의식이 담겨 있다.

「은세계」의 전반부는 순수 창작이 아니고 후반부만이 이인직이 창작한 것이기 때문에 특히 작가의식과 주제 면에서 다르다. 전반부에서는 민중의식과 반봉건의식이 나타나지만 후반부에서는 반민족적인 친일이념이 드러나는 이중구조를 보여준다.

후반부의 주인공은 옥순, 옥남이다.

주제는 미국 유학생활을 그려서 신교육의 필요성을 강조하고, 개혁을 찬양한다. 이인직은 나라를 구하기 위해 일어난 의병들을 폭도라고 했으며, 일본의 정책과 개혁을 찬양하는 연설을 하고 있다는 점에서 그의 역사의식의 결여를 엿볼 수 있다.

「은세계」는 1908년 원각사에서 공연되었고, 다음해에 책으로 출판하면서 신연극이라고 했다. 책의 표지에는 제목인 '은세계(銀世界)'를 특이하게 썼다. '신(新)'자의 작은 글자를 모아서 '은(銀)'자가 되게 했고, '연(演)'자의 작은 글자를 모아 '세(世)'를 썼고, 작은 글자의 '극(劇)'자로 '계(界)'가 되게 하였다.

이인직은 1862년에 태어나 1916년에 죽었다.

그의 소설들은 두 계열로 나눌 수 있다.

정치소설 계열인 「혈의 누」, 「모란봉」, 「은세계」 등에서 미완숙한 정치의식을 드러내고 있다. 다른 계열인 「귀의 성」(1906), 「치악산」(1908) 등에서 가부장제의 인습에서 벗어나지 못하였으며 고대소설을 그대로 답습하고 있다.

## 「금수회의록」 ― 안국선

'록의회수금'이라고 쓴 현수막 아래 여러 날짐승, 길짐승, 버러지들이 모여 있다. 동물들이 신사복을 입고 영국신사 모자를 쓰고 있는 그림이다. 책 표지를 오른쪽부터 읽으면 '금수회의록'이다. 안국선이 쓴 『금수회의록』은 1908년에 출판되었는데, 최초로 판매금지를 당한 소설이었다.

『금수회의록』에서는 '나'가 꿈에 숲 속에서 개최되는 동물들의 회의에 참석하게 된다. '나'는 동물들이 모여서 인간의 도덕적 타락을 규탄하는 연설을 듣는다. '나'가 꿈속에 들은 것을 기록한 것으로 '나'는 관찰자가 된다.

### 금수회의록

별안간 뒤에서 무엇이 와락 떠다 밀며 "어서 들어갑시다. 시간이 되었소"하고 바삐 들어가는 서슬에 나도 따라 들어가면서 방청석에 앉아 보니 각색 길짐승, 날짐승, 모든 버러지, 물고기, 동물이 꾸역꾸역 들어와서 그 안에 빽빽하게 서고 앉았는데,

여덟 종류의 금수가 등장하여 인간의 제반 악증을 규탄하는 연설 속에 주제가 드러난다.

인간은 만물의 영장이라며 금수들을 비웃지만 거꾸로 인간이 금수보다 못하며 악행을 저지른다는 것을 규탄하는 내용이다. 예를 들어 프록코트를 입은 까마귀가 나서서 인간을 비판한다. 인간들은 까마귀를 불길하다, 검은 새다 하여 비웃지만 사실은 겉만 검지 속은 희다. 또한 까마귀들은 먹을 것을 물어와 어버이에게 줌으로써 은혜에 보답한다. 까마귀는 자기네가 인간보다 효성이 더 지극하다며 인간들의 불효를 비판한다.

여우가 앞으로 나와서,

"나는 여우올시다. 점잖으신 여러분 모이신 가운데 감히 나와 연설하옵기는 방자한 듯하오나, 저 인류에게 대하여 소회가 있삽기 '호가호위'라는 문제를 가지고 두어 마디 말씀을 하려 하오니…… 용서하시고 들어주시기 바랍니다. ……사람들은 옛적부터 우리 여우를 가리켜 말하기를, 요망한 것이라, 간사한 것이라 하나, ……지금 세상 사람들은 당당한 하느님의 위엄을 빌어야 할 터인데, 외국의 세력을 빌어 의뢰하여 몸을 보전하고 벼슬을 얻어 하려 하며, 타국 사람을 부동하여 제 나라를 망치고 제 동포를 압박하니, 그것이 우리 여우보다 나은 일이오? 결단코 여우만 못한 물건이라 하옵네다."

라 연설하니 다른 동물들이 천지를 진동하는 손뼉을 친다.

이어서 개구리가,

"사람들은 거만한 마음이 많아서 저희들이 천하에 제일이라고, 만물 중에 가장 귀하다고 자칭하며, 우물 안 개구리라 바다 이야기를 할 수 없다 합니다. 개구리는 바다에는 가보지 못하여 바다가 큰지 작은지 넓은지 좁은지 알지 못하나, 못 본 것을 아는 체는 아니하거늘, 사람들은 좁은 소견을 가지고 외국 형편도 모르고 천하 대세도 살피지 못하고 공연히 떠들어 무엇을 아는 체하고, 나라는 다 망하여가건마는 썩은 생각으로 갑갑한 말만 하는도. 어떤 사람은 제 나라 일도 다 알지 못하면서 보도 듣도 못한 다른 나라 일을 아노라고 추적대니 가증하고 우습도. 우리 개구리 족속은 우물 안에 있으면서 우물에 있는 분수를 지키나니, 우리는 사람보다 상등이 아니오리까?"

라고 연설하자 박수소리가 울려퍼진다.

산 속의 임금인 호랑이는 다음과 같이 인간의 잔악함을 비판한다.

"제일 포악하고 무서운 것이 호랑이라 하였으나, 자고 이래로 사람들이 우리에게 해를 받은 자가 몇 명이나 되느뇨? 도리어 사람이 사람에게 해를 당하여 살육을 당한 자가 몇억만 명인지 알 수 없소."

호랑이는 "가정맹어호(苛政猛於虎)"라 한 공자의 말을 인용한다. '가정맹어호'란 '가혹한 정치는 호랑이보다 무섭다'라는 뜻이다.

외국 사람에게 아첨하는 사람, 불효하는 사람, 백성의 재물을 도둑질하는 사람, 개화하였다고 제 나라 동포를 압제하는 사람들에게서 '사람'이라는 이름을 빼앗자며 분개한다. 동물들이 보기에 사람들이 동물보다 못하다. 사람의 형상을 했을 뿐이지 인간의 자격이 없다는 것이다.

『금수회의록』은 서언, 개회취지, 제1석~제8석, 폐회로 구성되었다.

서언 : '나'가 금수회의소 앞에서 인간의 악함을 슬퍼한다.

개회취지 : 세상 사람들이 인간의 자격이 있는지를 토론하겠다고 회장이 개회연설을 한다.

제1석 반포지효(反哺之孝) : 까마귀가 나타나 부모에 대한 효를 강조한다.

제2석 호가호위(狐假虎威) : 여우가 인간의 간사한 행동을 분개한다.

제3석 정와어해(井蛙語海) : 개구리가 분수를 지킬 줄 모르는 인간, 개화인사들을 비판한다.

제4석 구밀복검(口蜜腹劍) : 벌이 정직함을 강조한다.

제5석 무장공자(無腸公子) : 게가 지조와 절개를 강조한다.

제6석 영영지극(營營之極) : 파리가 형제애와 동포간의 우애를 강조한다.

제7석 가정맹어호(苛政猛於虎) : 호랑이가 인간의 포악함을 비판한다.

제8석 쌍거쌍래(雙去雙來) : 원앙새가 부부의 윤리를 강조한다.

폐회 : 금수회의 폐회를 선언하고, '나'는 인간의 어리석음을 슬퍼한다.


서언과 폐회의 서술자는 '나'이며, 제 1석부터 8석까지는 동물들이 인간을 규탄하는 연설이다. 전체의 구성을 보면 액자 형식을 취했다. 외부 이야기는 '나'의 관찰로 1인칭 관찰자 시점이며, 내부 이야기는 금수들의 연설로 전지적 작가 시점이다.

『금수회의록』은 '나'가 꿈속에서 동물들의 연설을 듣는 것으로 몽유록 계열의 소설이다. 형식 면에서는 연설체 소설이며, 동물들을 사람처럼 인격화하여 인간사회를 풍자한 점에서는 우화소설이다. 그리고 동물들의 입을 통해서 이성적이고 고등동물이라고 자랑하는 인간들이 오히려 동물보다 못하다고 비판한다. 동물의 습성에 비추어 인간을 비판하고 부정적인 면이 폭로되므로 풍자문학이다. 풍자문학의 기능은 교훈적인 데 있다.

'나'는 인간의 여러 가지 악행을 비판하는 연설을 들은 후, 인간이 짐승보다 아래가 되고, 짐승이 인간보다 상등이 된 것을 한탄한다. '나'는 인간으로 태어나서 이런 욕을 당하는 것을 슬퍼한다. 사람들이 악한 일을 많이 하였을지라도 이제라도 회개하고 구원을 받으라고 말하는 것이 교훈적이다.

『금수회의록』이 당시에 씌어진 다른 신소설들(「혈의 누」, 「은세계」 등)과 다른 점은 무엇일까?

같은 시기에 씌어진 신소설들은 문명개화를 찬양하여 개화의식을 고취하고 있으나, 『금수회의록』은 개화를 부정적으로 보고 개화인사들과 사회정치를 비판하고 있으며 국권수호와 주체적 자주의식을 강조하였다. 다른 신소설들은 전통사회를 비판하고 새로운 문명의식을 주장하였으나, 『금수회의록』은 전통사회의 윤리의식을 강조하였다.

『금수회의록』의 사상을 종합해보면 다음과 같다.
- 동물을 의인화하여 만물의 영장인 인간의 제반 악행을 비판함으로써 인간성의 회복을 강조하였다.
- '나'가 인간을 직접 비판하지 않고 동물을 통하여 인간의 윤리적 타락을 통렬히 비판함으로써 고도의 풍자 효과를 얻는다.
- 동양의 전통적 윤리의식과 기독교 정신이 담겨 있다.

안국선(1854~1928)의 호는 천강(天江)으로 신소설 작가이다. 그의 작품으로는 『금수회의록』 이외에 『공진회』(1915)가 있다. 최초의 근대적 단편집인 『공진회』에는 「탐정순사」와 「외국인의 화(話)」는 검열에 통과하지 못하여, 「기생」, 「인력거꾼」, 「시골 노인

이야기」 등의 세 편이 실렸다. "신기한 물건을 진열한 경복궁에서 개최한 박람회인 공진회와는 달리 재미있는 이야기 공진회를 쓴다"라고 서문에서 밝혔듯이 그는 재미있는 이야기를 쓰려고 하였다.

「기생」에서 기생 향운개는 첩으로 갈 수밖에 없는 운명이었으나 지조를 지켜서 최유만과 가연을 맺게 되고 경복궁의 물산공진회에 구경하러 온다.

「시골 노인 이야기」는 명희가 아버지를 잃고 김창령의 첩으로 가야 할 처지였으나 이를 극복하고 물산공진회에 구경하러 왔다가 만초 선생에 의해 새로운 삶을 개척하게 된다는 이야기이다. 자신의 삶을 개척하는 의지를 지닌 여인을 창조하였다.

「인력거꾼」에서 양반의 후예인 김 서방은 게으르고 술을 좋아해서 가난하게 살아간다. 아내의 간곡한 청으로 3년 동안 술을 끊고 인력거를 끌어 잘살아보기로 한다. 인력거꾼이 된 첫날 길에서 4천 원이라는 많은 돈을 줍게 되자 술을 마신다. 아내는 돈을 주운 일을 남편이 꿈을 꾼 것으로 믿게 하고 돈을 경찰서에 갖다 준다. 그 후 김 서방은 3년 동안 열심히 인력거를 끌었다. 그리고 그즈음 경찰서에서 돈의 주인이 나타나지 않았다고 돈을 가져가라고 한다. 그제야 아내는 사실을 고백한다. 김 서방은 현명한 아내에 감사하고 더 열심히 인력거를 끈다. 현명한 아내의 도움으로 부자가 된 이야기이다.

이 작품들은 공진회를 배경으로 합쳐진 소설이다. 권선징악적인 틀에서 벗어나지 못하였다. 인물들도 전형적이며, 갈등을 극복하는 과정에서 우연성의 개입으로 사실성이 결여되었다. 그러나 고대소설과 다른 점은 전기적(傳奇的) 서술이 아니라 현실적 삶의 한 단면을 보여주고 있다는 것이다.

『공진회』는 경복궁에서 개최되는 공진회보다 반 개월 먼저 출간되기는 하였으나, 일본의 총독정치를 수용하는 입장을 보여주고 있다. 『공진회』보다 7년 전에 씌어진 『금수회의록』에서는 개화인을 비판하고 자주성, 국권회복의 신념을 가진 작가의식이 분명히 나타났으나 『공진회』에서는 정치신념이 변질된 것을 발견할 수 있다.

# 1910년대 문학

# 1910년대 시

1910년대 전반기에는 신체시와 개화가사가 그대로 남아 있었다.

최남선은 「구작3편(舊作三篇)」, 「태백산부」, 「태백산 사시」, 「꽃 두고」 등을 발표하였고, 이 신시들은 형식에서 벗어나 자유로운 형태를 취하려 하였다.

이광수는 「옥중 호걸」, 「곰」, 「우리의 영웅」, 「님 나신 날」, 「어머니의 무릎」 등의 신체시를 썼다.

그러나 1918년에 창간된 『태서문예신보』에 외국의 시를 번역하여 소개하면서 최남선과 이광수의 신체시에서 벗어난 자유시가 등장하였고, 김억은 프랑스의 상징주의 시를 소개하여 새로운 바람을 일으켰다.

1910년대의 시는 형식 면에서는 새로움을 보여주었으나 아직 근대적 정서를 함축하지는 못하였다. 1910년대는 개화가사에서 근대시로 넘어오는 과도기로서, 1920년대의 근대시의 싹을 틔운 시기로서 의미가 있다.

1910년대의 시는 개화가사의 정형적 음수율과 반복적인 리듬에서 벗어나려 했고, 구어체의 사용과 새로운 형식을 시도한 것 등에서 근대시로 한 발 다가섰다고 본다.

1910년대 말에 등장한 김억, 주요한은 자유시형을 추구하면서 나타났다. 이들은 문명개화와 애국의 계몽을 주로 하는 시에서 벗어나 개성적인 새로운 감정을 표출하였다. 이들은 1920년대에 활발하게 활동하게 되며, 이들의 출현은 한국 근대시의 출발을 예고하는 것이었다.

18세의 소년 최남선이 최초의 신시 「해에게서 소년에게」 (1908) 를 썼는데, 최초의 자유시 「불노리」 (1919) 는 주요한이 19세 때에 썼다. 이광수가 자유연애를 찬양하는 소설들을 썼을 때, 19세의 주요한, 김억 등은 자유시형으로 자신들의 감정을 자유롭게 해방시켰다.

주요한의 「불노리」는 『창조』에 실렸다. 김동인이 주관하여 주요한, 전영택 등과 함께 창간한 『창조』는 3·1운동 직전에 도쿄에서 발간하게 되었다.

『창조』 창간호에는 김동인이 '최초의 시'라고 극찬한 바 있는 주요한의 「불노리」, 김동인의 「약한 자의 슬픔」, 전영택의 「혜선의 사」 등이 실렸다.

이 잡지는 최초의 순수문예 동인지로 근대문학을 개척하였다는 평가를 받는다. 소설은 사실주의, 시는 상징주의 계열의 작품들을 실었으며, 최남선과 이광수의 계몽적인 목적문학에 반대하여 순수한 문학을 주장하였던 것이다. 그러므로 예술적인 문학이 나타나기에 좋은 토대였고 다양한 문학기법이 등장하는 발판도 되었다.

# 소월의 스승 – 김억

## 봄은 간다

밤이도다
봄이다.
밤만도 애달픈데
봄만도 생각인데
날은 빠르다.
봄은 간다.
깊은 생각은 아득이는데
저 바람에 새가 슬피 운다.
검은 내 떠돈다.
종소리 빗긴다.
말도 없는 밤의 설움
소리 없는 봄의 가슴
꽃은 떨어진다.
님은 탄식한다.

이 시는 1918년 『태서문예신보』에 실렸다.

「봄은 간다」는 봄밤의 슬픈 감정을 노래하고 있다. 중요한 시어는 '봄'과 '밤'이다.

시적 배경이 봄밤인 것을 1, 2행에서 제시하였고, 봄이며 밤이라는 사실로 인하여 시적 자아는 애상감에 젖어 있음을 3, 4행에서 드러내었다. 봄이 되어 세월의 덧없음을 느끼는 시적 자아는 서글픔을 '새'에 의탁하여, 슬피 운다고 하였다(7, 8행). 새에 시적 자아의 감정이 이입되어 있다.

왜 시적 자아는 봄밤에 슬피 우는가?

"검은 내 떠돈다/종소리 빗긴다"에서 봄밤에 깊은 생각에 잠긴 시적 자아의 서글픔이 구체화되고, 못내 답답한 심정을 술회하고 있다(9~12행). 그것은 바로 절망적인 시대상황 때문이다. 검은 연기가 떠돌고 있고, 종소리는 비껴 지나가는 구체적 심상으로 설움을 형상화하였다. 종소리의 청각적 심상을 비껴 지나가는 시각적 심상으로 표현한 공감각적 심상이다.

봄조차 "소리 없는 봄의 가슴"이라 하여 얼마나 답답한 심정인가를 토로하고 있다.

봄이 돌아와도 희망의 종소리는 들리지 않는 절망적 상황에서 말조차 할 수 없는 현실임을 탄식한다.

김억은 그 시대를 '소리 없는 봄'으로 형상화하였다.

소리 없는 봄이 또다시 가버린다. 꽃은 떨어지고, 님의 탄식만이 남는다.

흔히 봄은 희망과 환희의 계절이라고들 말하지만 여기서는 반대로 희망의 소리가 없는 시대를 뜻하고 있다.

봄밤에 시적 자아는 서글픈 자기 존재를 그리고 있다.

김억은 1893년에 태어났으며, 호는 안서(岸曙)이다. 그는 일찍이

이 땅에 서구의 시와 시론을 번역하여 소개하였다.

　1918년에 나온 『태서문예신보』는 주간으로 발행된 순문학 잡지인데, 김억이 번역한 서구의 근대시가 많이 실렸다. 그는 최초의 번역시집 『오뇌의 무도』를 1921년에 출판했으며, 번역뿐만 아니라 창작에도 손을 대서 자신이 쓴 시를 『태서문예신보』에 발표하기도 했다. 그 결실이 1923년에 발간된 『해파리의 노래』라는 시집이다. 프랑스 상징주의 시의 영향을 받아 쓴 퇴폐적이고 상징적인 시들이 실려 있는, 최초의 개인창작시집이라 할 수 있겠다.

　김억은 최초의 번역시집, 개인창작시집을 발간하는 외에도 김소월을 오산학교에서 가르쳐 소월의 시를 문단에 소개하고 한국문학을 발전시키는 데 기여했다. 상징주의적 경향의 시를 쓰던 김억은 소월을 지도하면서 시적 정서가 민요풍으로 바뀌게 되었다. 그래서 나중에 발간한 『봄의 노래』(1925), 『안서시집』(1929) 등에는 민요풍의 시들이 많이 실려 있는 것이다.

# 「불노리」 – 주요한

**2**

## 불노리

아아, 날이 저문다, 서편 하늘에, 외로운 강물 우에, 스러져 가는 분홍빛 놀…… 아아 해가 저물면, 날마다 살구나무 그늘에 혼자 우는 밤이 또 오것마는, 오늘은 사월이라 파일날 큰길을 물밀어가는 사람 소리는 듯기만 하여도 흥성시러운 거슬 웨 나만 혼자 가슴에 눈물을 참을 수 업는고?

아아 춤을 춘다, 춤을 춘다 싯벌건 불덩이가, 춤을 춘다. 잠잠한 성문 우에서 나려다보니, 물 냄새 모랫 냄새, 밤을 쎄물고 하늘을 쎄무는, 횃불이 그래도 무어시 부족하야 제 몸싸지 물고 쓸쎄, 혼차서 어두운 가슴 품은 절믄 사람은 과거의 퍼런 꿈을 찬 강물 위에 내여던지나, 무정한 물결이 그 기름자를 멈출 리가 이스랴?— 아아 썩거서 시들지 안는 쏫도 업것마는, 가신 님 생각에 사라도 죽은 이 마음이야, 에라 모르겠다, 저 불씰로 이 가슴 태와버릴가 이 서름 살라버릴가, 어제도 아픈 발 쓸면서 무덤에 가보앗더니 겨울에는 말랏던 쏫이 어느덧 피엇더라마는,

58

사랑의 봄은 또다시 안 도라오는가, 찰하리 속 시언이 오늘 밤 이 물 속에…… 그러면 행여나 불상히 녀겨줄 이나 이슬가…… 할 적에 퉁, 탕, 불쯰를 날니면서 튀여나는 매화포, 펄덕 정신을 차리니 우구구 쎠드는 구경꾼의 소리가 저를 비웃는 듯, 꾸짓는 듯, 아아 좀더 강렬한 열정에 살고 십다. 저긔 저 횃불처럼 엉긔는 연긔, 숨맥히는 불쏫의 고통 속에서라도 더욱 쯔거운 삶을 살고 십다고 쏫밧게 가슴 두근거리는 거슨 나의 마음…….

(3연 생략)

아아, 강물이 웃는다. 웃는다. 괴상한 우슴이다. 차듸찬 강물 이 씹씹한 하늘을 보고 웃는 우슴이다. 아아 배가 올라온다. 배 가 오른다. 바람이 불 젹마다 슬프게 슬프게 씨걱거리는 배가 오른다…….

저어라, 배를, 멀리서 잠자는 능라도까지, 물살 쌔른 대동강 을 저어 오르라. 거긔 너의 애인이 맨발로 서서 기다리는 언덕으 로 곳추 너의 뱃머리를 돌니라. 물결 끄테서 니러나는 추운 바람 도 무어시리오. 괴이한 우슴소리도 무어시리오, 사랑 일흔 청년 의 어두운 가슴속도 너의게야 무어시리오, 기름자 업시는 '발금' 도 이슬 수 업는 거슬—
오오 다만 네 확실한 오늘을 노치지 말라.
오오 사로라, 사로라! 오늘 밤! 너의 발간 횃불을, 발간 입 셜을, 눈동자를 쏘한 너의 발간 눈물을…….

「불노리」는 4월 초파일 행사인 관등놀이를 제재로 하여 씌어진 시이다. 불놀이를 구경 나온 구경꾼들의 떠들썩한 기분이 넘치는 데, 반대로 서정적 자아는 고독하다. 슬픔에 가득 찬 시인의 시적 자아의 심상이 그려져 있다.

왜 서정적 자아는 슬픔을 느끼고 있을까?

'아픈 발 끌면서 무덤에 가보았더니, 겨울에는 말랐던 꽃이 어느덧 피었더라마는, 사랑의 봄은 또다시 안 돌아오는가'에 표현되어 있다. 자연의 계절은 어김없이 다시 돌아오지만 이 세상을 떠난 임은 다시 돌아오지 않기 때문이다.

서정적 자아는 어느 곳에 위치하는가?

'나'는 '성문 위에서' 내려다보고 있다. 이 시의 공간적 배경은 대동강이고, 시간적 배경은 4월 초파일이다.

서정적 자아의 외부와 내부가 대립되어 그려진다. 밖의 풍경은 불이 춤을 추듯이 넘실거리고, 이와 대조되어 가신 임을 생각하는 '나'의 마음속에는 슬픔이 솟구친다. '서정적 자아'와 '구경꾼'이 대립된다. 서정적 자아는 슬픔을 탄식하며 자기를 불쌍히 여겨줄 사람이 아무도 없다는 것을 깨달을 뿐 아니라, 다른 이들이 비웃고 꾸짖는 것 같다고 생각한다. 이러한 생각이 미치는 순간 서정적 자아는 '아아 좀더 강렬하게 살고 싶다'고 외친다.

서정적 자아는 슬픔과 탄식에서 벗어나 현실을 초극하려는 의지를 보여준다. "배가 오른다"에서 시상의 흐름이 바뀐다. '네 확실한 오늘을 놓치지 말라'고 하여 좌절과 탄식을 극복하고 자아를 실현하려는 의지로 전환된다. '배'가 이 곳과 저 곳을 이어주는 매체가 되어 '배'는 분열된 감정을 통합하면서 갈등을 극복하고 삶의 의욕을 표출한다.

마지막 연에서 '너의 애인이 맨발로 서서 기다리는 언덕으로 곧추 너의 뱃머리를 돌리라'와 '그림자 없이는 밝음도 있을 수 없는 것을'을 해석하여보자. 애인은 가신 임과 동일하다고 보아야 한다. "맨발로 서서 기다리는 애인"은 잃어버린 조국으로 확대 해석할 수 있다. '그림자 없이 밝음도 없다'는, 시대의 암울한 어둠을 인식하는 것으로 현실의 어둠을 극복하여 미래의 밝음을 믿는 것이다.

주제는 임을 상실한 슬픔과 고뇌를 극복하려는 의지의 표출이다.

시상은 현재, 과거 회상, 현재로 시간적 흐름을 보여준다.

중요한 이미지는 불과 물이다. '불덩이'/'찬 강물'에서 '물'은 임과의 사별을 인식하게 하는 절망감을, '불'은 삶에의 열망을 느끼게 한다.

색채 이미지인 '시뻘건'/'퍼런'이 대립되면서 대조적 이미지를 불러일으킨다. 꽃, 술, 빨간 입술, 빨간 눈동자 등은 '불'과 동일한 이미지들이다. 이것은 생명의 본능을 상징하여 소생, 부활, 열정 등을 나타낸다. '물'의 이미지는 강물, 눈물, 어둠 등으로 변형되어 나타난다. '물'은 '불'과 대립되며, 죽음을 유혹하는 고뇌이며, 열정을 억압하고 부활을 방해하는 심상이다. 이 시는 삶과 죽음, 밝음과 어둠, 기쁨과 슬픔, 고뇌와 부활의 대립적 심상을 보여준다.

「불노리」는 상징적 수법으로 쓴 최초의 자유시이다. 행과 연의 구분 없이 문단으로만 나누어 쓴 산문시이기도 하다.

주요한은 이 시를 1919년 『창조』의 창간호에 발표하였다. 『창조』를 창간한 김동인은 "독자들이 지금까지 보지 못한 최초의 시"라고 극찬하였고, 김동인의 이 '최초의 시'라는 주장 때문에 이후 많은 학자들이 최초의 시다, 아니다, 라는 논란을 벌이게 된다.

문학사에 나타난 최초의 자유시라고 불려진 이유는 이 시가 최초로 자수율을 깨뜨리고 정형성을 벗어나 연까지도 무시한 최초의 산문시이기 때문이다. 거기다 더해 프랑스 상징주의 시의 영향을 받아 최초로 상징적 기법을 썼기 때문에 현대의 시라고 한다. 처음으로 시어의 다양한 이미지를 사용한 점이 인정되는 것이 그 이유이다.

그러나 이 시를 최초의 자유시로 인정하지 않는 주장도 있는데, 이는 최초의 현대시로 보기에는 시인의 영탄적 감정이 과잉으로 흘러넘치고, 이러한 감상적 어조는 시인이 극복해야 하는 미숙한 감정으로 보이기 때문이다.

어쨌든 현대시로 넘어오는 단계에서 「불노리」가 보여준 문학사적 의의를 부정할 수는 없다. 최초의 산문시이며 현대시의 기법을 내포하고 있는 근대시인 것은 확실하기 때문이다.

그런데 주요한은 「불노리」보다 먼저 『학우』에 '에튜우드'라는 제목하에 여덟 편의 자유시를 발표했다. 그 중에 「샘물이 혼자서」를 보면, 이 시가 이미지가 반복되고 변형되면서 정서적으로 안정된 균형미를 보이고 있음을 알 수 있다. 샘물이 혼자서 흘러가는 모습을 생동감 있게 그리고 있다. 시어도 세련된 구어체, 순수한 우리말로 씌어졌다. 이러한 요소들을 볼 때, 「불노리」보다 먼저 발표한 「에튜우드」를 최초의 현대시로 보는 것이 옳다는 주장도 있다.

주요한의 시가 이전에 발표된 신시와 다른 점은 무엇일까?

신시는 애국과 새로운 문명을 찬양하는 주제를 다루어 교훈적·계몽적이었음에 비해, 주요한과 새로 등장한 시인들은 개인의 감정을 서정적으로 노래했다는 점이 가장 큰 차이이다. 그래서 김동인은 최남선, 이광수의 계몽적인 시와는 다른 주요한의 자유시를 최초의 시라고 주장하는 것이다.

### 샘물이 혼자서

샘물이 혼자서
춤추며 간다.
산골짜기 돌 틈으로.

샘물 혼자서
웃으며 간다.
험한 산길 꽃 사이로.

하늘은 맑은데,
즐거운 그 소리
산과 들에 울리운다.

　이 시는 시어와 시상, 형태 면에서 안정된 현대시이다. 샘물이
흐르는 모습이 맑고 명랑하며, 마지막 연에서 샘물 흐르는 소리는
온 세상으로 퍼져나가고 있다.
　주요한의 「불노리」를 둘러싼 양쪽의 의견을 종합할 때 그는 현대
시로 첫걸음을 내딛는 근대시를 쓴 시인으로 주목된다.
　문학사에서 이 시기의 시는 근대시로 분류한다. 이 시기에는 주요
한 외에 김억과 황석우 등이 활약했다.

# 1910년대 소설

1910년 한일합방으로 국권이 상실되고, 언론과 출판의 자유가 규제되었다. 우리의 신문은 폐간되고, 일본 총독부의 기관지인 『매일신보』만 남았다.

최남선이 1908년 창간한 잡지 『소년』으로부터 신문학운동이 시작되어, 우리나라 최초의 근대시와 근대소설이 탄생했다. 1914년 최남선이 창간한 『청춘』과 『태서문예신보』(1918), 『학지광』 등에서 새로운 문학작품을 만날 수 있다. 『소년』에서 신문장 건립운동을 시작하였다. 한문을 주로 썼던 문장에서 한글을 주로 쓰는 국주한종(國主漢從)과 언주문종(言主文從)의 문장이 확립되었다.

1910년대에 개화기의 신소설이 자리하고 있었지만, 이 때 새로 나타난 문인이 최남선과 이광수이다. 이 두 사람은 신문학 초기의 중요한 역할을 담당했던 작가들로, 이들이 활동한 시기를 '2인문단 시대'라고 한다. 최남선은 최초의 신시 「해에게서 소년에게」를 썼고, 이광수는 최초의 근대 단편소설 「어린 희생」을 발표하였다.

『청춘』에서는 현상문예 작품을 모집하여 강용흘, 김명순, 방정환 등 새로운 작가들을 등장시켰다.

1918년에 창간된 『태서문예신보』에서는 서양의 문학을 소개하였고, 장두철, 김억, 황석우 등 새로운 시인들이 나타나 점차 우리의 창작품이 발표되면서 최남선, 이광수 2인문단시대의 막이 내리게 된다.

그러나 1910년대 소설에서는 누구보다도 이광수가 으뜸의 자리에 놓이게 된다.

이광수는 「어린 희생」, 「소년의 비애」, 「윤광호」, 「어린 벗에게」 등에서 조국과 아버지를 잃은 슬픔, 자유연애, 민족계몽을 부르짖었다. 문학사에서는 이광수의 문학을 계몽문학이라 하는데, 그는 1917년에 최초의 근대 장편소설인 「무정」을 발표했다.

# 근대소설의 시작 — 이광수

한일합방이 되었던 1910년에 이광수는 소년을 주인공으로 하는 「어린 희생」을 『소년』에 발표했다. 16, 17세 되는 소년이 주인공인 이 소설은 우리 문학에서 처음으로 씌어진 근대 단편소설이다.

### 어린 희생

때는 1773년 11월, 녹다 남은 눈이 여기저기 있고 북빙양의 바람이 불어왔다. 16, 17세 되는 소년이 할아버지와 함께 살며, 아버지를 기다리고 있었다. 그 때 아버지가 전사했다는 전보를 받는다. "네 아비가 죽었다. …… 나라를 위하여! 동포를 위하여!" 소년은 아버지의 원수를 갚으러 뛰어나간다. 할아버지는 "울지 마라, 울지는 않아도 잊지를 아니하여야 한다. 어서 공부 잘하여서…… 커서…… 원수 갚게……" 하며 말린다. 바람이 살을 에이는 추운 밤, 노인이 잠든 틈에 소년은 몰래 나간다. 악몽을 꾸다 잠이 깬 노인은 소년은 없고 양초만 타고 있는 것을 발견한다. 그 때 아라사 기병들이 들어와 술을 내라며 칼을 빼든다. 노인은 술을 주면서 아라사 기병이 한 목도리를 본다. 그것은 바로 소년이 하고 나간 것이다. 아라사 기병들은 술을 마시고, 노인은 이들의 칼에 소년이 죽었을지도 모른다는 생각에 애를 태운다. 노인은 소년을 찾아나선다. 달빛 속을 뛰어가니 전봇대에 소년이 매달려 있다. 죽은 소년을 집으로 데려와 곳간에 누인다. 술병에 독약을 타서 취한 기병들에게 준다. 노인은 독이 든 술을 마시고 쓰러진 기병들을 창으로 찌른다. 노인은 소년의 시체를 식탁 위에 누이고 죽은 세 기병들에게 차례로 사죄를 시킨다. 노인은 죽은 시체들을 바라보다가 슬프게 말한다. "너희들이 무슨 죄가 있기에…… 너희도 못된 놈 때문에 부모처자 버리고 멀리 나왔지. 너희도 원래는 사람을 죽이기를 좋아하지는 않았겠구나." 노인은 기병들의 시체도 죽은 손자의 시체처럼 정다워짐을 느낀다. 노인은 "조물주여. 왜 전지전능한 손 가지고 이렇게 죽이게 만들었소"라고 말하며 쓰러진다.

아라사는 러시아다. 죽은 아버지의 원수를 갚으려던 소년이 원수의 손에 죽는다. 노인은 또 소년의 원수를 갚는다. 그러나 죽은 기병들이 무슨 죄가 있을까? 노인은 전쟁을 일으킨 사람이 나쁘다고 생각한다. 인간이 태어나서 왜 서로를 죽여야만 하는가? 노인은 전지전능한 조물주를 원망한다. 자신이 복수하려는 마음으로 죽인 기병들에게 사랑을 느낀다. 전쟁이 인간을 살인자로 만들었다. 결말에서 나타나는 주제는 인류애이다.

이광수는 「어린 희생」 이외에 「소년의 비애」(1917, 『청춘』), 「어린 벗에게」(1917, 『청춘』), 「윤광호」(1918, 『청춘』) 등의, 소년 또는 청년을 주인공으로 하는 단편들을 발표한다. 이 단편들에서 그는 청년들의 순수한 사랑을 그렸으며, 조혼제도 반대, 그리고 자유연애를 주장했다. 그러나 이 작품들은 문학적으로 아직 미숙한 것이 사실이다.

그 후 우리나라 신문학 사상 최초의 장편소설인 「무정」이 나타난다. 「무정」은 한국문학사에서 근대소설의 시작으로 꼽히는 소설이다.

　이광수는 1892년에 평북 정주에서 태어나 6 · 25 때 납북되었다. 그가 열 살이었을 때 아버지가 콜레라로 죽었는데, 그는 그 때 이상하게도 어머니가 막내 여동생을 업고 아버지의 시체를 넘고 있는 광경을 보게 되었다. 놀란 어린 이광수에게 어머니는 "죽은 송장을 넘으면 저승사자가 그 사람을 잡아간다"며 "우리는 먼저 죽을 테니 너와 누이동생은 잘살아야 한다"고 하는 것이 아닌가 ! 그리고 정말 그 말 그대로 어머니는 9일 만에, 막내는 1년 뒤에 죽었다. 죽은 송장을 넘으면 잡아간다는 말은 '까치가 울면 손님이 온다'고 생각하는 것처럼 일종의 속신이다. 당시는 의학이 발달하지 못하여 콜레라가 발생하면 한 가족 또는 마을 사람들이 거의 죽었다. 이광수의 어머니도 전염되어 죽은 것이다. 그리하여 이광수는 고아가 되었다.

　이광수의 생애와 작품을 비교해볼 때, 아버지가 없는 고아의식이 작품에 짙게 스며들어 있음이 느껴진다. 또한 아버지를 일찍 잃었기 때문에 구세대의 낡고 전통적인 인습에 용감히 반대할 수 있었던 것이다. 그는 "부모 중심, 과거 중심이던 구세대 대신에 자녀 중심, 장래 중심의 신세대를 세워야 한다"는 신념을 가지고 있었고, 구세대의 인습을 깨뜨려야 한다고 주장하면서 구세대의 풍습인 조혼제도를 반대했다. 부모들 뜻에 따라 사랑하지도 않으면서 하는 결혼을 반대하여 새로운 가정과 자유연애를 부르짖은 것이다. 그의 작품에는 자유연애를 하는 청년들의 이야기가 유난히 많다.

　이광수는 부모를 잃은 후 동학교도인 박 대령 집에 기거하며 동학 관계의 일을 했다. 그는 박 대령의 딸을 좋아했지만 박 대령이 동학 가담 혐의로 당국에 잡혀들어 가자 서울로 떠난다. 이 때 박 대령의 딸과 헤어져야만 했다. 나중에 박 대령의 딸은 「무정」에 나오는 영채의 모델이 된다. 이광수는 천도교 유학생으로 일본에 가서 중학교를 다녔다. 그러다 고향에 돌아와 가난한 선비의 딸과 결혼하지만 사랑하지 않는 여인과의 결혼에 불만을 품고 곧 일본으로 떠나버린다. 졸업 후 오산학교 교사로 재직한 그는 이 때 최남선이 발행하는 『소년』지에 「우리의 영웅」, 「곰」 등의 신체시와 소설을 발표했다.

그러다가 이광수는 오산학교 교사직을 버리고 세계여행을 떠난다. 돈도 없이 떠난 여행이라 많은 고생을 겪다가 정인보의 도움으로 상해로 가게 되고, 그 곳에서 일본유학 시절의 친구들의 도움을 받으며 러시아로 간다. 시베리아 벌판 눈보라 속에서 이광수는 그가 가장 좋아하는 세계적 작가 톨스토이를 마음속에 그리고, 톨스토이의 「부활」에 나오는 장면들을 실감하면서 얼마간을 지냈다. 만주, 상해, 러시아를 다니면서 의병이었던 사람, 독립운동을 하는 사람, 고국에서 살지 못하고 떠나온 사람들을 만나기도 했던 이광수는, 도산 안창호와 오산학교 설립자인 이승훈의 민족주의의 영향을 받아 「민족개조론」을 썼다.

소설에서는 삼각관계, 인습을 벗어난 사랑 이야기를 써서 독자들의 인기를 얻었다. 이 시베리아 여행의 체험은 「유정」(1933)에 나타난다. 「유정」의 주인공은 사랑해서는 안 될 사람 때문에 고국을 떠나 시베리아를 방랑한다. 이광수의 목적지는 미국이었다. 그러나 여비도 떨어지고 제1차 세계대전이 발발했으므로, 귀국한다.

1915년 이광수는 다시 일본에 가서 와세다 대학에 입학한다. 당시 일본에는 많은 유학생들이 공부하고 있었다. 이광수가 오산학교에서 가르친 김억(시인 김소월의 오산학교 스승)도 일본 대학에 다니고 있었다. 이광수는 다른 유학생들에게 지지 않으려고, 밀린 공부를 하기 위해 일부러 문학을 멀리하기도 했다.

그 때 『매일신보』로부터 소설을 쓰라는 전보를 받고는 1917년 1

월부터 「무정」을 연재하기 시작한다. 「무정」은 구세대의 윤리에 반항하며 새로운 자유연애, 젊은이들의 사랑 이야기를 써서 젊은 독자들의 인기를 얻었다. 한편 전통적인 윤리를 소중히 여기는 어른들로부터는 비난을 받았다.

『매일신보』는 원래 『대한매일신보』였다. 1904년 영국인 베셀(Bethell, 裵說)이 양기탁과 함께 발행했고, 항일정신이 투철한 국한문 혼용 일간지였다. 『대한매일신보』는 많은 독자가 있었을 뿐 아니라 외국에도 영향력이 컸으므로 일본 통감부는 베셀을 내쫓아버리고 1910년 한일합방 후에는 '대한'자를 이름에서 떼어버린다. 이 『매일신보』는 총독부의 기관지로 전락, 일제 패망 때까지 발행되었다. 그런데 이광수는 이런 신문에 기행문과 소설을 계속 발표하였다.

일본에 있으면서 「무정」을 연재한 후인 어느 날, 이광수는 아파서 병원에 갔다. 그런데 진찰받을 돈이 부족했다. 여의대 졸업반에 적을 두고 있던 허영숙이라는 여인은 그가 유명한 소설가인 줄도 모르고 진찰비가 없어 돌아가는 한국 청년에게 돈을 빌려준다. 최초의 여의사 허영숙은 이광수를 사랑하게 되었고 결핵으로 고생하는 그를 정성껏 간호한다. 뒤에 이광수는 허영숙과 재혼하게 된다.

### 무정

　　이형식은 경성학교 영어 교사이다. 이형식은 미국유학을 가려는 김 장로의 딸 선형이에게 영어를 가르치러 다닌다. 어느 날 한 기생이 형식의 하숙집을 찾아온다. 형식이 어려서 부모를 여의고 박 진사 집에서 자랐는데, 그 여인은 박 진사의 딸 영채였다. 박 진사는 신지식을 보급하며 청년들을 지도한 지사이다. 감옥에 간 아버지를 구하기 위해 영채는 기생이 되었다. 영채는 어렸을 때 이형식의 아내가 되라는 아버지의 말을 새기며 정조를 지키고 있었다. 그러나 이형식은 영채를 기생에서 벗어나게 할 돈이 없었다.

한편 경성학교 학생들은 교감이 교육자답지 않고 주색에 빠져 있다는 것 때문에 분개하여 동맹을 맺는다. 교감이 쫓아다니는 '월향'이라는 기생이 바로 영채였다. 월향은 교감에게 납치되어 유린을 당하는 그 순간 이형식이 찾아가 구해낸다. 그러나 몸을 더럽힌 영채는 죽으려고 한다. 이형식에게 편지를 남기고 아버지의 넋이 있는 평양으로 죽으러 간다. 편지를 본 이형식은 영채를 찾아 평양으로 갔으나 찾지 못하여 죽었다고 생각하고 경성으로 돌아온다.

며칠간 결근한 후 학교에 가니, 기생을 따라다니는 더러운 선생이라 하여 학생들이 배척한다. 이형식은 학교를 그만둘 수밖에 없었다.

김 장로는 이형식을 사위로 삼고 싶어한다. 형식은 선형이와 약혼하고 같이 미국유학을 가기로 한다.

한편 죽으려고 평양으로 가던 영채는 기찻간에서 동경 유학생인 김병욱이라는 여학생을 만난다. 병욱이는 눈물을 흘리는 영채에게 이유를 묻는다. 영채는 지난 이야기를 하며 이제 몸을 더럽혔으니 죽을 수밖에 없다고 말한다. 병욱은 이형식을 사랑했느냐고 묻는다. 영채는 대답하기를 사랑에 대해 생각해본 적이 없고, 다만 아버지의 말씀에 따라 이형식과 결혼하리라 기다렸다고 한다. 병욱은 서로 사랑하는지도 모르고 약속한 것도 아니면서 그 사람을 위해 죽는다는 것은 헛된 일이라고 말한다. 또한 옛날 사람들의 삼종지도는 낡은 사상이니 버리라고 한다. 물론 그 마음은 아름다운 것이지만, 이제부터 자기 자신을 위해 살라며 영채를 위로한다. 영채는 죽으려던 마음을 버리고 병욱이네 집으로 간다. 여름방학이 끝나고 일본으로 가는 병욱이를 따라 영채도 음악 공부를 하러 간다.

미국유학을 떠나는 이형식과 김선형, 일본유학을 가는 영채와 병욱이는 기찻간에서 만난다. 놀라는 형식과 영채, 미묘한 감정이 흐르는 영채와 선형을 태운 기차는 젊은이들의 미래를 향해 달린다.

이들이 탄 기차는 홍수로 인해서 더 이상 가지 못하고 삼량진에 서게 된다. 홍수로 집을 잃은 마을 사람들의 비참한 광경을 보고 네 사람은 자선음악회를 열고 의연금을 모아준다.

이형식을 중심으로 이들은 비참한 조선의 현실에서 교육의 필요성을 실감한다. 이형식은 "조선 사람들에게 무엇보다도 먼저 과학을 주어야 하겠어요"라고 외친다. 이들은 어서 공부하고 돌아와, 가르치고 문명을 주어야 한다고 다짐한다. 어두운 세상은 평생 어두운 것이 아니요, 무정한 것이 아니라며 「무정」을 끝맺는다.

「무정」에 나오는 인물들은 어떤 유형일까?

먼저 영채를 보면 김병욱과 대립되는 성격을 보여준다.

영채는 전통적 윤리관을 따르는 인물이다. 아버지를 구하기 위해 기생이 되었고, 아버지의 말씀에 따라 이형식을 지아비로 생각하여 왔다. 그러다가 순결을 잃게 되자 죽으려 한다. 그야말로 전통적인 여인이다. 그러나 죽으려 가는 길에 신여성인 병욱이를 만난 후 자각하고 자기를 찾으려고 노력한다. 보수적인 관습과 진보적인 이념, 이 대립적 구조에서 영채의 성격은 잘 드러난다. 또한 영채는 환경 차이에서 김선형과 대립되는 유형이다. 전통적인 여인과 서구 취향의 여성이라는 점에서 선형과 다른 성격을 지녔다.

김선형과 김병욱도 대립되는 인물이다. 교육을 받은 신여성이라는 점에서는 같으나 선형은 비주체적인 데 반해, 병욱은 진취적이고 주체적이다.

이형식은 친구인 신우선과 대립되는 성격을 보여준다. 기생으로서의 이름이 월향이인 영채를 좋아하던 신우선은 신문기자이다. 신우선은 결단력 있고 현실적인 인물로 그려진다.

이형식은 교사이며 인격자, 이상주의자이지만 우유부단한 성격이다. 이형식은 은사의 딸인 영채와 미국유학의 꿈을 이룰 수 있는 선형이 사이에서 갈팡질팡하는 인물로, 어느 쪽도 선택하기가 어려웠다. 인물들의 대립구조를 통해 성격을 드러내었다.

「무정」에는 우연한 사건이 많이 발생한다. 이를테면 기차에서 우연히 만나는 장면이 두 번이나 나온다. 비록 소설이 허구의 세계이기는 하지만 모든 사건은 필연적인 인과관계가 있어야 한다. 「무정」에서는 잦은 우연성으로 인하여 사건 전개의 필연성이 약하게 되었다.

「무정」의 문학사적 의의는 근대문학의 시작이며 현대 장편소설의 싹을 틔웠다는 것이다. 조선의 지도자로서 이형식이란 인물을 창조하여 교육의 중요성을 외치는 등 계몽문학의 성격이 강하다.

인습적인 낡은 결혼제도에 반대하여 새로운 사랑을 이야기하였다. 이를테면 다음과 같은 대목에서 잘 드러난다.

"선형 씨는 나를 사랑합니까?" 하고 힘 있게 눈을 보았다. 선형이는 하도 뜻밖의 질문이라 눈이 둥그래진다.

"만일 선형 씨가 나를 사랑하시지 아니하시면……."
"벌써 약혼을 했는데두?"
"약혼이 중요한 것이 아니지요."
"그러면 무엇이 중요합니까?"
"사랑이지요."
"만일 사랑이 없다 하면?"
"약혼은 무효지요."

"아내가 되었으니까 지아비를 사랑합니까, 또는 사랑하니까 아내가 됩니까?"
이것도 선형에게는 처음 듣는 말이다.

'무엇보다 중요한 건 사랑', 이런 말은 정말 당시로선 처음 듣는 말이다. 당시의 풍조는 사랑해서가 아니라 어른이 정해주었기 때문에 그 사람과 결혼하는 것이었다. 이광수는 당시의 조혼제도를 반대하고 새 시대의 새로운 사랑을 열어야 한다고 계몽하였다.

「무정」은 삼랑진에서의 수해사건이 절정을 이룬다. 삼랑진의 수재민을 돕기 위한 자선음악회를 열고 의연금을 전달한 후, 이형식은 "과학! 과학!" "조선 사람에게 무엇보다 먼저 과학을 주어야 하겠어요, 지식을 주어야 하겠어요"라고 말한다. 삼랑진 수해를 보고 이들은 민족적 일체감을 느낀다. '저들'이 아닌 '우리들'이라는 사실을 인식하고 "힘을 주어야지요! 문명을 주어야지요, 가르쳐야지요! 교육으로 실행으로"를 외치게 된다.

그러나 소설의 주인공인 이형식은 교사로서, 지도자로서의 행동을 보여주지는 못하였다. 작가는 이형식이 지도자라고 설명하고, 교육의 필요성을 역설할 뿐이다. 특히 삼랑진에서 교육의 필요성을 외치는 이형식의 설교에 세 처녀는 감격한다. "교육으로, 실행으로 저들을 가르쳐야지요, 인도해야지요, 그러나 그것을 누가 하나요?" 하고 형식이 힘 있게 묻자 세 처녀는 감동하여 "우리가 하지요!" 하고 외친다. 민족을 위해 공부하고 큰일을 하려는 다짐으로 모두 눈물을 흘린다. 그러면서 그 동안의 갈등이 해소되어 일체감을 이루는 감상적 결말을 보여준다.

결말에서 작가가 직접 개입하여 제목인 「무정」을 설명하고, 이들이 떠난 뒤 조선은 많이 변하여 교육, 경제, 문학 등이 문명사상의 보급으로 진보하고, 쇠하였던 우리의 상업도 진흥하여, 우리의 땅은 날로 아름다워져간다고 서술하고 있다.

이광수가 작품에서 내세우는 민족, 인도주의와 계몽은 지식인의 관념에 불과하다. 즉 현실을 제대로 파악하지 못하고 있는 것이다. 작품에서는 일본의 문명보급으로 모든 것이 진보하였다고 말하지만, 현실은 그 반대이다. 한일합방 이후 우리의 현실은 점점 피폐해졌고, 조선인들은 상권과 땅을 빼앗겨 살 수 없게 되었는데도 당시의 현실을 똑바로 보지 못하고 있다. 한마디로 역사의식, 현실인식이 부족하다.

이광수는 이 작품을 통해서 교육의 필요성을 강조하고 있다. 하지만 미국유학을 떠나려는 선형이가 꿈꾸는 것은, 미국에서 공부한 남편과 함께 고국으로 돌아오는 미래를 공상하는 것뿐이다. 교육받은 것을 어떻게 활용해서 조선을 위해 봉사하겠다는 구체적인 계획이 없다. 그러나 교육은 수단이지 목적이 아니다. 이러한 점들이 이광수의 한계점으로 지적되고 비판되는 요소이다.

이광수는 연설과 설교를 통하여 주제를 드러내고 있다. 주제를 암시하거나 복선으로 깔지 않고 직접적으로 제시하고 있다. 개인적 애정의 갈등에서 벗어나 문명개화를 이루기 위하여 교육의 필요성을 인식하고 민족적 일체감을 느끼는 것이 주제이다.

「무정」에서는 이광수의 민족주의적인 이상과 계몽주의 이념이 '그대로' 나타난다. 그리고 이러한 사상은 작품 속에서 설교, 연설의 형태로 제시된다. 이광수의 문학은 계몽문학이라고 일컬어지는데, 그는 조선의 백성들을 가르침을 받아야 하는 무지한 대상으로 생각하였다.

그러나 형식적인 면에서, 「무정」은 3인칭인 '그'를 사용하고, 문어체에서 탈피하여 구어체를 쓰고, 시제의 확립을 보여주어 고대소설과는 다르다.


## 이광수의 다른 작품들

「개척자」(1919, 「매일신보」), 「재생」(1924, 「동아일보」), 「흙」

(1932, 『동아일보』), 「유정」(1933, 『조선일보』), 「그 여자의 일생」 (1934, 『조선일보』), 「사랑」(1938, 박문서관) 등의 장편과 「무명」 (1939, 『문장』)이 이광수의 대표작이다.

이 작품들은 인도주의, 민족주의, 계몽주의, 기독교 정신, 불교 정신 속에 지고한 사랑을 표방했지만, 결국은 사랑의 자유, 신(新) 연애관을 그린 작품들로 모두가 「무정」의 연장선상에 놓인다.

이광수가 1930년대에 쓴 소설들을 살펴보자.

「유정」의 주인공 남정임은 어려서 부친이 옥사한 후, 부친의 친구 인 최석의 보살핌 속에 자란다. 남정임의 최석에 대한 감정은 부친 의 정에서 이성의 애정으로 변하게 된다. 주변에서는 남정임과 최석 의 관계를 모두 이상한 눈으로 보게 되며 결국 부인의 질투로 최석은 교장직에서 물러난다. 최석은 정임에 대한 사랑을 억제하며 추운 시베리아 삼림지대를 방랑하다가 병이 든다. 폐결핵을 앓고 있는 남정임과 최석의 딸과 '나'가 최석을 찾아 시베리아로 갔을 때는 최 석은 이미 죽어가고 있었다. '나'는 병든 정임이도 죽으면 이 시베리 아에 '두 별의 무덤'을 세우리라 생각한다.

「사랑」에서는 교원을 하던 석순옥이 안빈의 저서에 감동하여 그 의 병원의 간호사가 된다. 안빈은 이상주의의 인격자이다. 안빈의 아내도 그를 하나님 같은 사람이라고 믿고 있다. 안빈은 인간이 사 랑하는 감정의 종류에 따라 혈액이 다르다는 것을 연구한다. 모성적 인 사랑과 이성적인 사랑. 순옥이의 안빈에 대한 감정은 어떤 것일 까? 모성애와 같은 지고한 사랑인가, 동물적인 사랑인가?

「유정」에서는 이상적이며 기독교적인 사랑이, 「사랑」에서는 기 독교적인 사랑과 불교적인 사랑이 나타난다.

이광수는 성장과정에서 종교와 밀접한 관계를 가지고 있었다. 어 렸을 때는 천도교의 도움으로 성장하고 정신적 영향을 받고, 그 후 기독교의 사랑과 믿음에 경도하며, 장년이 되면 불교적 인생관의 작품들을 많이 보여준다. 불교적 인생관을 보여준 대표적인 작품들이 「사랑」과 「무명」 등이다.

「흙」에서 주인공 허숭은 고등문관 시험에 합격하여 부잣집 딸과 결혼한다. 그러나 그는 시골인 살여울에 내려가 협동조합과 야학을 하고, 허숭의 아내는 남편이 시골로 내려간 사이에 다른 남자와 사랑을 나눈다. 그러다가 허숭의 아내는 교통사고로 다리를 다치고, 허숭은 시골 살여울 처녀의 사랑을 받는다. 사랑의 삼각관계가 흥미를 끈다. 그러다가 허숭은 협동조합 일로 잡혀가게 된다. 결국 허숭의 아내가 잘못을 뉘우치고 살여울로 내려가는 것으로 삼각관계는 해결된다.

이 「흙」에서는 일제 강점기에 농토를 빼앗긴 농민들, 빚에 쪼들려 딸을 팔아야 하는 비참한 농촌 현실이 그려진다. 후에 나오는 심훈의 「상록수」와 함께 대표적인 농촌계몽소설로 꼽힌다. 당시 『동아일보』에서는 전국적인 농촌계몽운동을 전개했었는데, 이러한 시대의 열망이 「흙」에서 구현되었던 것이다.

일제는 진주만을 공격하고 태평양전쟁을 일으키면서 우리나라 청년들을 학병으로 끌고 갔다. 일제는 최남선, 이광수 등의 문인들, 지도자들을 앞세워 내선일체를 강조하고 황국의 신민으로서 전쟁에 앞장서 나설 것을 선동하게 된다.

3·1 기미독립선언서를 낭독하고 민족과 독립을 외치면서 감옥에 갔던 이들은 결국 일제의 압력에 굴복하고 말았다. 어쩔 수 없는 인간의 한계일까? 이들 지도자들의 변절은 우리 민족의 씻을 수 없는 상처로 남게 된다.

일제의 정책에 동조했던 이광수는 해방 후 구속되었다. 이광수의 어린 아들은 "결핵으로 다 죽게 된 아버지를 풀어주시고 건강한 자식이 대신 갇히게 해주시옵소서"라고 피로 쓴 탄원서를 제출한다. 그는 병보석으로 풀려나지만 6·25 때 납북되었다.

# 1910년대 희곡

　1900년대 신극은 '원각사'에서부터 시작되었다. 1908년 이인직의 소설 「은세계」를 신연극이라 하여 원각사에서 공연한 것을 들 수 있다. 「은세계」를 신연극이라고 광고는 하였지만, 우리의 광대들이 부르던 「최병두 타령」을 바탕으로 한 것이기 때문에 사실은 창극으로 보아야 한다.

　지금까지 우리의 전통극이 한쪽에서는 그대로 존재해 있으면서, 시대의 변화에 따라 새로운 형태의 연극이 나타나고, 새로운 명칭이 붙게 되었다. 이것을 신극이라 한다. 개화기 이후의 극은 신연극, 신파극, 신극이란 명칭으로 불린다. 처음에는 신파극이라고 불렸지만 뒤에 신극이란 명칭이 더 많이 쓰이게 된다. 신극은 우리의 전통적 연극(판소리, 창, 탈춤)에서 근대극으로 넘어가는 단계의 연극을

지칭하는 것이다. 1910년대의 연극은 신극의 시대였지만, 1920년대
에는 서구 연극의 영향을 받아 근대극이 시작된다.

1910년대 연극의 출발은 1911년 임성구가 조직한 '혁신단'이 「불
효천벌」을 공연하면서 이 땅에 신파극이 시작되었다. '혁신단'은 처
음으로 지방 순회공연도 하였다.

1912년 매일신보 기자였던 조일재와 윤백남이 극단 '문수성'을
창립하고, 원각사에서 「불여귀」를 공연하였다. 뒤에 '유일단', '예
술좌', '취성좌' 등 신파극단이 속속 결성되었다.

1910년대 희곡작품으로 어떤 것이 있었는가?

첫째, 주로 일본의 신파극을 번안하거나 우리의 신소설을 각색하
여 공연하였다.

신파극은 처음에는 조선에 머물고 있는 일인들을 위해 공연되었
다. 신파극이라는 명칭은 일본의 명치 시대에 생긴 새로운 연극을
가리키는 이름인데, 구극인 가부키와는 다른 새로운 형태라는 뜻으
로 붙여진 이름이다. 이 새로운 연극형태가 우리나라에 들어오면서
신파극이란 명칭도 그대로 사용되었다. 신파극은 주로 군사극, 탐
정극, 가정 비극 등을 공연하였는데, 일본에서 인기 있는 대중소설
을 각색하여 무대에 올렸고, 우리나라에서도 이러한 소설들을 번안
하여 공연하였다.

「장한몽」은 지금도 유명한 심순애와 이수일의 사랑 이야기인데,
이것은 「금색야차」라는 일본 소설을 번안한 극이다. 「장한몽」은 조
일재가 우리의 정서에 맞게 주인공의 이름과 극중 배경을 대동강으
로 바꾼 것이다.

신파극으로 인기를 끌었던 작품은 「육혈포 강도」, 「불여귀」, 「장
한몽」 등이다. 그 외에 이해조의 「봉선화」, 이상협의 「눈물」, 「재
봉춘」, 최찬식의 「추월색」 등이 공연되었다.

신파극은 전근대적인 유교적 도덕성을 중시하고, 권선징악적인

주제를 내세웠다.

그러나 대중의 인기를 얻었던 요인은 주로 감상적인 눈물을 짜내게 하였기 때문이다. 아무래도 극의 내용은 대중적일 수밖에 없었다. 신파극을 한 사람들은 대개 일인들의 신파극단에서 일을 하면서 연극을 시작한 사람들이었다.

둘째, 최초로 한글로 활자화된 극본들이 나타나기 시작하였다.

우리나라 최초의 희곡인 「병자삼인」은 1912년에 조일재가 썼다. 윤백남의 「국경」은 1918년에 『태서문예신보』에 실렸고, 「운명」은 1921년에 공연되었으나 1917년경에 쓰어졌다.

이 극들은 개화기의 새로운 바람인 신식 여성이 등장하여 여권신장을 내세우고 있다. 남존여비의 인습을 타파하려는 신식 여성들과 전통적 유교사회의 구식 남성들의 갈등을 보여주고 있으나, 결말에서 여성들이 패배한다. 새 시대의 변천을 보여주면서 오히려 여권신장을 주장하는 신식 여성들을 냉소적으로 풍자하고 있다. 결국 여권을 옹호하는 남녀평등, 신가정, 여성의 자각과 승리가 무너짐으로써 작가들의 근대의식이 결여되어 있음을 드러내고 있다. 이것은 사회적으로 아직 봉건적 인습에서 벗어나지 못하고 있음을 반영하는 것이다.

셋째, 희곡에서 문학적 사상의 변화를 보여준 작가가 이광수이다. 이광수는 「규한」(1917)과 「순교지」에서 부모의 결정에 따른 인습적 결혼의 모순을 비판하고, 인습과 근대의식의 갈등을 그리고 있다.

1910년대에 모두 52편이 공연되었으나 창작 희곡은 「병자삼인」, 「규한」, 「순교자」, 「국경」과 최승만의 「황혼」(1919, 『창조』) 등 다섯 편이 있다. 1910년대 희곡에서 주로 다룬 내용은 전근대적인 것과 근대의식의 자각이 충돌하는 것이다.

# 「병자삼인」 — 조일재

　일재 조중환은 매일신보 기자였다. 그는 윤백남과 극단 '문수성'을 설립하고, '문수성' 창립 공연작품인 「불여귀」에서 배우로 공연하기도 했다. 조중환은 주로 일본 작품을 번안하였는데, 심순애와 이수일의 이야기인 「장한몽」이 가장 유명한 번안극이다.

　처음 씌어진 창작 희곡은 「병자삼인」으로 1912년 「매일신보」에 연재되었다.

　「병자삼인」은 한국문학사에서 최초의 근대 창작 희곡이다. 아직 신파극적인 요소를 벗어나지는 못했고, 전통적인 탈춤의 해학적·풍자적 요소도 있는 희곡이다.

　여교사, 여의사, 여교장 등 세 명의 여성을 중심으로 전개된다. 직업을 가진 세 여성은 남편들을 무능하다고 구박한다. 남편들은 귀머거리, 벙어리, 장님 행세를 해서 부인들의 멸시를 면하려다가 더 곤경에 빠진다.

### 병자삼인

　1장의 무대는 여교사인 이옥자의 집이다. 막이 열리고 여교사의 남편인 정필수가 밥을 하고 있다.

정필수 ― 아이참 세상도 괴이하고, 강원도 시골 구석에서 국으로 가만히 있어서, 농사나 하고 들어 엎디었드면 좋을 것을 이게 무슨 팔자란 말이오

정필수는 신세 한탄을 한다. 학교를 졸업하면서 교사 시험을 쳤더니 마누라는 붙고, 남편은 떨어졌다. 마누라는 학교 교사가 되고 남편은 학교 소사가 되었다. 학교에서 마누라는 남편을 하인이라 부른다. "이런 망할 놈의 팔자가 어데 있나, 계집을 상전같이 섬기는 놈은 나밖에 없을걸" 하고 팔자 타령을 하는데 쌀가게 아주머니가 쌀값을 받으러 온다.

쌀가게 아주머니는 남편을 잘 두었다고 부러워한다. 그러나 아내는 교사 월급을 받아서는 옷 사입느라고 다 쓰고 쌀값을 줄 돈도 없다.

아내는 선생이고 남편은 학교 소사라고 하인으로 대한다. 아내는 국어독본을 가져다가 남편에게 공부를 가르친다.

2장은 병원 응접실이 무대이다. 공소사 병원이란 간판이 있다. 하계순과 아내 공소사는 의사이다.

하계순은 학교 하인의 병을 진찰하고 왔다며, 학교 하인은 귀머거리 병에 걸렸다고 말한다.

아내인 여의사는 무엇을 보고 귀머거리라고 하느냐며 학리(學理)를 대라고 한다. 남편 의사는 하인이 귀가 들리지 않는다고 하니 귀머거리병이라고 대답한다.

아내는 "그 흉증스런 위인이 부러 귀먹은 체하고 있는데 명색이 의원이라면서 그만 것을 분간치 못한단 말이오" 하고 야단친다. 약을 잘못 써서 남의 목숨을 없애는 돌팔이 의원을 우리 병원에 두었다가는 병원의 명예를 손상시킨다고 말한다.

아무 말 못하는 남편을 벙어리라고 야단치고, 벙어리 의사는 필

요 없으니 문간 심부름이나 하라고 한다.

3장은 여교장의 사무실이다.

학교 교장 김원경의 남편인 박원청은 학교 회계로 일한다.

학교에서 회계를 보는 박원청에게 기생집에서 술값을 받으러 왔다. 술값을 받으러 온 기생은 돈을 주면 매화의 편지를 주겠다고 해서 술값을 받아 간다. 교장 김원경이 들어와 계산하니 돈이 부족하다. 거짓말하는 남편에게 매화의 편지를 들이대며 야단을 친다. 남편은 편지가 보이지 않는 시늉을 한다. 그래서 장님이 된다.

4장은 학교 문 앞이다. 귀머거리, 벙어리, 장님 행세를 하는 남편들이 아내에게 대항한다.

박원청 — "대체 동양이라 하는 것은 남존여비한 풍속이 있는 곳이라, 가령 여자가 아무리 학문이 있고 돈을 많이 벌지라도 그렇지. 사나이들은 처음부터 마누라들에게 소들하게 보이어 놓아서 점점 여편네는 기승하고 사나이는 축 처지지……(중략)……자네들은 계집이 무서워서 병신 흉내를 다 낸단 말인가. 그저 주먹바람이 제일일세. 그래도 듣지 않거든 내쫓아버리지."

남편들은 합심하여 아내에게 큰소리를 하려 하지만, 아내들은 남편들을 내쫓으려 한다. 그 때 헌병보조원이 나타난다. 아내들은 각기 남편의 잘못을 이야기한다. 헌병이 남편들을 묶어 잡아가려 하니, 그 때야 아내들은 자기들의 남편이라고 말한다. 세 여자들은 남편의 손을 잡으며, 병신 흉내를 내지 말라고 말한다. 막이 내린다.

가정의 불화가 외부의 힘(헌병)에 의해 해결되는 결말은 미성숙한 해결방법이다. 직업을 가진 주체적인 여성과 무능한 남편을 대립시켰다는 점이 새롭다. 그러나 이러한 주제를 전개하는 데 있어 작가는 동양적 사고의 틀을 벗어나지 못했고, 여성을 희극화하고 있다. 작가는 여성에게 긍정적이지 않다. 유능한 여성과 무능한 남성의 대립을 통해 여성을 풍자하고 있는 것이다. 무능한 남편이 아내에게 대항하지 못하고 병신 흉내를 내는 것도 희극적 요소이다. 학식 있는 여성을 잘난 척하는 여성으로 묘사하여 여성의 문제를 희화적으로 다루고 있는 것이 구습의 틀에서 벗어나지 못한 당시의 풍조를 보여준다고 할 수 있다.

# 1920년대 문학

# 1920년대 시

　1920년대 시는 계몽을 목적으로 하는 신시와는 다른 예술성을 추구하며 형태 면에서는 형식이 자유로운 자유시가 주류를 이룬다. 이러한 경향은 1919년부터 나타나기 시작하여 김억과 황석우가 「태서문예신보」를 통해 프랑스 상징주의 시를 번역, 소개하였고, 김동인이 중심이 되어 발간한 「창조」를 통해 주요한의 「불노리」가 발표되었다.

　나라의 주권을 되찾으려던 3 · 1운동이 실패하자 지식인들은 좌절감과 상실감에 빠졌다. 이러한 절망감에서 시인들은 프랑스의 낭만주의와 상징주의의 영향을 받아 감상적인 우울, 애상적인 탄식, 절망, 도피의 감정을 시로 옮겨놓았다. 1920년대 초기의 대표 시인으로는 김억, 주요한, 황석우 등이 있다.

1920년대 중반에는 여러 경향의 시인들이 나타났는데, 감상적이며 낭만적인 시인들로 이상화와 이장희, 홍사용 등이 있고, 전통적 정한을 노래한 김소월, 시적 경향을 초월하여 불교적 진리의 세계와 임을 노래한 한용운, 서사시를 쓴 김동환 등이 그들이다.

1920년대에 많은 순수문예지가 발간되었다. 『창조』(1919), 『폐허』(1920), 『장미촌』(1921), 『백조』(1922), 『금성』(1923), 『영대』(1924) 등이 창간되었는데, 김억, 남궁벽, 황석우, 오상순, 홍사용, 노자영, 이상화, 박영희 등의 시를 소개했다.

1920년대 전반기는 『폐허』, 『장미촌』, 『백조』를 중심으로 우울한 시대의식과 현실로부터 도피를 노래하는 감상적이고 영탄적·허무주의적인 경향의 낭만시를 썼다.

1920년대 중반기는 1925년 'KAPF(조선프롤레타리아예술가동맹)'가 결성된 것이 문학사에서 중요한 하나의 사건이다. 『백조』의 일원이었던 김기진, 박영희 등이 사상 전향을 하면서 『백조』가 해체되고, 그 후 카프(KAPF)가 결성된다. 카프 문학은 예술성보다 더 중요한 것이 이데올로기, 철저한 계급의식이었다. 그들의 관심은 무산계급에 있으며, 민중의 편에 서서 사회현실을 개혁하기 위해 투쟁한다. 무산계급을 위한 카프 문학의 대표자로 박영희, 임화 등이 시를 썼다.

카프파에 반대하는 이들로 국민문학파와 해외문학파가 있었다.

국민문학파에는 염상섭, 양주동, 이병기, 최남선, 이은상 등이 있는데, 국민문학의 토대를 조선적인 것에서 추구하여 민족주의 문학을 하였고, 민족문학 운동의 하나로 시조 부흥운동에 힘썼다. 또 일본 유학생들이 중심이 되어 결성된 해외문학파는 무산계급 문학이 예술성은 약화되고 전투적인 사상만을 강조하는 것을 비판하고, 순수문학을 주장하였다.

또 계급주의 문학을 주창한 이들은 『개벽』(1920)을 중심으로 활동하였고, 민족주의 문학을 주장한 작가들은 『조선문단』을 통하여 작품을 발표했다.

1920년대 시에는 눈물과 한의 감정이 넘쳐 현실로부터 도피하는, 꿈을 좇는 경향이 있다. 3·1운동의 실패로 좌절에 빠진 시인들은 현재보다는 과거나 미래를 노래한다. 현재의 삶이 아닌 죽음을 찬미하고, 안정된 삶이 아닌 어딘가로 떠나며 유랑하는 삶을 그리고 있는 것이다. 시인뿐 아니라 누구라도 당시에는 그 때의 현실에 절망하고 슬픔을 느꼈을 것이다. 현실과 인생을 바라보는 시선들은 같았지만 느낌과 감정들은 다르게 나타난다. 1920년대에 있어 현실세계에 대한 반응은 크게 세 가지 경향으로 나눌 수 있다.

첫째, 현실로부터 유리되어 감상적인 자기 세계를 노래하는 경향의 시, 둘째는 민족적 한을 전통적인 민요풍으로 노래한 시, 셋째는 현실의 절망적 상황을 극복하려는 경향을 강하게 드러내는 시이다.

첫번째에 해당되는 경향의 시인들은 『백조』나 『폐허』를 통해 시를 발표했다. 여기에는 홍사용의 「나는 왕이로소이다」, 「봄은 가더이다」, 이장희의 「봄은 고양이로다」, 이상화의 「나의 침실로」 등의 낭만주의, 상징주의 시들이 포함된다.

두번째 경향의 시인으로는 김소월, 세번째로는 한용운을 들 수가 있다.

# 「진달래꽃」 ― 김소월

### 진달래꽃

나 보기가 역겨워
가실 때에는 말없이
고이고이 보내들이우리다.

그 진달래꽃을
한아름 따다 가실 길에 뿌리우리다.

가시는 길 발거름마다
뿌려놓은 그 꽃을
고히나 즈려밟고 가시옵소서.

나 보기가 역겨워
가실 때에는
죽어도 아니 눈물 흘리우리다.


나 보기가 역겨워
가실 때에는
말없이 고이 보내드리우리다.

영변에 약산
진달래꽃
아름 따다 가실 길에 뿌리우리다.

가시는 걸음걸음
놓인 그 꽃을
사뿐히 즈려밟고 가시옵소서.

나 보기가 역겨워
가실 때에는
죽어도 아니 눈물 흘리우리다.

두 개의 「진달래꽃」이 있다니?

소월은 1922년에 「진달래꽃」을 처음 발표했지만 1925년에 「진달래꽃」을 고쳐서 시집에 수록했다. 우리가 알고 있는 유명한 「진달래꽃」은 나중에 개작한 시이다. 두 시를 자세히 읽지 않아도 다른 점을 금방 발견할 수 있다.

"그 진달래꽃"은 "진달래꽃"으로, "한아름"은 "아름"으로, "가시는 길 발거름마다"는 "가시는 걸음걸음", "뿌려놓은"은 "놓인"으로 바뀌었다. 이 변화를 자세히 관찰하면 단순히 글자만 바꾼 게 아니라는 것을 알게 된다. 시적 운율이 달라졌다. 또 "그"라는 관형사와 조사가 없어져서 개작 전의 설명적이고 지시적인 면이 많이 줄어들어 시어가 압축되고 긴장됨을 알 수 있다.

이 시는 이별의 시인가, 사랑의 시인가?

사랑하는 임을 떠나보내는 여자의 슬픔을 노래한 것인가?

이 시의 묘미는 현재 떠나는 임이 아니다. "나 보기가 역겨워／가실 때에는"에서 "가실 때에는"은 가정법이다. 현재의 사실이 아니라 미래에 임이 가실 때를 가정한 것이다. 이별을 상상하여 슬픔을 노래하며, 안타까운 사랑을 그리는 데는 가정법이 효과적이다.

시적 화자는 '말없이 고이 보내드리우리다', '죽어도 아니 눈물 흘리우리다'라고 고백하는데, 그 고백을 믿을 수 있을까? 이것은 겉으로 보이는 표면적 진술이다. 울지 않겠다고 강조하지만 진짜로는 울어버릴 것이다. "이 이야기는 진짜다, 진짜야"하고 강조할수록 거짓말처럼 느껴지듯이 말이다.

겉으로 말한 것과 속에서 의미하는 뜻이 다를 때, 이것을 반어법(irony)이라 한다.

"죽어도 아니 눈물 흘리우리다"에서 "아니／눈물"은 문법적으로 맞지 않는 순서이다. 문법적으로는 '눈물을 아니 흘리우리다'가 맞지만, 이 시에서 어순의 도치는 시적 긴장감을 불러일으키는 촉매제 역할을 하고 있다.

왜 소월은 진달래꽃을 밟고 가라고 표현했을까?

진달래꽃은 시적 화자의 마음이다. '진달래꽃＝마음', 보이지 않는 마음을 볼 수 있는 사물로 나타낸다. 이것을 객관적 상관물이라고 하는데, 여기서는 진달래꽃이 바로 그것이다. 어느 누가 이렇듯 애닯게 노래하는 여인의 마음을 짓밟고 갈 수 있을까? "사뿐히 즈려 밟고 가시옵소서"는 마치 「가시리」의 "가시는 듯 도셔오소서"와 같은 정감을 보여준다.

토속적이며 시골 여인의 분위기를 지닌 진달래꽃을 소재로 삼은 데서 소월의 민요시인다운 모습이 드러난다. 전통적 민요시인인 소월은 흔히 애절한 슬픔의 감정을 드러내는 정한의 시인이라고 일컬어진다. 소월의 어린 시절을 살펴보면 그가 슬픔 속에 있었음을 알 수 있다.

소월의 고향은 평북 정주 곽산이다. 이 때 이미 조선의 땅은 일본인들에게 짓밟혔고, 시골 구석까지도 일인들의 손길이 미치지 않는 곳이 없었다. 일인들은 소월의 고향에 철도를 놓고 있었다.

어느 날, 소월의 아버지는 떡과 술, 안주를 말에 싣고 처가로 첫 나들이를 가고 있었다. 이 때 철도를 놓고 있던 일꾼들이 이를 보았다. 30여 명이 넘는 일꾼들이 한꺼번에 달려들어 소월의 아버지를 때려 정신을 잃게 한 후 짐을 빼앗아 다 먹어버렸다. 실신하여 쓰러진 아버지는 말등에 실려 집으로 되돌아왔다. 다행히 목숨만은 붙어 있었지만 온몸이 상처투성이가 되어 헛소리를 했고, 이후에 몸은 회복되었지만 정신은 회복되지 않았다. 미쳐버린 것이다.

부잣집에 태어난 소월이었지만 아버지가 정신병자였으므로 어려서부터 마음에 어두운 그늘이 담겨 있었다.

소월은 독립운동가 이승훈이 세운 오산학교에 들어갔다. 이승훈, 조만식 선생은 민족정신을 심어주었고, 시인 김억은 소월에게 시를 가르쳐주었다. 김억의 가르침을 받은 소월은 14세부터 시를 발표하게 된다. 소월이 스승 김억을 만나지 못했더라면 우리가 지금 「진달래꽃」을 읽을 수 있었을까? 김억은 서구의 상징주의 시를 이 땅에 소개했던 시인이다. 상징주의 시를 쓰던 김억은 소월의 시를 읽으면서 거꾸로 영향을 받아 자신도 민요조의 시를 쓰게 된다.

1919년 3월 1일 대한독립만세의 소리가 울려퍼지고, 오산학교는 독립운동의 온상이라 하여 폐교당한다. 소월은 문이 닫힌 학교를 떠나 고향으로 돌아오면서 나라 잃은 한을 뼈저리게 느낀다. 더구나 소월이 다니던 국민학교마저 폐교당했으니, 황량한 마음이었다.

소월은 고향집에서 3년간 지내게 되는데, 이 때 많은 시를 썼다.

스승 김억의 소개로 1922년 『개벽』에 「진달래꽃」, 「금잔디」, 「엄마야 누나야」, 「먼 후일」 등을 발표하면서 민요시인으로 많은 독자들의 사랑을 받았다. 소월은 서울 배재학교에 편입하여 졸업한 후 일본으로 공부하러 간다.

일본 동경에서 대지진이 일어났을 때, 일인들은 조선인들에게 불을 질렀다고 뒤집어씌웠다. 한인폭동이라 조작하여 죄 없는 조선인들을 5천 명이나 넘게 죽인 것이다. 사망자 명단에 소월의 본명인 김정식이라는 이름이 있었다. 집에서는 소월이 죽었다고 생각하였다. 소월이 살아 있다는 편지를 보내자 집에서는 급히 돌아오라는 전보를 쳤고, 집에 돌아온 소월을 다시는 일본에 가지 못하게 하였다.

소월은 고향에 머물면서 할아버지의 광산일을 돕기도 했으나 항상 우울했다. 때로는 서울로 올라가 소설가 나도향과 술을 마시기도 했다.

할아버지가 남긴 재산으로 동아일보 지국을 차렸지만 당시는 글을 아는 사람이 별로 없었고 가난한 시골에서 신문을 보는 사람이 그리 많을 리도 없었다. 결국 소월은 빈털터리가 되고 말았다.

시도 잘 되지 않고 돈도 벌지 못하는 소월은 술로 세월을 보냈다. 일본 경찰은 유명한 시인을 가만히 놔두지 않고 수시로 불러서 조사를 했다. 그러나 소월에게 더 괴로운 것은 좋은 시가 씌어지지 않는 것이었다. 그래서 소월은 아내와 아이들을 남기고 죽음을 택했다. 소월은 일찍 이 세상을 떠나버렸지만 그의 시는 영원히 남아 있다.

"산산이 부서진 이름이여 ! 선 채로 이 자리에 돌이 되어도, 부르다가 내가 죽을 이름이여 ! "를 외치던 소월은 가버렸지만 그의 시는 영원히 남아 우리 가슴에 울려퍼지리라는 것을 소월 자신도 '예전엔 미처 몰랐을' 것이다.

그의 시 「초혼(招魂)」을 보자.

### 초혼

산산히 부서진 이름이여 !
허공 중에 헤어진 이름이여 !
불러도 주인 없는 이름이여 !

심중에 남아 있는 말 한마디는
끝끝내 마저 하지 못하였구나
사랑하던 그 사람이여 !
사랑하던 그 사람이여 !

붉은 해는 서산(西山) 마루에 걸리었다.
사슴의 무리도 슬피 운다
떨어져 나가 앉은 산 우에서
나는 그대의 이름을 부르노라.

설움에 겹도록 부르노라.

설움에 겹도록 부르노라.
부르는 소리는 비껴가지만
하늘과 땅 사이가 너무 넓구나

선 채로 이 자리에 돌이 되어도
부르다가 내가 죽을 이름이여!
사랑하던 그 사람이여!
사랑하던 그 사람이여!

「초혼」은 가버린 임을 애타게 부르고 있다.

'초혼'은 상례(喪禮)의 절차로 고복의식(皐復儀式)의 하나이다. 전통적인 우리의 죽음의식을 나타내는데 사람이 죽으면 혼이 몸을 떠난다고 생각한다. 혼이 몸을 완전히 떠나기 전에 혼을 불러들여 살려내려는 간절한 마음이 담겨 있다. 이러한 소망이 의례(儀禮) 절차로 되어 사람이 죽으면 지붕 위에 올라가 죽은 사람의 옷을 흔들면서 죽은 이의 이름을 세 번 부른다는 것이다. 떠난 영혼을 불러들이는 '부름의식'으로 볼 수 있다. 이 '부름의식'에서 제목을 붙인 것으로 죽은 이를 다시 살려내려는 간절함이 담겨 있다.

마지막 연에 또 하나의 전설이 묻혀 있다. 일본으로 간 남편이 돌아오지 않자 남편을 기다리다 돌이 되었다는 박제상의 아내 이야기이다. 이것은 '망부석'의 전설이다.

1연에서는 죽은 임을 간절히 부르고 있다. 이미 떠나간 임이기에 산산이 부서진 이름이며, 주인이 이 세상에 없는 이름이다. '부름의식'이라 할 수 있는 '이름이여!'가 네 번이나 반복되어 가신 임에 대한 처절한 심정을 드러내고 있다.

2연에서는 사랑한다는 말을 하지 못한 시적 화자의 애달픈 심정을 드러내고 있다.

3연과 4연에서는 시적 자아의 시적 공간이 제시되고 있다.

3연에서 광막한 공간 속에서의 시적 자아의 존재적 슬픔을 느낄 수 있다. 시적 자아의 고독함은 붉은 해가 기우는 것으로 그려지고, 사슴으로까지 슬픔이 확산된다. "떨어져 나가 앉은 산 우에서"는 「산유화」에서 "저만치 혼자서 피어 있네"와 같은 유사한 이미지이다.

4연의 "하늘과 땅 사이가 너무 넓구나"에서 하늘과 땅의 거리는 죽음과 삶의 거리화이며, 가신 임과 시적 자아의 거리이다. 죽은 임에 대한 슬픔을 도달할 수 없는 하늘과 땅의 거리로 나타내었다.

5연의 "선 채로 이 자리에 돌이 되어도"에서 슬픔과 상실감은 돌로 응축된다. 허공에 흩어지고 부서지던 임, 부르는 소리가 하늘에 닿지 않고 비껴가던 임을 향한 슬픔은 '돌'로 응축된다.

전반부에서는 확산되고 마지막 연에서는 응축되는, '확산과 응축'이 긴장미를 이루는 시적 효과를 보여준다. 이 시적 긴장감으로 인하여 김소월이 다른 시에서 보여주던 나약한 여성적 어조와는 다르게 강인함을 느끼게 한다. 그래서 이 시의 화자는 남성으로 볼 수 있다.

소월의 시에는 유난히 '운다', '그립다'가 많이 있다. "산새도 오리나무/위에서 운다", "구름도 산마루에 걸려서 운다" 등이다. 그렇게 우는 것들 중에서 가장 서럽게 우는 새는 '접동새'이다.

### 접동새

접동
접동
아우래비 접동

진두강 가람가에 살던 누나는
진두강 앞마을에
와서 웁니다.

옛날, 우리나라
먼 뒤쪽의
진두강 가람가에 살던 누나는
의붓어미 시샘에 죽었습니다.

누나라고 불러보랴
오오 불설워
시샘에 몸이 죽은 우리 누나는
죽어서 접동새가 되었습니다.

아홉이나 남아 되는 오랍동생을
죽어서도 못 잊어 차마 못 잊어
야삼경 남 다 자는 밤이 깊으면
이 산 저 산 옮아가며 슬피 웁니다.

소월은 어려서 작은어머니의 옛이야기를 들으면서 자랐다. 이 옛날 이야기들 중에는 나중에 시의 소재가 되는 것들이 많았는데, 그중에 특히 접동새의 이야기는 소월의 가슴속에 깊이 남았다.

접동새 전설로 예부터 내려오는 이야기가 있다.

박천 진두강 가에 아홉 명의 남동생을 둔 한 처녀가 살았다. 처녀의 어머니는 딸과 어린 아이들을 두고 죽었다. 아버지를 모시고 어린 동생들을 돌보며 집안 살림을 힘들게 꾸려오던 어느 날, 새엄마가 들어왔다. 못된 새엄마는 처녀를 때리고 구박하였는데, 그렇게도 미워하던 의붓딸이 부잣집 아들과 약혼을 하게 되자 새엄마는 샘이 났다. 그래서 그녀는 처녀를 장롱 속에 넣고 불태워 죽여버렸다. 이 사실이 관가에 알려지고 새엄마는 죽게 된다. 아홉 동생은 울면서 누나가 죽은 잿더미를 헤쳤다. 그런데 그 속에서 죽은 누나의 혼이 접동새가 되어 날아가는 것이 아닌가! 반대로 죽은 새엄마의 무덤에서는 까마귀가 나왔다. 접동새가 된 누나는 동생들이 걱정되어 모두 잠이 든 깊은 밤이면 마을 산에 와서 운다고 한다.

새로운 서구의 시가 유행하던 때에 소월은 우리의 이야기를 민요조로 노래했다. 소월의 시는 향토적 소재, 전통적인 우리의 율조로 토속적인 시어를 선택하여 그리움을 노래했다.

'접동/접동' 반복되는 새 울음소리는 '접동'이라는 음의 특징을 잘 살려 옛이야기와 합치면서 슬픔과 비애를 상기시킨다. 의성어로 운율적 효과를 자아내게 하였다.

4연의 "우리 누나"는 설화 속의 누나가 시적 화자의 누나로 전환된다. 시적 화자가 자신의 누나로 인식함으로써 객관적 대상과의 거리가 무너지며 주관화된다. 시적 자아가 전설과 결합되어 '접동새'는 단순한 이야기가 아니라 민족적 이야기로 전승되는 것이다.

이 시에서는 세 종류의 다른 서술을 보여주는데 사실적 서술과 동생들의 서술, 시적 자아의 시점에서 보는 서술 등이다.

소월의 시가 아직도 우리의 가슴에 울리고 있는 이유는 민요의 가락과 정서를 지니고 있기 때문이다. 소월의 시는 사랑의 그리움과 이별의 한, 생의 애환을 담고 있다. 소월의 시 속에는 임이 없고, 갈 집이 없으며, 돌아갈 고향도 없다. 없는 것에 대한 그리움으로 가득하다. 왜 고향이 없으며 집이 없겠는가?

"어제도/나그네 집에/까마귀 가왁가왁 울며 새었소……/말 마소 내 집도/정주 곽산/차 가고 배 가는 곳이라오."——「길」

"님 계신 곳 내 고향을 내 못 가네 내 못 가네./오다가다 야속타

아하 삼수갑산 날 가두었네 아 하하."――「삼수갑산」

　차가 가고 배도 가는 고향이지만 소월의 몸과 마음은 허공에 있다. 소월은 사랑하는 임과 보내는 임 사이에, 집과 길 사이에, 이승과 저승 사이에, 가을과 봄 사이에 존재한다. 이러한 시인의 정서가 시적 긴장을 자아낸다. 집도 없고 고향도 없다는 상실감은 체념과 한이라는 우리의 전통적인 정서를 불러일으킨다. 또한 이러한 소월의 정서는 당시 일제 강점기의 민족적 상실감을 나타낸 것이라고 봐도 좋을 것이다.

　또 현재 없는 임에 대한 그리움은 유년 시절과 고향으로 향하는 과거 지향적인 요소를 보여준다. 사실 이런 점은 현재의 결핍된 상황으로부터 도피하고 있다는 비판을 받을 수도 있는 문제이다.

### 산유화

　　산에는 꽃피네
　　꽃이 피네
　　갈 봄 여름 없이
　　꽃이 피네

　　산에
　　산에
　　피는 꽃은
　　저만치 혼자서 피어 있네.

　　산에서 우는 작은 새여
　　꽃이 좋아
　　산에서
　　사노라네.

산에는 꽃지네
꽃이 지네
갈 봄 여름 없이
꽃이 지네.

이 시를 읽고 가장 인상에 남는 구절은? 이 시를 해석하는 데 제일 중요하다고 생각되는 시어는?

「산유화」에서 중요한 시어는 '피네/지네'이다. '피다', '지다', '저만치'라는 이 시어들은 「산유화」를 이해하는 데 중요한 열쇠이다. 아마 처음 이 시를 읽고 난 후 '저만치'라는 시어를 언뜻 떠올리는 이는 드물 것이다. 이 '저만치'에 대해서 김동리는 "소월이 저만치라고 지적한 거리는 인간과 청산의 거리다"라고 했다. 산과의 거리를 느끼는 의식에서 소월의 고독감이 드러난다고 본 것이다. 서정주는 "저만치라는 부사는 휴머니스트인 정한의 냄새를 풍기고 있다"라고 말한다. 소월이 자연물인 산과 꽃에다 자신의 정한을 부여해놓았다는 뜻이다.

'피네/있네/지네'라는 자연의 순환을 통하여 존재의 탄생과 실존, 소멸을 그리고 있다.

여기서 문제가 되는 것은 서정적 자아와 꽃의 관계이다. 김동리는 시인은 꽃의 밖에 있다고 본다. 서정주는 시인은 꽃이 되어 저만치 혼자 피어 있다고 본다. 서로 다른 두 관점을 어떻게 봐야 좋을까.

"산에/산에/피는 꽃은/저만치 혼자서 피어 있네"에서 꽃은 산 속에 피어 있다. 그러니까 '저만치'는 '꽃'과 '시적 자아'의 거리를 뜻한다. '작은 새'도 꽃이 좋아 산에서 사는데 '나'(드러나지 않은 화자)는 자연 속에 합일할 수 없다. 소월의 외로움은 자연에 몰입할 수도 없고 현실에 순응할 수도 없는 갈등에서 오는 고독감이다.

'혼자서'는 꽃과 꽃의 거리이다. 혼자서 피어 있는 꽃이다.

이 시의 어조에서 고독감, 소외감을 느끼게 한다.

이 시에서 자연은 어떤 세계일까? 이 질문에 대한 답은 1연과 4연의 대조법에서 발견할 수 있다. '갈 봄 여름 없이'와 자연의 생성과 소멸을 압축하는 동사 '피네/지네'의 반복은 운율적 리듬을 지니면서 자연의 반복을 그대로 보여주고 있다. 우주 만물은 순환한다. 피고, 지고, 태어나고, 죽는 것이다. 피고 지는 자연의 순환 법칙을 벗어날 수 없다는 것을 아는 것은 허무하다. 또한 소월은 벗어날 수 없는 숙명을 알고 있다. 이 시에서 자연은 '저만치' 거리를 두어야 하는 허무적·관조적 세계이다.

같은 시대의 시인인 김소월이나 한용운은 과거에는 존재했지만 현재에는 존재하지 않는 임을 그리워하고 있다는 공통점이 있다. 그러나 두 시인의 시 정신에는 차이가 있다. 소월은 가버린 임, 옛 고향, 옛 시절을 그리워하고 있다.

만해는 과거에는 있었지만 현재에는 없는 임을 언젠가는 존재할 임으로 노래한다. 임이 떠났다는 사실은 임이 있다는 사실을 증명하는 것이다. 만해는 현실을 초극하여 미래 지향적인 시인 정신을 보여준다.

임은 소월에게는 개인적·서정적 임이고, 만해에게는 민족적 임으로 표상된다.

소월과 만해는 민족적 시인이라고 한다. 그러나 소월에게 있어서 상실감은 개인적 한의 세계로 표출되고, 만해에게 있어 상실감은 민족적 현실을 초극하는 정신으로 나타난다. 그러므로 소월은 이별의 정한으로 민족적 동질감을 느낄 수 있는 한(恨)을 읊었기에 민족적 시인이라 하고, 만해는 나라를 잃어버린 민족의 슬픔을 극복하려 했기 때문에 민족적 시인이라 한다.

# 우리는 떠날 때에 다시 만날 것을 믿습니다
## — 한용운

<br/>

만해 한용운은 '아아, 님은 갔지마는 나는 님을 보내지 아니하였습니다'라고 한 「님의 침묵」을 남긴 시인이며 스님이다.

### 님의 침묵

님은 갔습니다. 아아, 사랑하는 님은 갔습니다.

푸른 산빛을 깨치고 단풍나무 숲을 향하여 난 작은 길을 걸어서 차마 떨치고 갔습니다.

황금의 꽃같이 굳고 빛나던 옛 맹세는 차디찬 티끌이 되어서 한숨의 미풍에 날아갔습니다.

날카로운 첫 키스의 추억은 나의 운명의 지침을 돌려놓고 뒷걸음쳐서 사라졌습니다.

나는 향기로운 님의 말소리에 귀 먹고 꽃다운 님의 얼굴에 눈 멀었습니다.

사랑도 사람의 일이라 만날 때에 미리 떠날 것을 염려하고 경계하지 아니한 것도 아니지만, 이별은 뜻밖의 일이 되고 놀란 가슴은 새로운 슬픔에 터집니다.

그러나 이별은 쓸데없는 눈물의 원천으로 만들고 마는 것은, 스스로 사랑을 깨치는 것인 줄 아는 까닭에, 걷잡을 수 없는 슬픔의 힘을 옮겨서 새 희망의 정수배기에 들어부었습니다.

우리는 만날 때에 떠날 것을 염려하는 것과 같이 떠날 때에 다시 만날 것을 믿습니다.

아아, 님은 갔지마는 나는 님을 보내지 아니하였습니다.

제 곡조를 못 이기는 사랑의 노래는 님의 침묵을 휩싸고 돕니다.

한용운은 시대를 초월한 위대한 사랑의 시를 썼다. 나의 운명을 바꾸어놓은 임은 가버렸다, 그러나 쓸데없는 눈물을 흘리진 않겠다, 슬픔을 희망으로 바꾸겠다, 만남이 있으면 떠남이 있듯이 떠날 때에 다시 만날 것을 믿겠다는 사람을 버리고 떠날 임이 있을까?

임은 떠났지만 나는 임을 보내지 않았다는 시인의 결의는 임이 떠난 슬픔과 현실의 절망을 극복할 수 있다.

뿐만 아니라 다른 시, 「당신이 가신 때」에서는 "나는 영원의 시간에서 당신이 가신 때를 끊어내겠습니다"라고 한다. 절망적 시간까지 소멸시키는 시적 의지를 보여주고 있는 것이다. 「이별은 미의 창조」에서는 "이별이 아니면 눈물에서 죽었다가 웃음에서 다시 살아날 수가 없습니다"라고 노래한다. 그에게 있어 죽었다가 다시 살아나게 하는 이별은 위대한 창조자인 것이다.

이별만이 사랑을 다시 만나게 한다. 만해는 눈물과 슬픔과 절망을 웃음으로, 기쁨으로, 희망으로 바꾸고 있다. 그러므로 이별은 사랑의 끝이 아니라 사랑의 시작이다. 이러한 역설적 구조를 통해 임의 떠남은 임의 존재를 확인시켜준다. 또 임과의 만남을 확신케 한다.

시집 『님의 침묵』의 첫머리 「군말」에서는, "'님'만이 님이 아니라 기른 것은 다 님이다. 중생이 석가의 님이라면 철학은 칸트의 님이다. 장미화의 님이 봄이라면 마치니의 님은 이태리이다. 님은 내가 사랑할 뿐만 아니라 나를 사랑하느니라"라고 쓰고 있다.

그리운 것은 전부가 임이라고 했다. 사랑하는 모든 것이 임이다. 한용운의 '님'은 일반적인 남녀간의 사랑에서 시작하여 그리움의 대상이 조국이고 부처가 된다. 하나의 뜻만이 담기지 않고 다양한 의미를 지닌 '님'이다.

이렇게 만해의 임은 다의적 존재이다. 그것뿐 아니라 만해의 임은 역설적인 존재양상을 보여준다. 임이 떠난 것도 사실이지만 내가 임을 보내지 않은 것도 진실이기 때문이다.

'만날 때에 떠날 것'을 염려하고, '떠날 때에 다시 만날 것'을 믿는다. 이런 역설은 논리적으로는 모순되지만 그 속에는 진실이 담겨 있다. '만남과 이별', '웃음과 눈물'은 반대되는 개념이다. 그러나 만남과 이별이 같을 수 있는 것이 모순어법이며 시적 진실이다. 임이 없으므로 임의 존재를 알게 되는 것이 한용운의 시적 논리인 것이다.

만해 한용운은 조국을 잃어버린 현실을 임이 침묵하는 시대로 파악한 시인이다. 현재는 가버린 임이지만 다시 만날 것을 믿은 시인의 발자취를 더듬어보자.

만해 한용운은 1879년 충청남도 홍성에서 태어났다.

14세에 결혼을 하였고, 18세에 의병에 참가했지만 의병은 실패했고, 세상은 계속 뒤숭숭했다. 그는 서울이 어디 붙었는지도 몰랐으나 무작정 서울을 향해 고향을 떠났다. 빈손으로 떠난 한용운은 날이 저물어 주막에 묵었다. 거기서 자신의 처지를 곰곰이 생각해보니, 큰 뜻을 품고 떠났으나 그 동안 배운 것이라고는 한학을 공부한 것밖에 없었다. 무슨 지식으로 큰 뜻을 이룬단 말인가? 나는 무엇을 얻으려는 것인가? 명예인가, 부귀인가? 그러나 그 모두가 헛것이 아닌가?

그는 설악산 백담사에 들어간다. 스님이 되어 모든 욕심을 버리고 도를 닦는 데에만 전념하기로 한 것이다. 그러나 그는 어지러운 세상에서 청춘의 큰 뜻을 버리지 못하고 고민하던 때에 중국의 『영환지략』이라는 책을 읽고 조선 이외에도 세상은 넓다는 것을 깨닫는다. 결국 그는 세계여행을 계획하고 블라디보스토크로 출발했다. 배는 원산을 거쳐 블라디보스토크에 닿았다. 그런데 거기 사람들은 배에서 내리는 승객 중에 다른 조선인들도 많았는데 머리를 깎은 한용운과 두 명의 중만을 유심히 쳐다보며 뭐라고 수군대는 것이었다. "또 죽이러 가네." 이건 또 무슨 소리인가. 결국 궁금증을 못 참은 한용운은 한 사람에게 이유를 물었다. 놀랍게도 그 대답은 "여기에서는 조선에서 머리를 깎은 사람들이 오면 모두 죽인다"는 것이었다. 조선 사람들이 조선에서 들어오는 머리 깎은 사람을, 중으로 변장하여 이 곳을 정탐하러 오는 일진회 사람들이라 생각하여 죽인다는 것이다. 한용운이 묵고 있는 여관으로 청년들이 들이닥쳤다. 한용운은 겁내지 않고 그들과 맞섰다. 청년들은 짐을 뒤지고 조사를 하다가, 늦은 밤이었으므로 여관 주인에게 감시하게 하고 돌아갔다. 한용운은 앉아서 죽음을 기다릴 수는 없다고 생각했다. 이른 새벽 직접 대장을 찾아가 대장을 똑바로 쳐다보며 말했다. "유언하러 왔소. 다른 유언이 아니오. 내가 들으니 당신네들은 사람을 바다에 넣어 죽인다고 하는데 나는 바다에 넣지 말고 그냥 죽여서 백골은 고국에 갖다 묻어달라는 것이오."

결국 한용운은 살 수 있었으나, 그 자리에서 고국으로 되돌아와야 했다.

한용운은 또 죽을 뻔했던 일이 있었다. 만주 땅 간도에 갔을 때 고개를 넘다가 갑자기 나타난 괴한들의 총을 맞고 쓰러진 것이다.

피를 많이 흘려 정신을 잃고 있을 때, 환상에 관세음보살이 나타났다. 관세음보살은 그에게 꽃을 주면서 말했다. "어찌 이대로 가만히 있느냐." 이 소리를 듣고 만해는 정신이 퍼뜩 들었다. 피가 흐르는 다친 상처를 누르면서 마을을 찾았다. 다행히 어느 조선인 마을에서 수술을 받을 수 있게 되었는데, 상처가 깊어서 마취를 해야 한다고 했으나 의지가 강한 한용운은 마취를 하지 않고 수술을 끝냈다.

만해는 26세에 다시 백담사에 들어가 스님이 되었고, 거기서 그는 불교의 여러 쓸데없는 형식들을 폐지하고 새로운 불교로 거듭 태어나야 한다는 「조선불교유신론」을 썼다. 39세에는 월간지 『유심』을 발행하기 시작하였고 거기에 자신의 글과 시를 많이 실었다.

1919년 3월 1일 33인을 대표하여 「독립선언서」를 낭독하고 감옥에 갇혔다.

1926년에 시집 『님의 침묵』을 출판하였다. 주요한, 김소월 등과 비교하면 한용운은 늦은 나이에 시작한 것이라 할 수 있다.

독립선언에 참가한 대부분의 사람들이 이미 일제에 포섭되었지만, 만해는 끝까지 일제에 대항하였다. 최남선, 이광수 등 많은 문인들이 조선인 학병 출정을 선동하는 연설을 하고 선동의 글을 썼지만, 만해는 끝까지 출정을 반대하였다.

청빈한 생활을 하는 만해를 위해 사람들이 집을 마련해주었다. 당연히 여름에는 시원하고 겨울에는 볕이 잘 드는 남향으로 집을 지으려고 했지만 만해는 이를 반대하고 집을 동북향으로 지을 것을 고집했다. 남향으로 하면 조선총독부를 매일 바라다보게 되니, 차라리 여름에 덥더라도 북쪽으로 하겠다는 철저한 민족정신을 보여주었다. 이 집을 '소를 찾는다'는 뜻인 '심우장'이라고 불렀다. 불교에서는 잃어버린 소를 찾아 돌아오는 것을 '심우도'라고 한다. 소는 마음을 의미하며, 도를 닦는 것을 소를 찾는다고 비유한 것이다. 만해는 1943년 안타깝게도 조선의 독립을 보지 못하고 심우장에서 죽었다.

임을 노래한 시인 만해는 남자이다. 그러나 시 속에서 말하는 이는 여성이다. 김소월, 한용운은 남자이면서 시에서는 여성 화자를 즐겨 내세웠다. 「사미인곡」, 「속미인곡」을 쓴 정철도 남자이면서 사랑하는 임을 생각하는 여성의 애달픔을 여성의 입장에서 잘 노래하고 있다.

만해의 「당신을 보았습니다」는 임이 떠나버린 뒤의 치욕적인 삶을 그리고 있다.

### 당신을 보았습니다

당신이 가신 뒤로 나는 당신을 잊을 수가 없습니다.
까닭은 당신을 위하느니보다 나를 위함이 많습니다.

나는 갈고 심을 땅이 없으므로 추수가 없습니다.
저녁거리가 없어서 조나 감자를 꾸러 이웃집에 갔더니 주인은 "거지는 인격이 없다, 인격이 없는 사람은 생명이 없다, 너를 도와주는 것은 죄악이다"고 말하였습니다.
그 말을 듣고 돌아나올 때에 쏟아지는 눈물 속에서 당신을 보았습니다.

나는 집도 없고 다른 까닭을 겸하여 민적도 없습니다.
"민적 없는 자는 인권이 없다, 인권이 없는 너에게 무슨 정조냐" 하고 능욕하려는 장군이 있었습니다.
그를 항거한 뒤에 남에게 대한 격분이 스스로의 슬픔으로 화하는 찰나에 당신을 보았습니다.

아아 온갖 윤리, 도덕, 법률은 칼과 황금을 제사 지내는 연기인 줄을 알았습니다.

영원의 사랑을 받을까, 인간 역사의 첫 페이지에 잉크칠을 할까, 술을 마실까, 망서릴 때에 당신을 보았습니다.

이 시는 땅도 없고 민족도 없는 현실에서는 인격도 인권도 정조도 지닐 수 없다는 역사적 현실을 깨닫게 하며 그것을 깨닫는 순간 당신을 볼 수 있다고 말한다. 여기서 당신은 사랑하는 임이라는 일상적 관계를 통해 곧 임이 조국이며 주권이라는 의미 차원에 이른다.

'인권도 없는 너에게 무슨 정조냐'며 능욕당하려는 순간, 시적 화자는 슬픔에 잠기는 것이 아니라 임을 발견하는 것이다. 현실에의 절망과 자포자기에 빠지려는 순간 임의 모습을 봄으로써 현실의 부정적 상황을 딛고 일어설 수 있는 의지, 정신을 확인하게 되는 것이다.

### 길이 막혀

당신의 얼골은 달도 아니언만
산 넘고 물 넘어 나의 마음을 비칩니다.

나의 손길은 웨 그리 쩔러서
눈앞에 보이는 당신의 가슴을 못 만지나요.

당신이 오기로 못 올 것이 무엇이며
내가 가기로 못 갈 것이 없지마는
산에는 사다리가 없고

물에는 배가 없어요

뉘라서 사다리를 떼고 배를 깨트렸습니까
나는 보석으로 사다리 놓고 진주로 배 모아요
오시랴도 길이 막혀서 못 오시는 당신이 기루어요

　'아니언만', '못 만지나요', '못 올 것이', '못 갈 것이 ～없지마
는', '없고', '없어요' 등의 부정어법, 이중 부정을 사용하고 있다.
이 부정어법은 임에게 다가갈 수 없는 화자의 안타까움을 드러내면
서 결구에서 긍정어법으로 이어져 상황을 반전시켜서 부정적 상황을
한층 승화시키고 긍정적으로 끝맺음으로써 화자의 굳은 의지를 드러
내고 있다.
　1연에서 하늘은 천상적 이미지, 땅은 지상적 이미지로 '님'과
'나'의 존재적 거리를 가시화하고 있다. 도저히 도달할 수 없는 거리
를 '달빛'을 매개로 임과 나의 만남을 이루고 있다.
　2연에서 '산'과 '물'로 만남이 차단되고 배도 사다리도 없는 상태
이지만 화자는 만남을 이루기 위하여 보석과 진주로 만남을 창조한
다. 수평적으로 수직적으로, 곧 전 우주적 공간을 통하여 임과 나
사이의 거리, 임에게 가는 길이 막혀 있지만 나는 진주와 보석으로
사다리를 만든다. 임과 나의 거리가 강조되면 강조될수록 임에게로
향하는 나의 굳은 의지가 강조될 뿐 아니라 불가능한 관계를 창조적
으로 전환시키게 된다.
　'뉘라서～ 깨트렸습니까'에서 누구도 깨트릴 수 없음을 강조한
다.

　한용운의 시적 특징을 보면, 첫째, 여성 화자를 택하여 임을 노래
하고 있다. 둘째, 임은 일상적 남녀간의 사랑하는 임일 뿐 아니라

역사적으로 보면 조국이고, 종교적으로는 부처가 그리워하는 중생이다. 셋째, 그의 시에 자주 나타나는 모순어법은 일상적 논리를 넘어서 시적 논리 세계에서의 진실을 추구하고 있다. 넷째, 칠보, 보석, 진주, 연꽃 등으로 수식되는 여성의 아름다움은 육체적이고 일상적인 것을 넘어서 종교적 진리의 아름다움을 드러낸다. 다섯째, 임의 부재를 통하여 임의 존재를 증명하고 있다.

임은 부재하고, 침묵, 이별, 눈물이며, 차단된 임과 나의 관계는 새로운 만남을 창조하여 임은 나에게 존재하게 되며, 기쁨과 희망으로 전환시키는 역설적 관계이다.

한용운은 김소월과 함께 민족시인이며 이별을 노래한 시인으로 말해지지만 시 정신은 다르다. 김소월은 이별의 슬픔을 노래했으나, 그것은 개인적 정한의 세계이다. 우리 민족적 정서의 요소인 한(恨)을 노래한 점과 민요적 요소를 지녔다고 해서 김소월을 민족시인이라고 말한다. 그러나 한용운은 다르다. 한용운은 임과의 만남을 확인하기 위해서 이별을 노래했다. 한용운의 이별의 감정은 개인적인 것이 아니라 민족적 슬픔을 담은 것이다. 또한 한용운은 조국의 독립을 기리며 노래했기에 민족시인이라고 말한다.

예를 들어보면 김소월은 차도 가고 배도 가는 곳이지만 가지 못하는 슬픔을 노래했다. 그러나 한용운은 사다리도 없고 배도 없는 곳이지만 사다리와 배를 놓아 임에게 가려는 의지를 보여준다. 김소월은 임이 떠난 것을 가정하여 이별의 정한을 노래했으나, 한용운은 임이 갔지마는 임을 보내지 않았다고 하여 다시 만날 임을 노래하고 있다.

한용운의 시적 정신은 절망과 슬픔에 머무는 것이 아니라 현실을 변모시키고 있다.

## 3 국경에서 무슨 일이 일어났을까? - 김동환

「국경의 밤」은 서사시이다.

서사시는 말 그대로 서사, 즉 이야기가 펼쳐져 있는 시라는 뜻이다. 흔히 이와 반대되는 개념으로 일컬어지는 서정시가 개인의 정서를 노래하는 것이라면 서사시는 집단의 정서를 반영한다고 할 수 있겠다. 서사시는 오랜 옛날부터 씌어져왔다. 세계에서 가장 오랜 서사시는 기원전에 그리스의 호머가 쓴 「일리아드」와 「오디세이」이며, 우리나라에서도 1193년에 이규보가 쓴 「동명왕」, 이승휴가 1287년에 쓴 「제왕운기」 등이 남아 있다.

「국경의 밤」은 김동환의 작품이다.

그는 1901년 함경북도 경성에서 태어난 사람으로, 일본 유하 중 방학이 되어 고향으로 가던 길에 서울의 어느 여관 방에서 단 며칠 사이에 이 「국경의 밤」을 썼다고 한다. 1925년에 발간된 첫 시집 「국경의 밤」은 그 해에 다시 재판을 찍을 정도로 많은 독자들이 찾았다. 1920년대 초 당시에 낭만적 서정을 노래하던 다른 시인들은 서사시의 등장에 깜짝 놀랐다. 「국경의 밤」은 근대시가 나타나면서 최초로 씌어진 서사시이기에 중요하다.

김동환은 서사시에 관심을 가지고 「국경의 밤」(1925), 「우리 사남매」(1925), 「승천하는 청춘」(1926) 등을 썼다. 그의 초기 시에는 민족의 현실이 그려진다. 후에는 일제의 탄압이 심해지면서 민요조의 서정시를 많이 쓰게 된다. 「북청 물장수」, 「산너머 남촌에는」 등이 그것이다. 그는 지방 사투리를 적절히 사용하면서 향토적인 세계를 노래했던 시인으로 1929년 창간된 종합지 「삼천리」와 순문예지 「삼천리 문학」을 주간하였는데, 1950년에 납북되었다.

「국경의 밤」은 북쪽 국경지방 두만강변이 배경이다.

순이라는 한 여인이 있다. 그 여인의 남편은 수출이 금지된 소금을 싣고 만주로 떠난다. 밀수출하는 남편이 두만강을 무사히 넘었을까? 눈보라 치는 국경의 겨울 밤은 깊어가고, 그녀는 초조히 남편을 기다리며 옛사랑의 추억에 잠긴다. 어렸을 적 사랑했던 소꿉친구가 나타나 사랑을 고백하지만, 여인은 거절한다. 그리고 남편은 마적의 총에 맞아 죽은 몸이 되어 돌아온다.

### 국경의 밤

(아하, 무사히 건넜을까,
이 한밤에 남편은
두만강을 탈 없이 건넜을까?
저리 국경 강안을 경비하는
외투 쓴 검은 순사가 왔다갔다
오르며 내리며 분주히 하는데
발각도 안 되고 무사히 건넜을까?)
소금실이 밀수출 마차를 띄워놓고
밤 새가며 속태우는 젊은 아낙네,
물레 젓던 손도 맥이 풀려서
'파아'하고 붙는 어유등잔만 바라본다.

북국의 겨울 밤은 차차 깊어가는데.

어디서 불시에 땅 밑으로 울려나오는 듯
'어어이' 하는 날카로운 소리 들린다.
저 서쪽으로 무엇이 오는 군호라고
촌민들이 넋을 잃고 우두두 떨 적에
젊은 처녀(妻女)만은 잡히우는 남편의 소리라고
가슴을 뜯으며 긴 한숨을 쉰다—
눈보라에 늦게 내리는
영림창 산림실이 벌부(筏夫) 떼의 소리언만.

마지막길 가는 병자의 부르짖음 같은
애처로운 바람소리에 싸이어
어디서 '땅' 하는 소리 밤하늘을 쨌다.
뒤이어 요란한 발자국 소리에
백성들은 또 무슨 변이 났다고 실색하여 숨 죽일 때
이 젊은 처녀만은 강도 채 못 건넌 채
얻어맞는 남편의 일이라고
문지방을 쓰러안고 흑흑 느껴가며 운다—
겨울에도 한 삼동 별빛을 따라
고기잡이 얼음장 끄는 소리언만.
(제1부 1, 2, 3)

이야기는 3부로 나누어져 있다.

1부는 현재 시간이며 저녁에서 밤으로 흐른다. 순이가 남편을 걱정하며 불안해할 때 낯선 청년이 마을에 나타난다. 낯선 청년이 문을 두드린다. 그는 바로 헤어진 옛날 사랑하던 이인 것이다.

"아하 그립던 한넷날의 추억이여. /두 조상에 덮히는 한넷날의 다

순한 기억이여 ! /8년 후 이 날에 다시 불탈 줄 누가 알엇스리. /아, 처녀와 총각이여, /꿈나라를 건설하던 처녀와 총각이여 ! /둘은 고요히 바람소리를 드르며/지나간 따스한 날을 들춘다—"(27절)

2부는 과거 시간이다.

순이는 여진족의 후예이다. 순이와 청년은 어려서부터 좋아하는 사이였으나, 혈통이 다른 사람과 결혼할 수 없는 여진족의 풍습에 따라 순이는 병남이에게 시집간다. 그녀를 사랑하던 청년인 언문을 아는 선비는 마을을 떠난다.

"출가한 순이의 맘에도 안개비를/농부들은 여전히 호미를 쥐고 밧헤 나갓다. /마을 소녀들은 멀기 따라 다니구요. /언문 아는 선비 일은 차츰 이즈면서"(53절)

3부, 청년이 찾아왔다. 시간은 현재이다. 밤에서 새벽, 낮으로 흐른다.

"마지막 눈물을 흘리면서/다시는 이 땅을 안 드딜 작정으로"

고향을 떠난 청년은 서울로 가서 지식인으로 성장하였다. 그러나 도회의 문명과 환락으로부터 도망쳐 "넷날의 두만강가이 그립어서/당신의 노래가 듯고 십허서" 찾아왔다고 호소한다. 순이는 거절한다. 이젠 쫓기는 남편의 안전을 걱정하는 아낙인 것이다. 백금 같은 달빛에 비친 남편의 시체가 돌아온다. 이튿날 낮, 남편의 시신은 고향 땅에 묻힌다.

"그래두 조선땅에 뭇긴다 ! "고 노인들은 말한다.

남편 병남이가 금지된 소금을 밀수출하는 것은 개인의 일이 아니다. 어떤 임무를 가지고 한 일로 암시된다. 일제시대의 조선인들은 나라를 빼앗기고 간도로 쫓겨가고 있었다. 이런 상황에서 그래도 조선땅에 묻힌다고 위안하는 것에서 강렬한 민족의식을 느낄 수 있다.

쫓기는 자인 병남이, 떠돌아다니는 청년, 불안한 순이 등은 어두운 현실에 살고 있는 조선인의 모습이다.

북쪽 변경지방의 추위와 어둠은 밀수와 감시의 불안과 공포를 잘 드러내준다. 또한 국경의 조선인들의 생활은 춥고 어두운 겨울밤의 이미지와 결합되어 당시의 불안하고 어두운 현실을 보여주고 있다. 현재의 어둠, 불안과 대조되어 과거의 사랑을 회상하는 낭만적 서정은 현재의 비극성과 맞닿아 더욱 긴장을 고조시키는 역할을 한다.

## 4 침실에서 들판으로 — 이상화

"지금은 남의 땅 — 빼앗긴 들에도 봄은 오는가?"

이상화의 「빼앗긴 들에도 봄은 오는가」는 1926년 『개벽』에 발표되었다.

시인 이상화는 1901년 5월 대구에서 태어나, 1943년 4월에 죽었다.

"그러나 지금은 — 들을 빼앗겨 봄조차 빼앗기겠네."

봄조차 빼앗길 것을 걱정한 상화는 봄에 태어나서 봄에 이 땅을 떠났으며, 빼앗긴 땅에 봄이 오는 것을 보지 못했다.

상화가 7세 때인 어린 나이에 아버지가 돌아가셨으나 그의 형제들은 훌륭하게 자랐다. 그의 형은 오산학교에서 학생들을 가르치다가 중국으로 건너가 조국의 독립을 위해 싸웠으며, 동생 이상백은 1936년 베를린 올림픽 대회에 임원으로 참석하였고 해방 후에도 한국의 체육 발전을 위해 일하며 올림픽 임원으로 활동하였다.

그의 할아버지는 자신의 재산을 털어서 일본에 대항하기 위한 정신 교육에 힘썼던 이로, 손자들이 일본학교에 다니며 일본교육을 받는 것에 반대하여 민족의식이 강한 선생님들을 집에 모셔와 상화의 사촌들과 형제들을 공부시켰다고 한다. 할아버지의 투철한 민족정신은 어린 상화에게 큰 영향을 주었다.

이와 같은 집안의 분위기와 유년시절을 살펴보면 이상화의 시 세계의 의문점은 풀린다.

「나의 침실로」에서, " '마돈나' 지난밤이 새도록, 내 손수 닦아둔 침실로 가자, 침실로 ! /낡은 달은 빠지려는데, 내 귀가 듣는 발자국 ― 오, 너의 것이냐?"라고 노래하던 감각적이고 관능적인 시인이 어떻게 해서 「빼앗긴 들에도 봄은 오는가」를 썼을까?

한용운처럼 변하지 않는 시 세계를 보여주는 시인도 있지만 이상화는 정신적 방황과 절망 속에서 다시 태어난 시인이다.

'가장 아름답고 오랜 것은 오직 꿈속에만 있어라', 상화는 가장 아름다운 꿈이 있는 '나의 침실로' 가자고 했다. 그러나 결국 상화는 '들을 빼앗겨 봄조차 빼앗길' 것을 걱정한다. '침실'이라는 닫힌 공간으로부터 열린 공간인 '들'로 나아가게 되는 것이다. 그러나 침실로부터 나간 들은 빼앗긴 들이다.

상화가 살았던 생애를 통하여 침실로부터 들로 나가는 시 세계의 변화를 살펴보자.

그는 15세에 고향을 떠나 서울로 와서 학교를 다녔다. 공부도 잘하고 야구도 잘하는 학생이었으나 점점 인생에 대한 고뇌에 빠졌다. 책을 읽기도 하고 시를 쓰기도 했다. 그러나 3학년을 다니고는 고향으로 내려왔다.

집안에 틀어박혀 책만 읽던 상화는 어느 날 말없이 집을 나가 금강산과 강원도를 방랑하였다. 1918년 18세 때였다. 아마 그 때 시인으로서의 꿈을 품기 시작하였을 것이다. 집으로 돌아온 다음해 1919년 3월 1일 서울에서의 기미독립운동사건을 듣게 된 상화는 몇 사람과 합의하여 8일에 대구에서 거사를 일으키기로 하고 많은 태극기를 마련하는 등 준비에 힘썼다. 그러나 거사를 일으키려던 날 아침,

일본 경찰에게 발각되었다. 다른 주모자들은 잡혀가고 상화는 서울로 도망쳤다.

친구의 하숙집에 있던 상화는 큰아버지의 뜻에 따라 결혼을 한다. 1919년 19세였다. 그러나 결혼을 하자마자 다시 서울로 와버렸다. 당시에는 어른들의 명에 따라 마음에도 없는 결혼을 했던 것이다(사랑이 없는 조혼제도에 반대한 이광수가 1917년에 발표한 「무정」을 보아도 알 수 있다).

이상화는 현진건의 소개로 『백조』 동인에 가담하여 본격적인 문학활동을 시작한다. 『백조』 동인들은 프랑스의 세기말 사상인 우울과 퇴폐 분위기에 휩싸여 있었다. 상화는 프랑스에 가서 공부하고 싶어 일본으로 건너갔지만 좀처럼 프랑스로 갈 기회가 오지 않았다. 이 때 쓴 시 「도쿄에서」에는 일본의 서울인 도쿄를 "예쁜 인형들이 노는, 호사스런 거리"라고 했으며, 그 곳을 헤매는 "나의 꿈은 문둥이 살 같은 조선의 땅을 밟고 돈다"라든가, "조선의 하늘이 그리워 애닯은 마음에 노래만 부르노라" 같은 시구에 고국을 그리워하는 마음이 잘 나타나 있음을 보게 된다.

문둥이 같은 조선의 땅을 그리워하며 프랑스를 꿈꾸던 상화는 한 여인을 사랑하게 된다. 그녀는 조선의 유학생이었다. 그녀를 위해 쓴 시가 「나의 침실로」이다.

1923년 『백조』 3호에 발표한 이 시에서 그는 "'마돈나' 오려므나, 네 집에서 눈으로 유전하던 진주는, 다 두고 몸만 오너라. /빨리 가자, 우리는 밝음이 오면, 어딘지도 모르게 숨는 두 별이어라"라고 노래한다.

1923년 관동 대지진이 일어났을 때, 일본에서는 이것을 조선인들의 죄로 뒤집어씌워 죄 없는 조선인들을 많이 죽였다. 이 때 상화는 귀국하여, 이 여인과 서울에서 살았다. 그러나 이 여인은 폐병을 앓다가 죽는다.

## 나의 침실로

'마돈나' 지금은 밤도, 모든 목거지에, 다니노라 피곤하여 돌아가려는도다.

아, 너도, 먼동이 트기 전으로, 수밀도의 네 가슴에, 이슬이 맺도록 달려오너라.


'마돈나' 오려므나, 네 집에서 눈으로 유전하던 진주는, 다 두고 몸만 오너라.

빨리 가자, 우리는 밝음이 오면, 어딘지도 모르게 숨는 두 별이어라.


(생략)


'마돈나' 언젠들 안 갈 수 있으랴, 갈 테면, 우리가 가자, 끄을려가지 말고!

너는 내 말을 믿는 '마리아'——내 침실이 부활의 동굴임을 네야 알련만……


'마돈나' 밤이 주는 꿈, 우리가 얽는 꿈, 사람이 안고 궁그는 목숨의 꿈이 다르지 않으니.

아, 어린애 가슴처럼 세월 모르는 나의 침실로 가자, 아름답고 오랜 거기로.


'마돈나' 별들의 웃음도 흐려지려 하고, 어둔 밤 물결도 잦아지려는도다.

아, 안개가 사라지기 전으로, 네가 와야지, 나의 아씨여, 너를 부른다.

(1, 2, 10, 11, 12연)

이 시는 모두 12연이다.

이 시의 화자는 꿈을 이루기가 불가능한 현실에서 애인과 함께 다른 세계로 가려 한다. 다른 세계는 세월을 모르는 침실로, 아름다운 곳임이 강조된다.

이상화의 침실은 꿈꾸며 부활할 수 있는 정신적 공간이다. 부활의 공간으로 도피하려는 상화는 감각적이고 관능적인 여인을 동반하고 있다. 바로 이 여인, '마리아', '아씨'로 바뀌어 불리기도 하는 마돈나는 현실로부터 도피하는 정신적·육체적 대상으로서의 임이다. 마돈나는 성처녀인 마리아, 조선의 순박한 처녀인 아씨로도 나타난다. 정신과 관능의 결합은 어둠과 절망의 분위기를 긴장시키고 있으며, '먼동, 별, 첫닭'의 이미지들은 그 곳으로 빨리 가고자 하는 시적 화자의 초조함을 드러낸다.

위에서 볼 수 있듯이 「나의 침실로」는 낭만적 정조가 듬뿍 담긴 시이다. 상화는 현실의 고뇌와 모순을 절망적으로 노래하며 밀폐된 세계로 도피하려고 했다. 상화의 이상향은 현실 밖에 있다. 침실은 현실의 공간이 아니다. 그러므로 상화의 초기 시는 현실로부터의 도피를 꿈꾼다고 할 수 있다. 가족제도와 애정문제 등에서 벗어나려 하고 있는 것이다.

이처럼 대체로 『백조』 동인들의 문학세계는 낭만적이며 우울한 분위기를 지니고 있었다. 그러나 그들은 일제 강점기의 절망을 낭만적으로만 노래할 수는 없다는 현실을 인식하게 된다. 그래서 『백조』의 동인들은 해체되고, 현실적 경향의 문학을 시작한다. 상화의 시 경향도 바뀐다. 처음에는 퇴폐적·탐미적·감상적이었지만, 1925년을 경계로 그 경향이 바뀌어 민족의식이 강한 시를 창작하기 시작했다. 대표작으로 이 「빼앗긴 들에도 봄은 오는가」를 들 수 있다.

'카프'파에 가담한 후인 1926년 『개벽』지에 실린 것이다.

### 빼앗긴 들에도 봄은 오는가

지금은 남의 땅 — 빼앗긴 들에도 봄은 오는가?

나는 온몸에 햇살을 받고
푸른 하늘 푸른 들이 맞붙은 곳으로
가르마 같은 논길을 따라 꿈속을 가듯 걸어만 간다.

입술을 다문 하늘아 들아.
내 맘에는 내 혼자 온 것 같지를 않구나.
네가 끌었느냐 누가 부르드냐 답답워라 말을 해다오.

(생략)

나는 온몸에 풋내를 띠고
푸른 웃음 푸른 설음이 어우런 사이로
다리를 절며 하로를 걷는다. 아마도 봄신령이 집혔나 보다.

그러나 지금은 — 들을 빼앗겨 봄조차 빼앗기겠네.
(1, 2, 3, 10, 11연)

첫행의 물음은 마지막 행의 응답으로 맞물리면서 끝난다. 그런데
이 시에서는 빼앗긴 들이 무엇을 의미하는지 너무나 명백하다. 시는
산문과 달라서 의미가 명백하게 드러나서는 안 된다. 숨기면서 드러
내는 미적 긴장이 있어야 한다. 의미도 더하기 빼기처럼 명백한 하
나의 답이어서는 안 되는 것이다. 「빼앗긴 들에도 봄은 오는가」는

의미를 직접적으로 드러냈지만 이 시는 강한 민족정신이 담긴 시이며, 이런 점에서 한국문학사에서 한 자리를 차지할 만한 의의를 가지고 있다. 이상화는 민족의식이 투철한 정신을 보여준다.

빼앗긴 들은 무엇을 의미하는가?

그것은 빼앗긴 조국이며, 조국의 땅이다. 빼앗긴 들은 봄과 결합하여 재생의 이미지가 된다. 봄은 희망의 계절이며, 춥고 황량한 겨울을 이겨내고 새로 시작하는, 만물이 소생하는 계절이다. 「빼앗긴 들에도 봄은 오는가」는 빼앗긴 국토에 봄이 오듯이 빼앗긴 국권에도 새봄이 오기를 희망하고 있다.

'지금은 남의 땅'에서 강한 현실의식이 느껴진다. 지금은 남의 땅이지만, 내일은 변할 수 있다는 미래 지향적인 어조이다. 봄의 이미지와 결합되면서 희망을 갈구하는 시인의 의지가 드러난다.

'들'은 우리의 국토를 나타내는 것으로, 제유법이라는 수사법이 사용되었다. 제유법은 사물의 한 부분으로 전체를 말하는 것이다. 여기서 '들'은 조국의 국토 전체를 의미한다. 또 '빼앗긴 들'을 빼앗긴 주권, 자유 등으로 해석할 경우는 환유법이라 한다. 예를 들어 십자가가 기독교를 상징하는 것은 환유법이다.

이상화는 1925년과 1926년 사이에 많은 시를 발표한다. 바로 이때 사랑하던 여인이 죽었고, 상화는 고향으로 내려가 술로 방황하며 몇 년간을 지냈다. 그렇지만 일제는 의열단 사건, 폭탄 투하 사건에 연루되었다는 혐의로 그를 끌고 가 고문을 하기도 하며 계속 괴롭힌다. 이후에 이상화는 조선 독립을 위해 싸우는 형을 만나러 중국에 갔다 온 뒤로 방황을 끝내고 조선의 청년들을 가르치는 일에 몰두하였다.

상화가 죽던 날, 서울에서는 「백조」 동인이며 문학 친구인 현진건도 죽었다.

## 『장미촌』에서 『백조』로

1921년 시만을 전문으로 싣는 최초의 순수잡지 『장미촌』이 나왔다. 황석우, 노자용, 변영로, 박종화, 박영희 등이 중심이었다. 이 『장미촌』은 『폐허』의 퇴폐적인 문학정신과는 달리 낭만적인 문학정신에서 출발하여 자유시의 선구자가 되었다.

"우리들은 인간으로서 참된 고뇌의 촌에 들어왔다"라고 선언하며 장미꽃을 피우려고 한 『장미촌』은 비록 창간호 한 권만으로 끝났지만, 『장미촌』의 낭만적 의식은 「백조」로 이어져 꽃을 피운다.

1922년에 홍사용, 노자용, 박종화, 나도향, 이상화, 현진건, 이광수 등이 중심이 되어 『백조』를 발간하였다. 『백조』는 발행인의 이름이 선교사인 아펜젤러와 보이스 부인으로 되어 있다. 당시 한국인이 발행하는 모든 책들은 검열이 심하였으므로 외국인의 이름을 빌린 것이다. 『백조』도 오래 이어지지 못하고 3호까지만 나왔으나 한국문학에서 낭만적 문학이 성장하는 데 큰 공헌을 했다. 앞에서 본 이상화, 나도향 등이 『백조』에서 낭만주의적인 작품들을 낳았던 것이다. 낭만적이고 감상적인 『백조』의 대표적 시는 「나는 왕이로소이다」이다.

> 나는 왕이로소이다. 나는 왕이로소이다. 어머니의 가장 어여쁜 아들 나는 왕이로소이다. 가난한 농군의 아들로서…….
> (홍사용, 「나는 왕이로소이다」, 『백조』 3호, 1923)

여기서 왕은 눈물의 왕이다.

'꿈, 님, 영원, 눈물' 등은 감상적 세계에 빠져 있던 『백조』의 작가들이 잘 쓰는 단어들이다.

『백조』의 경향을 흔히 낭만주의 문학이라고 한다. 그러면 낭만주의 문학의 특징이 무엇인지 잠시 살펴보자.

　서구의 낭만주의는 고전주의에 반발해 시작된다. 고전주의는 형식(규칙)을 중요시하고 진실한 것을 그렸다. "진실한 것이 아니면 미가 아니다"라고 했다. 고전주의자들은 문학적 상상력을 위험하다고 보았으므로, 귀족들이 주인공이 되는 현실세계를 주로 그렸다. 그러나 낭만주의는 고전문학이 형식을 중요시하는 것에 반발하였다. 그래서 소설에 시나 동화를 합치는 장르를 혼합하여 쓰기도 하였다. 또한 아름다운 것이 아니면 진실이 아니라고 했으며, 문학적 상상력을 마음껏 펼쳤다. 그러므로 이들은 현실의 세계보다는 꿈의 세계, 원시림이나 아메리카 대륙 등의 미지 세계를 그렸다.

　미에 대한 개념도 다르다. 고전주의의 미는 형식, 균형을 바탕으로 하는 완전한 아름다움이다. 예를 들어 고전주의적 시각에서 본다면 질서 있게 분할된 8등신이 아름다운 미인의 으뜸 가는 기준이다. 낭만주의는 좀 비뚤어졌더라도 개성적인 아름다움을 찬양한다.

　그런데 『백조』의 낭만주의는 서구의 낭만주의와는 좀 다르다는데 주목하자. 우리의 문학사에서는 깨뜨릴 형식적·이성적인 고전주의가 없었다. 『백조』의 낭만주의는 주관적·감상적인 세계에 가까운 문학이었다. 3·1운동의 좌절로 인한 민족적 절망 속에 청년적인 감상이 어우러졌던 것이다. 정말로 『백조』가 깨뜨리고 얻으려 했던 것은 일제의 탄압과 구속감으로부터의 자유였다.

　당시 현실과 부딪쳐 생기는 정신적 갈등은 백조파를 감상에서 벗어나게 했다. 결국 이상화나 나도향도 나중에는 눈물과 꿈의 감상적이고 주관적인 세계에서 탈피한다. 조선의 현실은 빼앗긴 들이라는 것을 인식하게 된 것이다. 나도향은 작품 속에서 가난한 행랑살이나 천대받는 인물들에게로 다가간다.

　이리하여 이상화, 나도향, 현진건 등의 문학세계는 변했다.

1920년대 초에는 대체로 감상적이고 낭만적인 시, 그리고 전통적인 민요시가 씌어졌고, 중반부터는 감상과 한에서 벗어나 현실의 절망적 상황에 적극적으로 대응하는 시 경향이 나타났다.

『백조』의 일원이었던 김기진, 박영희 등이 사상 전향을 하면서 『백조』가 해체된 후 카프(KAPF)가 결성된다. 카프 문학에서 예술성보다 더 중요한 것은 이데올로기이다. 그들의 관심은 무산계급에 있으며, 민중의 편에 서서 사회현실을 개혁하기 위해 투쟁한다.

소설에서도 1920년대 초에는 감상적인 경향이 많았으나 점차 무산계급에 동조하는 문학이 이루어진다. 『백조』의 동인이었던 현진건, 나도향은 감상적인 소설을 쓰다가 사회현실에서 밑바닥 삶을 살아가는 인생들을 그리게 된다.

이러한 사실주의 작품들은 주로 『개벽』에 실렸다.

# 「우리 오빠와 화로」 - 임화

**우리 오빠와 화로**

사랑하는 우리 오빠 어저께 그만 그렇게 위하시든 오빠의 거북 문이 질화로가 깨어졌어요

언제나 오빠가 우리들의 '피오닐' 조그만 기수라 부르는 영남 이가

지구에 해가 비친 하로의 모든 시간을 담배의 독기 속에다
어린 몸을 담그고 사온 그 거북문이 화로가 깨어졌어요

(중략)

오빠ー 그러나 염려는 마세요
저는 용감한 이 나라 청년인 우리 오빠와 핏줄을 같이한 계집 애이고

영남이도 오빠도 늘 칭찬하든 쇠 같은 거북문이 화로를 사온 오빠의 동생이 아니애요

그리고 참 오빠 아까 그 젊은 나머지 오빠의 친구들이 왔다

갔습니다
　눈물나는 우리 오빠의 동모의 소식을 전해주고 갔에요
사랑스런 용감한 청년들이었습니다.

　화로는 깨어져도 화적 같은 기스대처럼 남지 안었에요
우리 오빠는 가셨어도 귀여운 '피오닐' 영남이가 있고
그리고 모-든 어린 '피오닐'의 따뜻한 누이 품 제 가슴이 아즉
도 더웁습니다.
　(생략)


　임화는 1929년 「네거리의 순이」, 「우리 옵바와 화로」(「조선지광」)
를 발표했다. 이 두 작품은 임화의 대표작으로, 그로 하여금 프롤레
타리아 시인으로 확고한 위치를 차지하게 했다.
　임화는 무산자를 위해 투쟁하는 시인, 논설자, 혁명가로 활동하
였다. 그러나 초기에는 다다이즘 경향의 시를 발표하였다. 두 편의
영화에 출연했고 영화와 연극평을 썼다.
　19세에 다니던 학교도 중퇴하고 집을 나와 떠돌다가 박영희 집에
기숙하며 지냈다. 카프의 이론가인 박영희의 영향을 받아 프로 문학
의 세례를 받게 되며, 박영희의 도움으로 일본에 가서 사회주의 사
상으로 무장한다. 카프의 임원으로 무산계급을 위한 많은 논설과
카프 작가론을 썼다. 1940년에 「조선문학사」, 1944년에 「조선영화
연감」, 「조선영화발달사」 등을 썼다. 임화의 첫 부인은 무산계급
사상으로 무장한 여성이었고, 두번째 부인은 소설가 지하연이다.
해방 후에 월북하였다가 6·25 때 서울에서 활동하기도 했다. 월북
한 후, 1953년 조선민주주의인민공화국 군사재판부에서 사형당한
다.
　「우리 옵바와 화로」는 편지 형식으로 구성되었다. 편지를 쓰는

화자는 여성, 누이동생이다. 편지를 받는 사람은 늦은 밤에 붙잡혀 간 오빠이다. 오빠가 청자인 셈이다. 이 시의 특징은 정감 있는 대화 방식으로, 구체적인 사건 진술을 통해 누이동생과 '피오닐'인 영남이의 의지와 각오를 보여준다. '피오닐'은 개척자, 선구자라는 뜻으로 공산소년단원을 의미한다.

여기서 두 개의 사건이 겹쳐진다.

'문지방을 때리는 쇳소리 바루르 밟는 거치른 구두소리와 함께' 가버린 오빠와 오빠가 그렇게 위하던 거북무늬의 질화로가 깨어졌다는 사건이다. 붙잡혀간 오빠와 깨어진 화로는 소중한 것, 사랑하는 것이다. 사랑하는 오빠가 붙잡혀간 것을 화로가 깨어지는 것으로 구체화시키고 있다. 파괴이며, 종말이다. 그러나 비극적 현실에 절망하지 않고 더욱 용감한 투쟁의지를 보여주고 있다.

오빠가 '질화로'를 소중히 여기는 이유는 어린 동생이 하루의 모든 시간을 바쳐 일해서 사왔기 때문이다. 신성한 노동의 대가인 것이다. 질화로의 소중함은 노동의 신성함을 의미하며, 질화로가 깨어졌다는 것은 노동자들의 좌절일 수 있다. 그러나 무산자들은 좌절하지 않고 질화로는 '화적 같은 기ㅅ대처럼 남아' 가슴에 새기겠다는 의지를 보여준다. 오빠는 잡혀갔지만 오빠의 강철 같은 성스러운 각오를 좇아 누이동생, 영남이, 오빠의 젊은 친구들이 싸울 것을 다짐한다.

「우리 옵바와 화로」는 단편 서사시로서, 프로 문학의 대중화라는 찬사를 받았다. 1930년에 쓴 「양말 속의 편지」, 「제비」는 감옥에 간 사나이들의 이야기이다.

당시 민중들은 이러한 작품들을 읽지 못했다.

첫째는 잡지를 구독할 경제력이 없었고, 다음으로는 그것을 감상할 능력이 없었다. 특히 시가 어렵다고 생각하는 민중들이 많았으므로, 1928년 김기진과 임화는 프로 문학의 대중화를 논의하였다. 시어가 세련된 것을 피하며 노동자들이 낭독하기에 편한 리듬을 창조하도록 하고, 노동현실과 계급적 분노를 의도적으로 이야기할 것을 주장했다.

# 1920년대 소설

1920년대 소설에는 자연주의적 사실주의 경향이 나타났다.

1910년대 이광수의 계몽을 목적으로 하는 소설에 반대하는 김동인이 등장하였고, 염상섭, 전영택, 현진건, 나도향 등이 1920년대 현실을 사실적으로 그리고 있다.

1920년대 중반에 최서해가 나타나 가난한 환경을 그리고 방화와 살인으로 끝나는 빈궁문학을 소개하였는데 이것을 신경향파 문학이라 한다.

1920년대 후반에는 단순히 가난한 환경이 아니라 무산계급의 투쟁을 그린 계급주의 문학이 문단을 휩쓸게 되었다.

1920년대에는 많은 작가가 등장하였고, 문예잡지들이 창간되었다.

1919년 3·1운동의 실패로 민족적 좌절감에 **빠졌고**, 한편 일제는 회유책으로 신문, 잡지의 출판을 허용하였다. 「조선일보」, 「동아일보」, 「중외일보」 등 신문과 문예지 「창조」, 「폐허」, 「백조」, 「조선문단」, 종합지 「개벽」 등이 출판되었다.

1920년대 작가와 작품을 보면 다음과 같다.

「창조」를 창간한 김동인은 「약한 자의 슬픔」, 「배따라기」, 「감자」, 「광화사」, 「광염소나타」, 「발가락이 닮았다」 등 다양한 경향의 문학작품을 발표하였다.

「창조」 동인의 한 사람인 전영택은 「혜선의 사」, 「화수분」 등 기독교적 인도주의에 바탕을 둔 작품을 발표하였다.

현진건은 「백조」의 동인으로 「빈처」, 「술 권하는 사회」, 「운수좋은 날」, 「할머니의 죽음」, 「B사감과 러브레터」 등을 썼다. 그의 문학 경향은 사실주의이다.

염상섭은 최초의 자연주의 소설이라고 주장하는 「표본실의 청개구리」와 「암야」, 「제야」 등을 발표했고 후에 「삼대」를 썼다. 그는 자연주의 작가를 대표한다.

나도향은 「젊은이의 시절」, 「환희」 등의 낭만주의적 소설을 쓰다가 「벙어리 삼룡이」, 「물레방아」, 「뽕」 등 사실주의적 작품으로 전환한다.

최서해는 「탈출기」, 「고국」, 「홍염」, 「박돌의 죽음」 등 밑바닥 체험을 바탕으로 가난에의 분노를 그렸다. 그래서 그의 문학을 빈궁문학이라 하며, 뒤에 사회주의적 리얼리즘을 표방한 신경향파 소설로 이어지게 된다.


「창조」에서 무엇이 창조되었나?

1919년경, 김동인과 주요한은 문학을 일으키기 위해서는 문학동인지가 필요하다는 데 인식을 같이하고 동인지 창간을 준비한다.

잡지를 내는 비용은 부잣집 자제인 김동인이 맡기로 하고, 잡지의 이름은 『창조』라고 정하여 3·1운동 직전에 동경에서 발간하게 되었다.

창간호에는 김동인이 '최초의 시'라고 칭찬한 주요한의 「불노리」, 김동인의 「약한 자의 슬픔」, 전영택의 「혜선의 사」 등이 실렸다.

이 잡지는 최초의 순문예 동인지로 근대문학을 개척하였다는 평가를 받는다. 소설은 사실주의, 시는 상징주의 계열의 작품들을 실었으며, 최남선과 이광수의 계몽적인 목적문학에 반대하여 순수한 문학을 주장하였다. 이것을 계기로 예술적인 문학이 나타나기 시작했고 다양한 문학기법이 등장하는 발판이 되었다.

김동인은 『창조』를 통하여 신문학 운동의 하나로 문장을 개혁하려 했다. 그 개혁은 문장에서 구어체와 사투리를 구사하고, 과거시제를 사용하여 시제를 확립하고, 원래 우리나라에는 없던 3인칭 대명사 'he', 'she'에 해당하는 '그'를 사용하는 것 등이었는데, 김동인은 이광수의 소설과 자신의 「약한 자의 슬픔」을 비교하여 자신은 완전한 구어체와 사투리, 3인칭, 과거시제를 사용하였다고 주장하였다.

1919년 『창조』가 나온 뒤, 1920년 『폐허』, 1922년 『백조』 등의 문예잡지들이 연이어 발간되었고, 이는 우리의 근대문학이 풍부해질 수 있는 자리를 마련해주었다.

1920년대에 일어난 중요한 사건은 조선프롤레타리아예술가동맹인 KAPF가 1925년에 결성된 일인데, 이후 약 10년간 무산계급을 위한 문학이 창작되는 계기가 되었다. 이것을 프로 문학 또는 카프 문학이라 하는데 문학작품보다는 계급혁명 이론을 앞세우는 경향이 있었다. 우리나라 프로 문학은 무산계급 해방을 주장하는 사회주의 이론과 일제에 대한 독립운동을 지지하는 항일정신이 혼합되어 있다. 카프 문학의 대표적인 이론가로는 박영희와 김기진이 있다. 작품으로 박영희의 「사냥개」, 김기진의 「붉은 쥐」, 조명희의 「낙동강」 등이 대표작이다. 카프파들은 1930년대 초 일제의 검거로 해산된다.

1925년부터 1935년 해체될 때까지 KAPF 시기에 우리 문학사에 나타난 특별한 현상은 문학작품보다 평론이 위세를 떨친 일이다. 카프파 문학은 문학의 예술성보다도 계급주의를 주장하였기 때문이다.

그렇다고 이 때에 이데올로기 문학만 있었던 것은 아니다. 앞에서 말한 김동인, 염상섭, 전영택, 현진건, 나도향 등 자연주의 작가들이 활동하고 있었다. 또 카프 문학파들이 소부르주아 반동적 문학집단이라고 비판한 해외문학파가 있다. 동경 유학생들로 외국문학을 전공하는 이하윤, 김진섭, 손우성, 정인섭, 김명순, 김광섭, 이헌구 등이 1926년 외국문학연구회를 조직한다. 이들은 프로 문학의 목적성에 반기를 들고 『해외문학』을 1927년 발간하였다. 최초로 본격적인 해외의 문학을 소개하였으며, 이데올로기로 문학의 예술성이 약화되고 있을 때 문학의 순수성을 강조했다. 이들의 문학의식은 1930년대 순수문학의 모태가 된다.

그리고 카프조직에서 활동은 하지 않았다 하더라도 이러한 문학정신에 동조하는 작품을 쓰는 작가들이 있었다. 이들을 동반(자) 작가라 한다. 이 동반(자) 작가들에는 유진오, 이효석, 이무영, 채만식, 강경애, 박화성 등이 있다. 그러나 카프파의 검거로 프로 문학이 약화되면서 이들 동반 작가들의 상황도 변한다. 동반 작가들은 1929년경부터 1930년대 초에 크게 활동하다가 일제의 탄압에 부딪치자 순수문학 또는 농민문학으로 전환하게 된다.

# 예술지상주의자 — 김동인

김동인은 1900년 평양에서 태어났다. 그의 집안은 양반 가문이며 부유했고 아버지는 기독교 장로였다.

그는 이광수, 주요한 등이 명치학원(중학교)에 다니고 있었을 때 동경으로 유학을 떠났다. 김동인은 주요한과 함께 국민학교를 졸업했지만, 주요한은 선교사인 아버지를 따라 일찍부터 동경에서 중학교를 다니고 있었다. 김동인도 대부분의 한국 유학생들이 다니고 있는 명치학원에 입학하려 했으나 주요한보다 한 학년 아래로 입학하는 것이 싫어 다른 학교로 간다. 그만큼 동인은 자존심이 세고 유아독존적인 성격이었다. 그러나 동인이 입학한 학교가 명치학원으로 합쳐져 결국 주요한보다 한 학년 밑이 되었다.

동인이 처음에 동경으로 공부하러 갔을 때는 의사나 변호사가 되려고 생각했다. 어느 날 김동인은 주요한이 문학을 전공하겠다고 말하는 것을 듣고 '문학을 공부하면 무엇이 될까' 하는 생각을 하기 시작했다. 김동인은 법학은 변호사나 판검사가 되는 공부이고 의학은 의사가 되는 공부인데 문학은 무엇이 되는 학문인지 몰랐던 것이다. 김동인은 소설책에 빠지면서 문학을 하겠다는 쪽으로 기울어지게 된다. 동경 유학생들이 주동이 된 '2·8 독립선언'의 선언문을 써달라는 부탁을 받았지만 이광수에게 맡기고 『창조』를 발간하는데 온 힘을 기울일 정도로 문학에 푹 빠져들어간 것이다.

이광수의 목적문학에 반대하여 김동인은 순수문학을 주장한다. 계몽이 아니라 미를 추구했던 것이다. 그는 계몽을 설교하는 선각자 정신이 아니라 다양한 문학기법을 실험하는 오만한 창작정신을 지니고 있었다. 특히 이광수의 문학을 뛰어넘으려는 정신이 예술창작의 불을 댕긴 것은 주목할 만하다. 「근대소설고」(1929), 「춘원연구」(1935) 등에서 이광수의 문학을 비판하고 있음을 보게 된다.

김동인은 「춘원연구」에서 이광수의 「흙」에 묘사된 부분을 지적하며 이광수가 농촌계몽을 주장하면서 사실은 농촌의 실상을 몰랐다는 것을 비판한다. 「흙」에서 농촌 청년이 자기 어머니가 호박잎을 말아서 피우는 것이 보기 안타까워 짚신을 삼아다가 팔아서 장수연이라는 담배를 사다 드린다는 부분을 예로 들어 비판을 가한다. 즉 장수연은 도시 사람들이 피우는 비싼 담배이며 당시 농촌에서는 값싼 희연이라는 담배를 피웠는데, 농촌의 현실을 잘 모르기 때문에 이광수는 잘못 썼으며, 이것은 사실에 충실하지 못하다는 것이다.

또 그는 이광수 작품의 주인공은 착한 사람, 지도자나 위인들이 거의 전부이며, 악한 사람이나 악인의 세계는 보지 못했다고 평했다. 이는 김동인이 그린 인물들의 성격을 짐작하게 한다. 김동인의 주인공들은 사회 지도자나 위인, 도덕적으로 이상적인 인물이 아니다. 다음에서 볼 수 있듯이 사회에서 소외되는 인물, 특이한 삶을 살아가는 개인의 세계를 그리고 있다.

『창조』에 실린 「배따라기」(1921)와 「광염소나타」(1929), 「광화사」(1935)에 나오는 인물들은 하나같이 모두 특이하다. 예술적 미를 광적으로 탐구하는 인물들이 창조되었는데, 이런 작품들을 탐미주의 문학이라고 한다.

그 밖에 「감자」(1925, 『조선문단』), 「K박사의 연구」(1929), 「발가

락이 닮았다」(1932), 「김연실전」(1939)은 자연주의 계열의 문학,
「붉은 산」(1932), 「태형」(1922)은 민족주의 정신을 그린 작품으로 분
류된다.

그의 문학세계는 예술인가, 광기인가?
「배따라기」, 「광염소나타」, 「광화사」는 음악가와 화가의 이야기
이다. 예술가형 소설이라고 할 수 있겠다. 이 세 소설은 구성이 액
자의 틀과 액자 속의 그림처럼 짜여 있는 액자소설 형식이다. 속이
야기(그림)가 있고, 속이야기를 둘러싸는 겉이야기(틀)가 있는 것이
다.

「광염소나타」는 일반적인 상식으로는 생각할 수 없는 작품이다.
음악비평가가 사회교화자에게 어떤 작곡가의 이야기를 한다. 백성
수라는 작곡가인데, 그는 뛰어난 작품들을 작곡했지만 지금은 정신
병원에 있는 사람이다. 그는 불이 타오르는 것을 보거나 죽은 시체
를 보고 감정이 흥분되어야 음악을 작곡할 수 있는 인물이다. 백성
수는 불을 지르고 살인을 한다. 음악비평가는 백성수의 기이한 운명
을 이야기하며 음악을 창작할 때의 고뇌를 고백하는 백성수의 편지
를 보여준다. 그의 죄를 벌해야만 하나? 아니면 용서할 수 있을까?
「광화사」에서 화자는 '여(余, 나)'이다. '여'는 무슨 이야기를 하
나 꾸며볼까, 주인공의 이름은 무엇으로 할까 하고 생각한다.

**광화사**

인왕―.
바위 위에 잔솔이 서고 잔솔 아래는 이끼가 빛을 자랑한다.
그러나 여가 지금 서 있는 곳은 심산이다. 심산이 가져야 할 온갖
조건을 구비하였다. 여의 발 아래 바위를 가볍게 두드리면서 한 개

의 이야기를 꾸미어보았다.

　한 화공이 있다. ― 화공의 이름은?

　지어내기 귀찮으니 신라 때의 화성의 이름을 차용하여 솔거라 하여두자. ―

　시대는?

　시대는 이 안하에 보이는 도시가 가장 활기 있고 아름답던 시절인 세종 성주의 대쯤으로 하여둘까?

　서술자인 '여'는 솔거라는 한 인물을 창조하고 이야기를 꾸민다. 즉 서술자이면서 또 허구적인 속이야기를 꾸미는 작가인 것이다. 속이야기는 솔거라는 못생긴 화가의 이야기이므로 액자소설이다. 액자 속의 이야기를 들여다보자.

　경복궁 대궐이 있다. 이 대궐의 북문인 신무문 밖 우거진 뽕밭 새에 중로의 사나이가 오뇌스러운 얼굴을 하고 숨어 있다.

　"오늘도 헛길, 내일이나 다시 볼까?"

　한숨을 쉬면서 제 오막살이를 찾아 돌아가는 화공. 날이 벌써 꽤 어두웠지만 그래도 아직 저녁빛이 약간 남은 곳에 내어놓을 이 화공은 세상에 보기 드문 추악한 얼굴의 주인이었다.

　코가 질병자루 같다. 눈이 통방울 같다. 입이 나발통 같다. 얼굴이 두꺼비 같다. 소위 추한 얼굴을 형용하는 온갖 형용사를 한 얼굴에 지닌 흉한 얼굴의 주인. 이 얼굴을 가지고 백주에 나다니기가 스스로 부끄러울 것이다.

　사람을 피하기 위하여, 화도에 정진하기 위하여 인가를 떠나서 백악의 숲 속에 조그만 오막살이를 하나 틀고 거기 숨은 지 근 삼십 년. 필요한 물건을 구하기 위하여 거리에 나가야 할 때에는 방립을 쓰고 얼굴을 베로 가리었다.

　솔거라는 화가는 너무나 못생긴 추남이다. 너무나 추해서 결혼한 색시가 이튿날로 도망을 하였다. 솔거는 이 세상에서 가장 아름다운 여인을 그리려고 한다. 몸은 그렸지만 얼굴을 그리지 못하여 애를 태운다. 얼굴을 수건으로 가리고 그림의 모델을 찾아서 여기저기 다니지만 죽은 어머니처럼 아름다운 여인을 찾을 수 없다. 깊은 산 속에 있는 외딴집으로 돌아오다가 샘물가에 있는 아름다운 한 처녀를 발견한다.

세상에 보기 드문 미녀였다. 나이는 열여덟, 그 얼굴 생김이 아름답기보다 얼굴 전면에 나타나는 표정이 놀랄 만큼 아름다웠다.

눈먼 처녀라서 솔거가 추한 것을 보지 못한다.

화공이 엮어내는 용궁의 이야기에 처녀는 황홀하여졌다. 이 아름다운 얼굴을 화폭에 거의 옮겼으나 아직 검은 눈동자를 그리지 못했다. 그 때 날이 어두워져 둘은 잠자리에 들었다.

이튿날 그림을 그리려 하나 어제의 순수한 아름다움은 사라지고 눈이 먼 눈동자는 바보 같았다. 화공은 “자 용궁을 생각해봐 !” 그 천치 같은 눈을 보매 화공의 노염은 더욱 커졌다. “예이, 이 바보야, 천치야, 병신아 !” 화가 난 솔거는 처녀를 잡고 흔들었다.

처녀가 넘어지면서 벼루가 뒤집히고 먹물이 튀었다. 먹방울이 소경의 얼굴에 덮였다.

깜짝 놀라서 흔들어보니 소경은 벌써 이 세상 사람이 아니었다. 화공은 어찌할 줄을 몰랐다. 허둥거리던 화공은 눈을 자기의 그림 위에 던지다가 악 ! 소리를 내며 자빠졌나.

그 그림의 얼굴에는 어느덧 동자가 찍히었다. 두 눈에는 완전히 동자가 그려진 것이다.

수일 후 괴상한 여인의 화상을 들고 음울한 얼굴로 돌아다니는 늙은 광인 하나이 생겼다. 이렇게 수년을 방황하다가 눈보라 치는 날 그의 일생을 막음하였다. 죽을 때도 그는 그 그림을 품에 안고 죽었다.

늙은 화공이여. 그대의 쓸쓸한 일생을 여는 조상하노라.

김동인은 한 화가의 삶을 그려서 미를 탐구하고 있다. 소설기법도 이광수와는 다르다. 인물을 창조할 때는 개성적인 인물을 창조했고 서술법도 화자를 전면에 드러낸다. '여'인 작가가 소설을 꾸미는 것과 '솔거'라는 화가가 그림을 그리는 것을 일치시켰다.

미의 세계를 추구하는 것 이외에 김동인은 또 어떤 세계에 관심을 보였을까? 동인은 인간의 본성을 관찰하고 있다.

그의 대표작 중의 하나인 「감자」에서 그는 한 인간이 환경에 따라 어떻게 변하게 되는가를 관찰하고 있다.

### 감자

싸움, 간통, 살인, 도둑, 구걸, 징역, 이 세상의 모든 비극과 활극의 근원지인 칠성문 밖 빈민굴로 오기 전까지는, 복녀의 부처는 (사농공상의 제2위에 드는) 농민이었었다.

복녀는 원래 가난은 하나마 정직한 농가에서 규칙 있게 자라난 처녀였다. 이전 선비의 엄한 규율은 농민으로 떨어지자부터 없어졌다. 하나 어딘지는 모르지만 딴 농민보다는 좀 똑똑하고 엄한 가율이 그의 집에 남아 있었다.

그는 열다섯 살 나는 해에 동네 홀아비에게 팔십 원에 팔려서 시집이라는 것을 갔다. 그 홀아비는 그보다 이십 년이나 위였다. 복녀를 산 팔십 원이 그의 마지막 재산이었다. 그는 극도로 게으른 사람이었었다.

게으른 남편 때문에 행랑살이도 쫓겨난다. 칠성문 밖 빈민굴로 이사갔다.

기자묘 솔밭에 송충이가 끓었다. 평양에서는 송충이를 잡는 데 칠성문 밖 빈민굴의 여인들을 인부로 쓰게 되었다. 복녀는 열심으로 송충이를 잡았다. 며칠 일하는 동안에 이상한 현상을 발견하였다. 젊은 여인 몇 명은 송충이는 안 잡고 감독이랑 놀면서 삯은 많이 받는 것이었다.

어느 날 감독이 복녀를 부르는 것이었다. 그 날부터 복녀도 일하지 않고 품삯을 받는 사람이 되었다. 복녀는 기자묘 솔밭에서 송충이를 잡는 일을 하다가 감독에게 정조를 버린다.

복녀의 도덕관 내지 인생관은 그 때부터 변하였다.

송충이를 잡지 않아도 돈을 받는 재미를 알게 된 가난한 복녀는 몸을 팔아 돈을 번다.

감자를 훔치러 왕 서방 밭에 갔다가 들키자 대신 몸을 허락한다. 왕 서방에게 몸을 팔고 있던 복녀는 왕 서방이 결혼을 하게 되자 질투를 느낀다. 왕 서방이 결혼하는 날, 복녀는 낫을 들고 왕 서방네 집에 들어간다. 왕 서방 집에서는 활극이 일어났다. 그러나 활극도 곧 잠잠하게 되었다. 복녀의 손에 들리어 있던 낫은 어느덧 왕 서방의 손으로 넘어가고, 복녀는 목으로 피를 쏟으면서 고꾸라져 있었다.

복녀의 송장은 사흘이 지나도록 무덤으로 가지 못했다. 왕 서방은 몇 번을 복녀의 남편을 찾아갔다. 둘 사이에는 무슨 교섭하는 일이 있었다.

사흘이 지났다. 복녀의 시체는 왕 서방 집에서 남편의 집으로 옮겨졌다. 시체에는 세 사람이 둘러앉았다. 왕 서방은 말없이 십 원 지폐 석 장을 복녀의 남편에게 주었다. 한방의의 손에도 십 원짜리 누 장이 갔다.

이튿날 복녀의 시체는 뇌일혈로 죽었다는 한방의의 진단으로 공동묘지로 가져갔다.


소설의 구성에서 복녀가 낫을 들고 왕 서방네 집으로 가는 사건이 절정이고, 살해사건을 돈으로 해결하는 장면이 대단원이다.

돈으로 인간의 죽음을 무마하는 것은 인간 생명의 존엄성이 무시되는 것을 뜻한다. 물질만능의 현실을 비판하는 것도 이 때문이다.

이 작품에선 규범적으로 자란 처녀가 싸움이 끊이지 않는 동네로 이사가고, 솔밭에서 몸을 팔아 돈을 얻게 되고, 결국에는 주검까지도 돈에 팔리는 것 등을 보여주며 한 인간이 환경에 따라 어떻게 변하며 타락하는가를 그리고 있다. 이런 작품을 자연주의 문학이라고 한다. 환경과 유전법칙에 따라 인간의 운명은 결정된다는 이론이 자연주의 문학의 밑바탕인 것이다.

자연주의는 과학적 방법으로 인간과 사회를 실험, 관찰하고 그 원인과 결과를 추적한다. 자연주의 문학은 어떠한 원인에 의해서 어떤 결과가 나타나는가를 기록해나간다. 자연주의 문학의 대표자는 에밀 졸라이다. 한국문학에서는 염상섭의 「표본실의 청개구리」를 최초의 자연주의 소설로 보고 있다.

동인의 작품 중 자연주의 문학으로 분류되는 「K박사의 연구」(1929), 「발가락이 닮았다」(1931) 등을 살펴보자.

「K박사의 연구」에서 K박사는 영양가 있는 음식을 발명하여 인류에게 이바지하려 한다. K박사는 발명한 음식의 시식회를 연다. 사람들은 맛있게 먹었으나 똥으로 만들었다는 소리에 모두 토해버린다. 실험의 실패는 과학적인 이유 때문이 아니라 인간의 본성 때문이다. 새 음식을 만드는 과학적·실험적인 요소가 자연주의 문학이라고 볼 수 있다.

「발가락이 닮았다」는 인간의 방탕으로 인한 성병의 문제를 다루고 있다. 방탕한 생활 탓에 성병을 앓고 있는 친구가 결혼을 하게 되었다. 성병 때문에 아이를 낳을 수 없다고 생각하였는데 그의 아내는 아이를 낳았다. 그 친구는 셋째 발가락이 유난히 더 길었다. 서술자인 친구에게 "이 발가락 닮은 것 좀 봐라" 하면서 아이의 발가락을 보여준다. 그는 자신과 아이 사이의 혈연적 요인을 찾으려고 애를 쓴다.

「붉은 산」에서 만주의 조선인 소작인들이 사는 동네에 사람들이 쫓아내고 싶어하는, 못된 '삵'이란 인물이 살고 있다. 어느 날 조선인 소작인이 지주에게 맞아죽는다. 마을 사람들은 분개하지만 지주에게 대항하지 못한다. 이 때 삵은 지주에게 항의하러 갔다가 피투성이가 되어 돌아온다. 삵은 죽으면서 '동해물과 백두산이'를 불러달라고 한다. 존경받는 위대한 인물이 아닌 멸시받고 소외당하는 인물을 통해 민족의식을 그린 이 소설이 「붉은 산」(1932)이다.

이광수처럼 사회 지도자를 내세워 설교하며 민족주의를 계몽하는 대신, 동인은 핍박받는 조선인의 모습과 멸시당하는 인물을 통해 민족의식을 불러일으킨다. 긍정적 인물이 아니라 부정적 인물을 통해 민족정신을 그린 것이다.

또한 동인은 예술적 문학을 중시했기에 개성적인 인물의 세계를 창조하려 했다. 반면에 이광수는 모범적인 전형적 인물의 세계를 그렸다. 단적으로, 이광수는 「단종애사」에서 수양을 반역적 인물로 그렸지만, 동인은 수양을 역사적 현실에서 국권을 지킬 수 있는 강력한 인물로 그린 「대수양」을 썼던 것이다.

## 천치? 천재? — 전영택

『창조』에는 또 어떤 작품이 실렸을까? 『창조』의 동인으로는 김동인과 주요한 이외에 전영택이 있었다. 전영택은 『창조』 1호에 「혜선의 사」, 2호에 「천치? 천재?」를 썼다.

'나'라는 1인칭으로 서술되는 짧은 이야기의 줄거리를 보자.

### 천치? 천재?

나는 여러 일 해보다가 소학교 교사가 되었다. 세번째로 시골의 국민학교로 가게 되었다. 내가 잘못하면 불량아를 만들고 잘하면 천재나 훌륭한 인재를 만들 수도 있다는 책임감이 무거워짐을 느낀다. 숙소는 학교에서 하고 식사는 그 곳의 박 교감 댁에서 하기로 했다. "선생님"하고 한 아이가 부른다. 아무 말 없이 빙글빙글 웃기만 하는 이 아이는 이상한 아이였다. 교감의 누이인 과부의 아들이었다. 칠성이는 교감뿐 아니라 모두가 천치로 생각하는 아이였다. 그러나 그는 모든 사물에 대해 의문을 가지고 있는 천치였다. 칠성이는 공부는 아니하고 무엇이든지 만들고 부숴보곤 해서 야단을 맞는다. 나는 칠성이가 불쌍해서 정답게 대해주었다.

어느 날 밖에 나갔다가 오니 칠성이가 혼자 방에 있다가 무엇인가를 감추었다. 칠성이는 나의 오직 하나의 소중한 것인, 대학 졸업 때 선물받은 만년필을 부러뜨려놓았다. 칠성이는 잉크 물감이 왜 자꾸 나오는지를 보려고 만년필을 꺾어보았다고 한다. 나는 화나는 것을 참고, "무엇이든지 나하고 같이 뜯어보자"고 말했다. 어느 날 시냇가에서 맑고 고운 노랫소리가 들려 가보니 칠성이였다. 노래를 부르는 칠성이를 보니 천치가 아니라 자연의 아이, 시인이라는 생각이 들었다. 칠성이는 알 수 없는 아이였다.

칠성이가 없어졌다. 아무리 찾아도 찾을 수가 없었다. 이튿날 새벽 버드나무 밑에서 죽은 칠성이를 발견했다.

나는 칠성이가 죽기 전날의 일을 고백하지 않을 수 없다. 한 학생의 시계가 없어졌다. 아무리 찾아도 없었다. 이미 부서진 시계가 칠성이한테서 발견되었다. 나는 너무 화가 나서 채찍으로 칠성이를 때렸다. 칠성이는 욕심이 나서 시계를 훔친 것이 아니라 똑딱똑딱 가는 것이 이상해서 뜯어보았다고 한다.

칠성이는 무엇이든지 이상한 것은 끝까지 알아보고야 마는 열성을 방해하는 이 세상을 떠난 것이다. 나는 칠성이의 열성을 방해한 것이다. 칠성이는 맘대로 깨뜨려보고 만들어보려고 평양으로 가려다가 겨울날 버드나무 밑에서 얼어죽은 것이다. 이제 칠성이는 아무도 방해하지 않는 곳, 놀리는 친구들이 없는 곳으로 간 것이다.

나는 이 곳에 더 있기 싫어졌다. 칠성이의 묘를 찾아보고 떠난다. 이제 무엇을 하게 될지 모르는 길을 떠난다.

칠성이를 이해하는 선생님까지도 칠성이의 이상한 행동을 받아들이지 못한다. 이상한 행동 때문에 천치처럼 보이는 소년을 다른 사람들은 이해하지 못하는 것이다. 천재일지도 모르는 한 소년은 결국 죽게 되었다.

전영택의 「혜선의 사」, 「천치? 천재?」, 「화수분」 등은 결말에서 주인공이 죽게 되는 것이 공통점이다. 모순된 현실의 상황에서 결국 죽음에 이르게 되는 것인데, 이는 낭만주의 문학에서 죽음이 미화되는 것과 대조가 된다. 사실주의 문학에서는 주인공이 비참한 현실 때문에 죽게 되는 것이 자연스러운 귀결일 것이다. 해결할 수 없는 현실 상황의 희생자를 있는 그대로 드러낸다는 점이 사실주의이다.

「화수분」은 1925년에 발표된 작품이다. 인물의 이름이 '화수분'인데, 그 이름은 재물이 자꾸 생겨서 아무리 써도 줄지 않는다는 뜻이다. 화수분은 고향을 떠나 서울에서 행랑살이를 한다.

## 화수분

첫겨울 추운 밤 고요히 깊어간다. 나는 자다가 꿈결같이 으으으 으으으 하는 소리를 들었다. 잠깐 잠이 반쯤 깨었으나 다시 잠이 들었다. 잠이 들려고 하다가 또 깜짝 놀라서 깨었다. "저게 누가 울지 않소?" "아범이구료." 과연 아범의 우는 소리다. 행랑에 있는 아범의 우는 소리다. "아범이 왜 울까?"

아범은 금년 구월에 그 아내와 어린 계집애 둘을 데리고 우리 집 행랑방에 들었다. 나이는 한 서른 살쯤 먹어 보이고 사람이 퍽 순하고 착해 보였다. 그들에게는 지금 입고 있는 단벌의 홑옷과 조그만 냄비 하나밖에 아무것도 없다. 세간도 없고 물론 입을 옷도 없고 덮을 이부자리도 없고 밥 담아먹을 그릇도 없고 밥 먹을 숟가락 한 개 없다. 있는 것이라고는 보기 싫게 생긴 딸 둘과 아범이 밥벌이하는 지게가 하나 ― 이것뿐이다. 밥은 우선 주인집에서 내어간 사발과 숟가락으로 먹고, 물은 주인집 어린애가 먹고 비운 우유통을 갖다가 떠먹는다.

그 아범이 밤중에 그렇게 섧게 운 까닭은 무엇인가?

이튿날 아침 아내는 어멈에게서 그 내용을 들었다.

쌀가게 마누라가 "어린것을 좋은 댁에서 달라니 보내게"라고 여러 번 권하였다고 한다.

"아범한테 물어보았더니 '내가 아나, 임자 마음대로 하게그려'하고는 지게를 지고 나가버리겠지요. 아무러나 제 자식 남에게 주고 싶지는 않지만 어떻게 합니까. 이제 또 하나 생기는데 어떻게 셋씩 키웁니까. 아이를 데리고 나갔지요. 그래 어쩌나 보려고 '그럼 너 저 마님 따라가 살련? 나는 집에 갈 터이니' 했더니 머리를 끄덕끄덕해요. '정말 갈 테야, 가서 울지 않을 테야?' 하니까 저를 흘끗 노려보더니 '그래 걱정 말고 가요' 하겠지요. 집에 두고 굶기는 것보다 나을까 해서 그랬지요."

우리는 비로소 아범이 어제 울던 까닭을 알았다.

며칠 지난 어느 날 아침, "나리, 제 형이 일하다가 도끼로 발을 찍어서 일을 못하고 누웠다니까 가보아야겠습니다. 가서 추수나 하고 곧 오겠습니다. 거쳐 나리 댁만 믿고 갑니다."

화수분은 간 지 열흘이 되고 보름이 지나도 아니 온다. 어멈은 아범이 추수해서 쌀말이나 가지고 돌아오기를 밤낮으로 기다려도 오지 않는다. 편지를 써달라기에 써주어 부쳐까지 주었으나 소식이 없다.

바람이 몹시 불고 추운 날 아침 어멈은 어린것을 업고 아범을 찾아 양평으로 떠났다. 양평에서 일을 하다 지쳐 앓아누웠던 아범은 편지를 받고 어멈을 데리러 떠났다.

화수분은 양평서 오정이 다 되어 떠나, 해 져갈 즈음 백 리를 거의 다 와서 높은 고개를 올라섰다. 칼날 같은 바람이 뺨을 친다. 그는 고개를 숙여 내려다보니 소나무 밑에 희끄무레한 사람의 모양이 보였다. 그 곳을 달려가본즉 그것은 옥분과 어멈이다. 나무 밑 눈 위에 나뭇가지를 깔고, 어린것 업는 헌 누더기를 쓰고 어린것을 꼭 안고 웅크리고 떨고 있었다.

화수분은 달려들어 안았다. 어린것을 가운데 두고 그냥 껴안고 밤을 지낸 모양이다.

　이튿날 아침 나무장수가 지나다가 그 고개에 젊은 남녀가 껴안은 시체와 그 가운데 아직 막 자다 깬 어린애가 등에 따뜻한 햇볕을 받고 앉아 있는 것을 보았다. 나무장수는 어린것만 소에 싣고 갔다.

　고향에 내려간 화수분이 오지 않자, 추운 겨울날 아내는 남편을 찾아 고향을 향해 걸어간다. 서울로 올라오던 화수분은 아내가 아이를 안고 눈 위에서 떨고 있는 것을 본다. 이튿날 아침 지나가던 나무장수는 어린애를 가운데 두고 껴안은 채 죽어 있는 시체 둘을 발견한다. 어머니 품속에서 자다가 깬 어린애는, 햇볕을 받고 앉아 시체를 툭툭 치고 있다.

　제목과 이름은 '화수분'이지만 반대로 아이로니컬하게도 가난하고 비참한 삶과 죽음을 그리고 있다. 비참한 현실을 세밀히 묘사한 사실주의 문학임을 알 수 있다.

　「화수분」은 1920년대 일제 강점기의 조선인의 가난한 모습을 그렸다. 그러나 전영택은 굶주림과 처참한 생활에서도 부부의 따스한 정을 느낄 수 있게 하며, 얼어죽으면서도 체온으로 아기를 살려내는 인간애를 그리고 있다. 이러한 인도주의 정신은 김동인의 「감자」 같은 작품에서는 찾아볼 수 없는 것으로, 같은 사실주의 계열의 작품일지라도 작가의 인생관이 다르게 반영된 것을 알 수 있다.

　김동인이나 전영택은 기독교 집안에서 자랐다. 그러나 김동인은 일상적 관념을 파괴하고 도전한다. 반면에 목사이며 소설가였던 전영택은 기독교적 인도주의를 바탕으로 하고 있다.

# 최초의 자연주의? — 염상섭

# 3

염상섭은 자신이 1921년 발표한 「표본실의 청개구리」를 최초의 자연주의 소설이라고 했다. 「표본실의 청개구리」가 자연주의 문학인지는 의심스럽지만 염상섭이 자연주의를 의식하고 창작한 것은 사실이다.

「표본실의 청개구리」는 "무거운 기분의 침체와 한없이 늘어진 생의 권태는 나가지 않는 나의 발길을 남포까지 끌어왔다"로 시작된다. 기분, 생, 권태 등의 단어들은 낭만주의자들이 즐겨 쓰는 단어이다. 이 외에도 「표본실의 청개구리」에는 환영, 꿈, 죽음 등의 낱말과 감상적인 장면이 많이 묘사된다. 주인공인 '나'는 20대 청년으로 현실보다는 미래를 꿈꾸는 시인이다. 시인 청년은 염세적이고 절망적인, 주정적인 세계에 살고 있다. 시인 청년은 꿈속에서 흰옷을 입은 미녀가 자신의 목을 조를 때 세상에 태어난 이후 가장 큰 쾌감을 느꼈다고 말한다. 이러한 죽음의 미학은 낭만주의자들의 감상이다.

김창억이라는 광인은 원두막 같은 작은 삼층집을 짓는다. 김창억은 동서친목회를 조직하여 삼층집을 세계평화의 센터로 만들려고 한다. '나'가 김창억에게 흥미를 느끼는 것은 미치게 된 요인을 추적하는 과학적인 관심이 아니다. 비현실적인 환상이며 청년의 감상이다.

그러나 과학주의적인 관심이 아주 없는 것도 아니다. 「표본실의 청개구리」의 가장 유명한 장면은 중학교 시절의 개구리 해부 장면이다. 오장육부를 빼앗긴 개구리가 아직도 살아서 꿈틀거린다. 해부된 개구리가 사지를 핀에 박힌 채 칠성판에 누워 있는 모습은 바로 나라를 빼앗긴 조선인의 모습이다. 청년은 개구리를 해부하던 칼날을 되새기며 죽음의 충동으로 불안해한다. 암담한 식민지 현실에서 조여오는 억압은 지식인의 의식을 파고드는 메스, 칼날로 해석할 수 있다.

### 표본실의 청개구리

무거운 기분의 침체와 한없이 늘어진 생의 권태는 나가지 않는 나의 발길을 남포 끝까지 끌어왔다. 나의 몸은 어디를 두드리든지 '알콜'과 '니코틴'의 독취를 내뿜지 않는 곳이 없을 만큼 피로하였다.

내가 중학교 이년 시대에 박물 실험실에서 수염 텁석부리 선생이 청개구리를 해부하여 가지고 더운 김이 모락모락 나는 오장을 차례차례로 끌어내서 자는 아기 누이듯이 주정병에 채운 후에 생도들을 돌아보며 대발견이나 한 듯이 "자 여러분, 이래도 아직 살아 있는 것을 보시오"하고 뾰죽한 바늘 끝으로 여기저기를 콕콕 찌르는 대로 오장을 빼앗긴 개구리는 진저리를 치며 사지에 못 박힌 채 벌떡벌떡 고민하는 모양이었다.

팔 년이나 된 그 인상이 요사이 새삼스럽게 생각이 나서 아무리 잊어버리려고 애를 써도 아니 되었다.

"어디든지 가야겠다. 세계의 끝까지, 무한에, 영원히, 발끝 자라는 데까지, 무인도! '시베리아'의 황량한 벌판!"

152

그 이튿날 H가 와서 오늘은 꼭 떠날 터이니 동행을 하자고 평양을 권할 때에는 지긋지긋한 경성의 잡담을 등지고 떠나서 다른 기분을 얻으려는 욕구와 기차를 타게 될 호기심에 끌리어서 "응 가자 가지" 하고 동의하였다.

오늘 밤 평양에서 묵을 작정으로 하고 정거장 가는 길에 삼층집에 가보기로 하였다.

삼층집 꼭대기에 앉아서 희미한 햇발이 점점 멀어가는 산등성이를 일없이 바라보고 있던 주인은 우리 일행이 올라오는 것을 힐끔 돌아보더니 별안간 돌아앉아서 무엇인지를 똑딱똑딱 두드리고 있다. 우리는 싸리로 드문드문 얽어맨 울타리 앞에서 들어갈 곳을 찾느라고 주저하다가 그대로 넘어서서 들어갔다.

Y가 H와 나를 소개하였다.

"예 그러신가요? 서울서 멀리 오셨소이다. 나는 남포 사는 김창억이외다."

김창억은 원래 보통학교 훈도였다. 감옥에서 서너 달 있다 나온 뒤 머리가 이상해졌다. 그 아내는 달아났다. 나는 그를 힐끗 보고 중학교 실험실 박물 선생 같은 인상에 감전한 것같이 놀랐다.

그는 강연이나 좀 해달라는 청을 받고 딴전을 부리다가 횡설수설 늘어놓았다.

"예수꾼도 무식한 놈만 모였나 봅디다. …… 예수꾼들 기도할 때 하나님 아버지시여 나의 죄를 구하소서, '아맹'…… 하지 않소? 그러나 '아맹'이란 무엇이오? 맹자 같은 웅변가더러 '버버리'라고 아맹(啞孟)이라 하니 그런 무식한 말이 어디 있단 말이오? 나의 죄를 사하여달라고 할 지경이면 아면(我免)이라고 해야 옳지 않습니까."

그가 득의만면하여 히히 웃는데 따라 둘러섰던 사람들도 웃었다. 과대망상증 환자인 김창억을 놀리며 웃는 일행들 틈에서 나는 울적한 기분에 잠기어 있었다.

"그러나 하나님은 참 공평무사하시외다. 나를 이 삼층집을 단 서른닷 냥으로, 꼭 한 달 열사흘 만에 짓게 하신 것이 다 하나님의 은혜이외다.

서양놈들이, 아무리 문명을 했느니 기계가 발달이 되었느니 하지만 서른닷 냥에 삼층집을 진 놈이 어디 있습니까? 이것이 모두 하나님의 분부가 있어서 된 것이외다. 세계가 일대 가정을 이루고, 동서친목회를 조직하라고 하신 고로, 우선 이 사무실을 짓고 내가 회장이 되었으니."

아닌게 아니라 '동서친목회본부'라고 쓴 조각들이 매달려 있었다.

얼마 뒤, Y군의 편지를 받는다. 김창억이 그의 삼층집을 불태우고 어디론지 자취를 감추었다는 것이다. 음산한 방 속은 무겁고 울적한 나의 가슴을 더욱더욱 질식케 하는 것 같았다. 어쩐지 공연히 울고 싶었다. 김창억을 측은히 생각하야 그의 운명을 추측하여보거나 삼층집을 태운 후의 행동을 알려는 호기심은 없었으나, 지금 어디를 돌아다닌단 말인가? 그의 장발의 신경질적인 얼굴이 떠올랐다.

자연주의 문학은 과학적 실험정신이 밑바탕이 된다. 개구리를 해부해서 꺼낸 오장에 '더운 김이 모락모락' 난다고 했다. 개구리는 변온동물이므로 더운 김이 나올 수 없다. 개구리 해부 실험이 과학정신을 반영한 것이라고 할 수 있지만, 정작 이 소설에서는 틀린 과학지식을 드러냈다 해서 논란이 되기도 했다.

한국 최초의 자연주의 소설 「표본실의 청개구리」는 아직 낭만주의 문학의 특성을 벗어나지 못했다. 그러나 뒤에 쓴 「만세전」(1924), 「삼대」(1931) 등은 자연주의 작품으로 손꼽힌다.

「만세전」은 3·1운동 전이라는 뜻이다. 처음에 '묘지'(1922)라는 제목으로 연재하다가 삭제당하고, 제목을 고쳐 1924년에 출판했다. 「만세전」의 주인공은 동경에서 공부하는 이인화이다. 그는 아내가 위독하다는 전보를 받고, 귀국하려고 연락선을 탔다. 연락선에서 일인들이 조선인을 멸시하는 것을 보게 되고, 부산에 도착하자 조선 인이라는 이유로 검문을 당하면서 조선의 현실에 조금씩 눈을 뜨게 된다. 아내가 죽고 동경으로 떠나면서 그는 공동묘지를 **빠**져나간다 고 생각한다.

조선의 현실을 '무덤'으로 보았다. 현실을 세밀히 관찰하는 것이 사실주의 문학이다.

「삼대」에서 당시의 현실을 어떻게 그렸는가에 대해선 1930년대 문학에서 살펴보기로 하자.

# 4

# 누가 술을 마시게 하는가? - 현진건

현진건은 1900년에 태어났다. 현진건은 동경에서 중학을 나온 뒤, 상해에서 독립운동을 하는 형을 찾아간다. 그리고 상해에 있는 대학에서 독일어과에 다녔다.

그는 귀국한 뒤, 문학에 뜻을 두고 '돈벌이가 되지 않는' 소설을 쓴다. 작가로서 그의 이름이 알려지기 시작한 것은 「빈처」(1921), 「술 권하는 사회」(1921) 등을 쓰면서부터이다. 돈을 벌지 못하는 지식인들의 모습을 그린 초기의 소설들은 그 자신의 경험을 1인칭 고백 형식으로 쓴 것들이다. 이런 소설을 신변체 소설이라고 한다.

현진건은 소설을 쓰면서 기자로 활동하였는데, 1935년 유명한 사건이 있었다. 동아일보 사회부 기자로 있을 때 손기정 선수가 베를린 올림픽 마라톤 경기에서 금메달을 땄다. 손기정 선수는 가슴에 일장기를 달고 뛰었는데, 『동아일보』는 일장기를 삭제한 사진을 게재했던 것이다. 국권은 빼앗겼지만 정신은 빼앗길 수 없다는 용기를 보여준 이 사건으로 현진건은 동아일보 사회부장 직에서 해직되고 1년간 감옥에 가야 했다. 그는 그 후 울분으로 술을 마시며 괴로워하다가 1943년 병으로 죽게 된다.

왜, 누가 술을 마시게 할까?

「술 권하는 사회」에서 아내는 바느질을 하면서 남편을 기다린다. 남편은 동경에서 대학을 나왔다. 아내는 공부가 무엇인지 잘 모른다. 다만 도깨비의 부자 방망이 같은 것이려니 생각한다. 옷 나오라 하면 옷이 나오고, 밥 나오라 하면 밥이 나오는 것인 줄 알았다. 그러나 공부를 끝내고 돌아온 남편은 돈을 벌어오는 것이 아니라 책을 보거나 무엇인가 쓰기만 한다. 아니면 바쁘게 밖으로 나다니기만 한다.

매일 밤 술만 먹고 들어오는 남편에게 아내는 누가 당신에게 술을 권하느냐고 물었다. 남편은 이 조선의 사회가 술을 권한다고 대답한다. 아내는 사회라는 것이 무엇인지 알 수 없었다. 딴 나라에는 없고 조선에만 있는 요릿집 이름인 줄 안다. "그 몹쓸 사회가, 왜 술을 권하는고!" 하면서 끝난다.

이 소설은 3·1운동이 실패로 끝난 뒤 당시 지식인들의 우울한 심정을 사실적으로 그렸다. 당시에는 대학을 나온 지식인들도 직장을 구하기 힘들었다. 또한 대학을 나왔으면서도 나라를 위해 무엇을 할 수가 없는 현실이었다.

현진건은 1인칭의 신변체 소설에서 벗어나 3인칭으로 서술되는 소설들에서는 현실을 객관적으로 그리고 있다. 나라를 빼앗긴 조선의 현실은 어떤 것인가? 「고향」(1922), 「운수 좋은 날」(1924)에는 1920년대 조선의 모습이 담겨 있다. 이 작품들은 '조선의 얼굴'이라는 제목의 단편집에 수록되어 1926년 출판되었다.

「고향」은 기찻간에서의 일이다.

## 고향

'나'는 마주 앉은 '그'의 옷차림이 이상하여 바라본다. 그는 두루마기 대신에 일본옷인 기모노를 걸치고 속에는 한복 저고리를 입고 한복 바지 대신에 중국식 바지를 입었다. 내 옆에 앉은 일본인에게 일본말로 지껄이고 중국인에게는 중국말로 말을 건다. 일본옷, 중국옷에 일본말, 중국말로 지껄이는 것이 밉살스러워 나는 쌀쌀하게 얼굴을 돌렸다. 일본인과 중국인이 상대를 해주지 않으니 이번에는 나에게 경상도 사투리로 어디까지 가느냐고 묻는다. 대꾸를 하고 싶지 않았지만 할 수 없이 건성으로 대답을 했다.

서울에는 처음이라면서, 일자리를 구할 수 있는지, 노동자 숙박소에서 잠을 잘 수 있는지를 묻는다. 지식인인 나는 노동일에 대해 아는 것이 없어 미안해하며 어디서 오는 길이냐고 묻는다. 그는 고향에서 오는 길이라며 자신의 신세를 이야기한다.

그의 식구는 구 년 전 고향에서 살기 어려워 살기 좋다는 서간도로 이사를 갔다. 서간도도 돈이 없는 그들에게는 하루하루 먹을 것이 걱정인 곳이었다. 그 동안 고생으로 아버지와 어머니는 죽었다는 이야기를 하며 눈물을 흘렸다. 나는 위로할 말을 못 찾고 그와 술을 나눠 마셨다. 그의 이야기는 계속된다. 부모를 잃고 일본 탄광에서 일을 했으나 돈은 모으지 못하고, 고향산천이 그리워 고향에 갔었다고 한다.

"반가워하는 사람이 다 무원기요 고향이 통 없어졌드마."

이미 고향은 황폐해져서 아무도 사는 사람이 없었다.

고향에서 돌아오던 그는 읍내에서 우연히 결혼 말이 있었던 여자를 만났다. 가난한 집이라서 그 여자는 술집에 팔려갔었다. 술집에서 병들어 지금은 일인 집 아이를 보고 있었다. 그녀는 산송장 같았다.

> 벼섬이나 나는 전토는
> 신작로가 되고요.
> 말마다나 하는 친구는
> 감옥소로 가고요.
> ......

인물이나 좋은 계집은

　　유곽으로 가고요.

　나와 그는 술을 마시며 눈물 맺힌 노래를 불렀다.


　나는 지식인이고 그는 떠돌이 노동자이다. 서술자는 '나'이고, 내부 이야기의 주인공은 '그'이다. 1인칭 관찰자 시점과 전지적 작가 시점이 합쳐져 있다.

　'나'의 시선에 비친 그의 옷차림과 행동이 우스워 처음에는 그를 경멸했다. 그러나 그의 이야기를 들으면서 그에게서 비참한 조선의 모습을 발견한다. "나는 그 눈물 가운데 음산하고 비참한 조선의 얼굴을 본 듯싶다"라고 말한다. 이 때 '나'와 떠돌이 노동자의 심리적 거리는 밀접해진다. 처음에는 경멸하고 비판적 시선을 던지던 지식인은 떠돌이 노동자에게서 조선의 모습을 보게 된다. 조선의 현실에 눈을 뜨게 된다.

　1920년대에 들어 많은 조선의 땅을 일본인들에게 빼앗겼다. 농토를 잃은 농민들은 간도나 만주로 먹을 것을 찾아 떠난다. 또 가난한 처녀들은 술집으로 팔려간다. 조국이니 독립이니 외치는 사람들은 감옥에 끌려간다. 이러한 현실이 일거리를 찾아 떠도는 한 노동자의 삶을 통해 그려지고 있다.


　「운수 좋은 날」은 서울 도시 변두리 노동자의 삶을 사실적으로 관찰하고 있다.


### 운수 좋은 날


　눈이 올 듯하더니 눈은 아니 오고 비가 내렸다. 인력거꾼인 김첨지는 오래간만에 운수 좋은 날이었다. 근 열흘 동안 돈 구경도 못하다가 10전짜리 백동전이 손바닥에 떨어질 때 눈물이 날 만큼 기뻤다. 그러나 병들어 누워 있는 마누라가 걱정되어 마음속에서 떠나지를 않았다. 비가 오니 인력거를 타는 손님들이 계속 있었다. 오늘만은 제발 나가지 말고 집에 있어달라고 애원하던 마누라를 생각하며 불안해한다. 어린 학생 손님을 태우고 정거장으로 달리면서 병든 마누라가 먹고 싶어하는 설렁탕을 사갈 수 있다는 생각에 땀과 빗물을 닦는다.

김 첨지는 행운을 만나, 많이 번 기쁨을 오래 간직하고 싶었다. 그러나 자기 집으로 향하는 김 첨지는, 불행을 향해 가는 듯이 느껴졌다. 누군가 불행으로 향하는 길을 막아주었으면 하는데 마침 선술집에서 친구 치삼이가 나온다. "돈 많이 벌었으면 한잔 사게" 하는 소리에 반갑게 술집으로 들어간다. 한참 후 치삼이가 김 첨지에게 술에 취했다고 이제 그만 마시라고 하니 "이 놈이 내가 돈이 없는 줄 알고" 하며 주머니에서 돈을 꺼내 던진다. "이 원수의 돈, 이 육실할 돈!"하고 소리친다.

술에 취해 웃던 김 첨지는 또 갑자기 운다. 김 첨지가 "우리 마누라가 죽었다네" 하며 엉엉 우니 치삼이는 놀라며 빨리 집에 가라고 한다. 그러나 김 첨지는 "죽기는 왜 죽어. 오라질 년이 밥을 죽이지" 하며 속았다고 좋아한다.

술 취한 김 첨지는 설렁탕을 사가지고 집으로 온다. 방문을 여니 빨지 않은 기저귀의 똥 오줌 냄새와 병든 자의 퀘한 냄새가 코를 찌른다. 첨지는 "오라질 년이 남편이 왔는데도 일어나지 못해"라며 발길로 누워 있는 아내를 찬다. 발길에 차인 아내는 꿈쩍하지 않고 젖을 물고 있던 아기가 놀라서 운다.

"설렁탕을 사다 놓았는데 왜 먹지를 못해, 괴상하게 오늘은 운수가 좋더니만."

「운수 좋은 날」은 1920년대의 가난한 삶을 사실적으로 그렸을 뿐만 아니라 김 첨지의 심리를 자세히 묘사하고 있다. 비가 추적추적 내리는 배경은 김 첨지의 불안한 심리를 잘 드러내준다. 제목이 '운수 좋은 날'이니까 맑고 태양이 빛나는 날씨를 생각하게 되는데 반대로 비가 온다. 그러나 비가 오기 때문에 김 첨지는 운수가 좋은 날이었다. 운수가 좋았지만 결말은 반대로 아내의 죽음으로 끝난다. 행운은 반전하여 비극이 된다. '운수 좋은 날'이라는 제목에서 기대한 것과는 반대로 결말은 반전된다. 이러한 것을 아이러니라고 한다.

# ♪ 지상에서의 짧은 시간 ― 나도향

나도향은 1902년 서울에서 태어났다. 그는 이 땅에서 문학인생을 보낸 이들 중에 가장 짧은 시간인 만 24년 4개월을 살았다. 그의 할아버지는 유명한 한의사였고 조금은 권위적인 사람이었다. 할아버지는 '경사스런 손자'라 하여 그의 이름을 나경손이라고 지었는데, 이 이름을 싫어한 도향은 문학을 하면서 필명을 '빈', 호를 '도향'이라 하였다. 문학 하는 친구인 박종화가 지어준 이 호는 벼의 향기라는 뜻으로 「홍루몽」에 나오는 '도향촌'에서 빌려온 것이다.

나도향의 아버지도 문학과 철학에 관심이 많았지만 그 부친의 뜻에 따라 경성의과 전문대에 다니고, 또 동경제대 의학부 외과를 마치고 돌아와야 했다. 그러나 나도향의 아버지는 의사로서 활동하는 것이 아니라 매일 집에 들어앉아 글을 쓰거나 문학책들을 읽었다.

이런 아버지를 곁에서 보아온 도향은 어려서 문학에 눈을 떴다. 배재고보에 다닐 때에도 잡지를 만들고 문학을 했다. 그렇지만 나도향도 별수 없이 할아버지의 뜻에 따라 경성의전에 들어가야만 했다. 도향은 의과공부보다도 시와 소설에 열중하였고, 문학공부를 하고 싶었다. 그는 할아버지 몰래 일본으로 간다. 돈이 떨어진 도향은 몇 달 만에 귀국하지만 이 때부터 그의 방랑벽이 시작된다.

홍사용, 현진건, 이상화 등 『백조』 동인들과 어울려 '백조사' 단칸 셋방에서 지내던 1921년, 도향은 『백조』 창간호에 「젊은이의 시절」을 발표하면서 문학활동을 시작했다. 「별을 안거든 우지나 말걸」, 「옛날 꿈은 창백하더이다」 등을 쓰고 장편소설 「환희」를 『동아일보』에 연재하면서 천재작가로 인기를 끌었다.

초기에는 낭만적 소녀 취향의 감상적인 문학을 했던 나도향도 이상화처럼 문학세계가 변한다. 도향은 『백조』의 낭만주의에 앞장서다가 현실을 의식하면서 1923년 「십칠 원 오십 전」, 「행랑자식」 등을 『개벽』에 발표했다. 1923, 24년을 거치면서 그의 문학세계는 완전히 바뀌고, 1925년 한 해 동안 「벙어리 삼룡이」, 「물레방아」, 「뽕」 등 사실주의적 자연주의 작품을 쓰면서 그의 확고한 문학세계를 구축한다.

그러나 너무 짧은 기간이었다. 문학을 더 공부하려고 일본으로 건너갔지만 끼니를 제대로 먹지 못하는 가난한 생활을 하다가 각혈을 하게 되어 몇 달 만에 귀국했다. 집안 식구들이 거지가 온 줄 알았을 정도로 초라한 모습이었다고 한다. 휴양도 하고 입원도 하였으나 폐병은 계속 악화되었다. 집으로 온 지 몇 달 만인 1926년, 문학만을 위해 이 세상을 떠돌던 나도향은 저 세상으로 가버렸다.

「행랑자식」은 행랑살이하는 집 아이의 이야기이다.

### 행랑자식

밥을 지을 쌀도 없어 굶어야 하는 그런 아이였다. 어머니가 일해 주는 주인집에서 밥을 먹으러 들어오라고 했으나 밥 얻어먹는 것을 그 집 딸에게 보이는 것이 창피해서 밥을 굶는다.

어머니는 마지막 남은 보물인 은비녀를 전당포에 맡기고 쌀을 사오라는 심부름을 보낸다. 행랑자식은 전당포에 갔다가 그 집 아들에게 들킨다. "내일 산수 숙제 다 했니?" 하며 산수문제가 풀기 어렵다고 말하는 소리도 귀에 들어오지 않는다. 그 다음 쌀을 사러 간 아이는 한 되나 한 말도 아니고 다섯 홉을 사야 하는 것이 부끄러웠다. 쌀가게 주인은 종이봉지 하나가 아까운 듯이 다섯 홉을 퍼준다. 쌀 봉지를 옆에 끼고 나무를 사가지고 오는데 저쪽에서 선생님이 오셨다. 선생님을 피하려고 급하게 집 골목으로 뛰어들다가 누군가와 부딪치며 자빠졌다. 쌀은 땅에 다 쏟아지고……. 어머니한테 매를 맞는다.

진태는 아무것도 변명하지 않았다. 그러나 하루에 두 번씩이나 매를 맞게 되니까 무엇이 원망스럽고 또 무엇을 저주하고 싶었으나 그것이 무엇인지 알지 못하였다. 그래서 그는 한참이나 얻어맞고 혼자 울었다. 그는 위로해주는 사람 하나 없고 쓰다듬어주는 사람 하나 없었다.

그는 방구석에 틀어박혀서 한참 울다가 그대로 잠이 들었다. 억울한 꿈을 꾸면서…….

진태는 남의집 행랑살이하는 가난한 집안의 아이로 밥도 굶어야 하는 처지이다.

전당포에 마지막 물건을 잡히러 갔다가 반 아이를 만났을 때의 부끄러움, 쌀도 한 말이 아닌 다섯 홉을 사야 하는 부끄러움, 또 학교 선생님을 만나게 되었을 때의 부끄러움. 진태는 아직 가난한 현실에 대한 모순을 인식하지는 못한다. 그러나 나도향은 「행랑자식」에서 가난한 삶을 객관적·사실적으로 그리고 있다. 나도향은 낭만적 감상에서 벗어나 가난한 현실을 그대로 드러내었다.

나도향의 대표작은 1925년에 발표한 「물레방아」, 「벙어리 삼룡이」이다. 이 작품들은 모두 살인이라는 비극으로 끝난다.

「벙어리 삼룡이」의 화자는 1인칭인 '나'로 시작한다. 그리고 내부 이야기로 들어가면서 3인칭 전지적 작가 시점으로 바뀐다.

## 벙어리 삼룡이

내가 열 살이 될락 말락 한 때인 십사오 년 전의 이야기이다. 연화봉이라는 동네에는 당시에는 행세한다는 사람이 살았다. 그중 큰 과목밭을 갖고 그중 여유 있는 생활을 하는 사람이 있었는데 동네 사람들이 오 생원이라 불렀다.

오 생원은 얼굴이 동탕하고 목소리가 마치 여름에 버드나무에 앉아서 길게 목늘여 우는 매미소리같이 저르렁저르렁하였다. 이 곳으로 이사온 지 얼마 되지 아니하나, 언제든지 감투를 쓰고 다니므로 동네 사람들은 양반이라 불렀고, 인심이 후하여 존경을 받았다. 그 집에는 삼룡이라 부르는 하인 하나가 있었다. 삼룡이는 벙어리이고, 키가 크지 못하여 땅딸보로 고개가 달라붙어 몸뚱이에 대가리를 갖다가 붙인 것 같았다. 걸어다니는 것을 보면 마치 옴두꺼비가 서서 다니는 것 같았다. 동네 사람들은 삼룡이라 부르지 않고 벙어리라고 부른다. 삼룡이는 충실하고 부지런하였다.

오 생원은 삼대 독자인 아들이 있었다. 너무 귀엽게만 길러서 버릇이 없고 잔인하였다. 그 아들은 벙어리를 사람으로 여기지도 않았다. 오가며 삼룡이에게 발길질도 예사로 하였으나 그래도 삼룡이는 그를 귀여워했다. 그 아들은 낮잠자는 삼룡이 입에 똥을 먹인 일도 있었고, 팔다리를 묶어놓고 불을 놓아 괴로워하는 것을 보고 좋아하기도 했다. 삼룡이는 주인집 아들을 원망하기보다 자기가 병신인 것을 원망하였다. 눈물도 나오지 않았다. 이 집에서 살다가 이 집에서 죽는 것이 운명인 줄 알았다. 그 아들이 괴롭혀도 나의 어린 주인이다 하고 참았다. 동네 아이들이 주인 아들을 때리면 대신 싸웠다. 주인 아들의 충견처럼 힘을 다하였다.

동네 처녀들이 놀려도, 나는 벙어리다 하는 원통함만 느꼈을 뿐, 말하는 사람들과 똑같은 자유와 권리가 없는 줄 알았다. 여자에 대한 사랑도 일찍 단념했다.

그 해 가을 주인 아들이 장가를 갔다. 오 생원은 문벌이 낮은 것을 한탄하여 문벌 있는 집 처녀를 구했다. 몰락한 양반집 처녀를 돈을 주고 사오다시피 하였다. 얌전한 색시였으므로 주인 아들의 못된 버릇은 더욱 사람들의 입에 올랐다. 어머니도 타일렀으나 '빌어먹을 년이 들어오더니 나를 못살게 굴지'라며 혼인한 지 며칠 되지 않아 색시를 미워하며 방에 들어가지 않았다. 심지어 신부의 머리채를 잡고 때리기까지 했다. 색시는 울며 지냈다.

삼룡이의 눈으로 보기엔 선녀같이 예쁜 색시를 때린다는 것은 도저히 이해할 수 없는 일이었다. 삼룡이는 자기는 짐승같이 생겨서 주인 아들의 매를 맞아도 마땅하지만, 선녀 같은 색시에게도 자기와 똑같이 매를 때리는 것은 무서운 일이라 생각되었다. 삼룡이는 주인 색시를 하늘의 별과 달보다도 더 깨끗하고 아름답다고 생각하였다. 하늘의 별이 땅에 떨어져 색시가 되었다고 생각하였다. 삼룡이는 색시를 동정하기 시작하였다.

하루는 주인 아들이 술에 취해 매를 맞고 길에 자빠진 것을 업어다 색시 방에 눕혔다. 색시는 고맙다고 비단 주머니를 만들어주었다. 이것이 주인 아들 눈에 띄었다. 주인 아들은 색시를 피가 맺히도록 때렸다. 삼룡이는 분이 나서 주인 아들을 내던지고 색시를 업고 주인 사랑으로 갔다. 이튿날 삼룡이는 주인 아들에게 매를 맞고 그 때부터 안채에는 들어가지도 못했다.

하루는 주인 아들이 술에 취해 들어오고, 계집 하인이 약을 사가지고 오면서 색시가 아프다는 손짓을 하였다. 벙어리는 궁금해서 견딜 수가 없었다. 삼룡이는 담을 넘고 들어가 창 앞에서 서성이었다. 색시가 수건으로 목을 매고 죽으려 한다. 벙어리 삼룡이는 뛰어 들어가 수건을 뺏으려 했다.

집안에 야단이 났다. "집안이 망했군." "어디 사내가 없어서 벙어리를."

이튿날 아침 삼룡이는 주인 아들의 문초를 받는다. 온몸에서는 피가 흐르고, "이제는 우리 집에 있지를 못한다"는 소리를 듣는 벙어리는 기가 막혔다. 이 집에서 살고 이 집에서 죽을 줄밖에 몰랐다. 주인 아들의 다리를 붙들고 애걸하였다. 그러나 벙어리는 죽은 개 모양으로 끌려나갔다.

삼룡이는 모든 것을 없애고 자기도 없어지는 것이 나을 것이라 하였다.

그 날 밤, 밤은 깊어 오 생원 집은 불길에 휩싸였다. 그런데 불길 속을 뛰어들어가는 그림자가 있으니 삼룡이었다. 삼룡이는 사랑으로 뛰어가 주인을 업어다 밭 가운데 놓고 다시 뛰어들어갔다. 얼굴은 불에 타서 쭈그러들었지만 그는 안채로 가 색시를 찾았다. 그러나 아무리 찾아도 없었다. 주인 아들이 살려달라고 매달렸으나 뿌리쳤다. 불이 붙은 서까래가 머리 위로 떨어졌다. 안방으로 부엌으로 색시를 찾아 헤매었으나 보이지 않았다. 다시 건넌방으로 뛰어들어가니 색시는 죽으려고 이불을 뒤집어쓰고 있었다. 그는 색시를 안았다. 사방은 불길에 휩싸여 나갈 곳이 없었다. 그는 지붕으로 올라갔다.

그는 지금까지 맛보지 못한 즐거운 쾌감이 가슴속에 이는 것을 느꼈다. 색시를 가슴속에 안을 때 그는 처음으로 살아난 듯하였다.


이 소설은 무엇을 이야기하려고 했을까?

물론 제목이 '벙어리 삼룡이'이니까 삼룡이의 이야기인 것은 쉽게 알 수 있다. 문제는 이 작품이 계급의식을 다룬 것인가, 아니면 사랑을 다룬 것인가 하는 점이다.

이 소설에서 갈등은 주인 아들과 하인이라는 계급에서 싹튼 것이 아니라 주인 아들의 오해에서 발생했다. 삼룡이는 의식 속에서 철저하게 주인집에 예속된 하인으로서의 삶을 벗어나지 못한다. 아무리 때려도 못살게 굴어도 충실한 개와 같았다. 삼룡이가 개와 같은 운명에서 눈을 뜬 것은, 선녀와 같은 색시를 때리는 것을 보고서였다. 하인인 삼룡이와 주인 아들은 땅과 하늘 같으니, 벙어리인 자기는 맞아도 당연하다, 그러나 별과 같이 아름다우며 선녀 같은 색시를 때리는 것은 이상하다고 삼룡이는 생각한다. 삼룡이의 놀라움은 동정으로, 동정은 연정으로 변한다.

이 소설의 파탄은 사랑의 좌절 때문이 아니다. 이 집에서 살고 이 집에서 죽을 줄밖에 몰랐던 삼룡이는 쫓겨나는 순간, 모든 믿음이 배반당하는 현실에 반항한다. 그러나 삼룡이는 비극과 좌절의 순간, 태어나서 처음으로 사랑의 기쁨을 느낀다. 삼룡이는 색시를 안고 죽는 순간 처음으로 살아난 듯이 여기는 것이다. 전에는 개 같은 인생이었으나, 지금은 생의 기쁨을 느낀다. 또 죽음을 황홀한 순간으로 묘사한 것은 낭만적 요소이다. 삼룡이는 자기에게 먹을 것과 잠잘 곳을 준 주인인 오 생원은 불길에서 구하지만 자기와 색시를 때린 주인 아들은 불 속에 그대로 둔다. 대단원에서 모든 갈등을 방화와 살인으로 해결하고 있다.

나도향의 문학에는 아직 철저한 계급의식이 나타나지 않고 있음을 보여주는 것이다. 하층민들의 분노는 드러나지만 그들은 모든 걸 자신의 탓으로 돌리고 자기에 대한 연민을 불러일으킨다.

「물레방아」에서도 분노는 자기 자신에게로 향한다.

## 물레방아

덜컹덜컹 홈통에 들었다가 다시 쏟아져 흐르는 물이 육중한 물레방아를 번쩍 쳐들었다가 쿵하고 확 속으로 내던질 제, 머슴들의 콧소리는 허연 겨가루가 켜켜이 앉은 방앗간 속에서 청승스럽게 들려

나온다.

산모롱이를 지나 흐르는 물은 이방원이가 사는 동네 앞 기슭을 스쳐가는데 그 위에 물레방아 하나가 놓여 있다. 이 마을에서 가장 부자요, 세력 있는 사람은 신치규이다. 이방원은 신치규네 막실살이를 하며, 그의 땅을 경작한다.

어떤 가을 밝은 달이 비칠 때, 물레방앗간 옆에 어떤 여자와 어떤 남자가 서서 이야기를 하고 있었다. 그 여자는 방원의 아내로 나이 스물두 살, 한창 정열에 타는 젊은 나이요, 그 남자는 오십이 반이나 넘은 인생의 길을 살아온 늙은이다.

신치규는 방원의 아내에게 다가서며 소근거린다.

"내가 너를 장난 삼아 그러는 것이 아니고 후사가 없어 그러는 것이니까, 네가 내 아들이나 하나 낳아주렴. 그러면 내 것이 모두 네 것이 되지 않겠니? 자아 그러지 말고 오늘 허락하렴. 그러면 내일이라도 방원이란 놈을 내쫓고 너를 불러들일 터이니."

두 사람은 방앗간 속으로 들어간다.

사흘 후, 신치규는 방원에게 "사정이 있어 그러니 내 집에 있지 말고 다른 좋은 곳을 찾아가보아라"고 한다. 방원은 허리를 굽혀 사정을 했으나 주인의 마음은 쇠보다도 더 굳었다.

방원은 걱정이 되어 아내더러 안주인 마님에게 사정을 하여보라고 했으나, "그래 얼마나 나를 잘 먹여살리고 나를 호강시켰소? 이때까지 이태나 되도록 끌구 돌아다닌다는 것이 남의집 행랑이었지요"라며 발악한다. 방원은 내쫓기게 되었는데 아내까지 그러니 화가 나서 욕을 한다. "이년아, 은가락지 은비녀가 그렇게 갖고 싶으냐? 이 더러운 년아" 하며 때린다.

그 날 저녁, 방원은 술에 취해 집으로 오며 "돈이 사람을 죽이는구나! 돈! 돈! 흥, 사람 나고 돈 났지 돈 나고 사람 났니?" 한다. 고생하는 아내를 때린 것을 후회하며 방문을 열었다. 아내는 없었다. 옆집에 물어보니 머리 단장을 하고 물방앗간 쪽으로 갔다고 한다. "빌어먹을 년, 방아께로는 무얼 먹으러 갔누！"하며 방앗간 뒤로 돌아서자, 방원의 아내와 신치규가 방앗간에서 나오는 것을 보았다. 방원에게는 너무나 뜻밖의 일이었다. 눈에는 쌍심지가 돋았다. 불쑥 나타난 방원을 보고 두 사람은 간담이 서늘하였다.

네가 이럴 줄 몰랐다며 아내의 팔을 잡았으나 아내는 방원을 뿌리쳤다.

신치규는 "얘！ 네가 술이 취했으면 일찍 들어가 자든 할 것이지 웬 짓이냐? 너희 년놈이 싸우는 것은 너희 년놈이 어디든지 가서 할 일이지 여기 누가 있는지 없는지 눈깔에 보이는 것이 없어?"라며 타박한다. 방원은 순간 말이 나오지 않았다. 지금까지 상전이라 두려워하였지만 오늘부터는 신치규가 상전이 아니요, 자기가 신치규의 종도 아니다. 다만 똑같은 사람으로 서로 마주 섰을 뿐이다. 아니다. 지금부터 신치규는 방원의 원수였다.

방원은 신치규를 땅바닥에 때려눕히고 깔고 앉아 목을 누른다. 방원의 아내는 사람 살리라고 소리쳤다. 동네 쪽에서 순검의 구두 소리가 들렸다. 방원은 싫다는 아내의 팔을 잡아끌며 도망가자고 한다.

순검에게 잡혀간 방원은 상해죄로 감옥에 들어가 석 달 만에 출옥을 하였다. 눈이 쌓이고 몹시 추운 날, 방원은 가을에 입고 들어간 옷 그대로였다. 그러나 분한 생각과 흥분된 마음에 그것도 몰랐다. "년놈을 모두 처치해버려?" 옆구리에 꽂아둔 단도를 만져보았다. 신치규 집 담을 넘어 들어갔다. 일부러 행랑 창문을 달각달각 흔들었다. "그 뉘?"하고 계집의 머리가 나왔다. 방원은 비켜섰다. 방원은 계집의 목소리가 황홀하고 꿈에서 만난 것 같아 모든 결심이 얼음같이 녹았다. "한 번만 다시 물어보고 죽이든지 살리든지 하자." 방원은 밖으로 나온 계집에게 칼을 들이대었다. 입을 틀어막고 업어서 물레방아 앞에 내려놓았다.

"임자의 말을 들을 것 같으면 벌써 들었지요, 이 때까지 있겠소?

임자도 나의 마음을 알지요. 임자와 나와 이 년 전에 이 곳으로 도망올 적에도 전남편이 나를 죽이겠다고 허리를 찔러 그 흠이 있는 것을 날마다 밤에 당신이 어루만졌지요? 내가 그까짓 칼쯤을 무서워서 나 하고 싶은 것을 못한단 말이요? 힝, 이게 무슨 비겁한 짓이요, 사내 자식이. 자! 찌르려거든 찔러보아요, 자." 죽으면 죽었지 방원을 쫓아가지 않겠다고 한다. 이제 가난하고 천한 생활을 그만두고 싶다고 한다.

　방원은 계집 때문에 고향에도 다시 돌아가지 못하고, 모든 것을 잃어버리고 감옥에까지 갔는데, 계집은 마지막 소원을 들어주지 않는다. 방원은 계집의 허리에 칼을 찌른다. 방원은 다시 칼을 **빼어** 계집 위로 쓰러지며 자기 가슴을 찌르고 죽는다.


「벙어리 삼룡이」와 같은 해에 발표한 「물레방아」도 살해로 끝난다. 돈 있고 세력 있는 자의 횡포에 대한 분노는 반항이나 대결로 나타나는 것이 아니라 자신의 처지를 인식하면서 패배를 자인하는 것으로 끝난다.

　「벙어리 삼룡이」에서 죽음이 미화되었고 「물레방아」에서 죽음이 비참했다고 할지라도 이러한 죽음은 모두 좌절감의 표현일 뿐이다. 그러나 중요한 것은 죽음의 순간 삼룡이와 방원이가 주인에게 무조건 복종하는 주종관계에서 벗어나 자기를 발견한다는 것이다. 전통적인 봉건사회의 모순을 확인하면서도 적극적인 저항행위를 할 수 없는 것은 당시 사회가 지닌 인습의 굴레 때문이었다. 두 작품은 주인에게 예속된 삶을 사는 종의 비애를 사실적으로 그리고 있다.

　「벙어리 삼룡이」에서, 오 생원과 삼룡이의 인물묘사는 대조적이다.

　오 생원 ― 얼굴이 동탕하고 목소리가 마치 여름에 버드나무에 앉아서 길게 목늘여 우는 매미소리같이 저르렁저르렁하였다.

삼룡이 ― 키가 본시 크지 못하여 땅딸보로 되었고 고개가 달라붙어 몸뚱이에 대가리를 갖다가 붙인 것 같다. 거기다 얼굴이 몹시 얽고 입이 크다. 더구나 벙어리이다.

　두 인물의 얼굴과 목소리가 대조되어 나타난다.

　「벙어리 삼룡이」에서 벙어리이며 옴두꺼비 같은 삼룡이의 인물묘사가 특이하다면, 「물레방아」에서는 방원의 아내를 사실적으로 묘사한 부분이 뛰어나다. "새침한 얼굴이 파르족족하고 길다란 눈섭과 검푸른 두 눈 가장자리에 예쁜 입, 뽀르퉁한 뺨이며 콧날이 오똑한데다가 후리후리한 키에 떡 벌어진 엉덩이가 아무리 보더라도 무섭게 이지적인 동시에 또는 창부형으로 생긴 것이다."

　창부형으로 생긴 방원의 아내는 전남편을 버리고 방원을 따라 도망쳤다. 그렇지만 정조관념이 없는 방원의 아내는 결국은 돈 때문에 방원도 배신한다. "돈이 사람을 죽이는구나!"라는 구절은 이 작품의 결말을 암시하고 있다.

　「물레방아」에서 배경묘사는 작품의 시작에서부터 사실적이다. 사실주의 작품은 환경을 중요시하기 때문이다. 그러므로 사실주의 계열의 작품들은 인물이 살아 움직이는 데 바탕이 되는 배경묘사부터 시작하는 작품들이 많다. 「물레방아」에서는 물레방아의 세밀한 묘사가 있고 난 다음에야 인물에 대한 자세한 묘사가 나타난다.

　두 작품이 다 사실주의 문학일지라도 「벙어리 삼룡이」에는 아직 낭만적 요소가 남아 있다. 삼룡이의 기괴한 모습과 선녀 같은 색시라든가 하늘의 별이 땅에 내려왔다는 묘사는 낭만주의 문학에서나 나타나는 묘사이다. 주인 아들의 색시에 대한 삼룡이의 사랑도 신분의 차이와 모든 장애적 요소를 초월하는 아름다운 사랑으로 그리고 있다. 또 삼룡이의 죽음을 아름답게 승화시킨 것도 낭만적이라고 할 수 있다.

## 1920년대의 문학현실

앞에서 본 김동인, 염상섭, 현진건의 문학은 당시의 현실을 사실적으로 그려서 자연주의적 사실주의라고 불린다.

3·1운동의 실패로 지식인들은 좌절감과 절망에 빠지고 조선의 현실은 점점 피폐해졌으며 일제의 탄압은 나날이 심해졌다. 일제는 겉으로는 문화정책을 내세웠으나 교묘하게 조선인의 정신을 말살하려 했다. 동양척식회사를 세워 우리의 농토를 빼앗았고, 농토를 빼앗긴 사람들은 소작인으로 전락했으며, 소작할 땅마저 빼앗긴 사람들은 간도로, 만주로 이주해 가는 유랑민들이 되었다. 조국과 고향을 떠나는 비참한 행렬들. 그러나 우리의 유랑민들을 따뜻하게 기다리는 땅은 없었다.

이러한 비참한 상황을 사실적으로 그리는 것만으로는 현실의 진상을 전부 전할 수 없었으며, 이런 이유로 사실주의 문학이나 이광수의 계몽문학과 다른 새로운 경향이 나타났다. 이 경향의 작가들은 가난한 현실, 극한적 상황에서의 비참한 삶을 그렸고, 더 나아가 최서해의 작품과 카프 문학에서는 방화와 살인을 통해 극한적인 분노가 표현되었다.

# 6 빈궁문학 작가 — 최서해

당시 대부분의 문인들은 일본 유학을 하였거나, 외국 문학의 영향을 받았다. 공부를 많이 한 문인들과 달리 국민학교를 다니다 만 학력이 전부인 서해 최학송은 어떤 작품에서, 어떠한 삶의 모습들을 그리고 있을까?

1901년 함경북도에서 태어난 최학송은 가난한 소작농의 아들이었다. 그의 아버지는 구한말에 말단 관리를 지냈었는데 1910년 한일합방으로 나라를 빼앗기자 망국의 한을 씹으며 간도로 갔으며 그 후 행방을 알 수 없게 되었다. 어머니가 삯바느질을 하여 살림을 꾸렸으니, 서해는 공부보다도 돈을 벌어야 했다. 서해는 남의집 머슴살이를 하면서도 『청춘』 등 문예지를 읽으며 문학의 꿈을 키웠고, 이광수의 「무정」을 읽고 감동하여 편지를 띄우기도 하였다.

17세의 서해는 머슴을 그만두고 아버지를 찾아 간도로 갔으나 찾지 못하고 노동을 하며 지낸다. 간도에서 그 아내마저 일찍 죽었다. 노동과 농사일, 두부장사 등을 하며 보낸 간도의 유랑생활은 나중에 그의 작품에서 생생하게 드러난다.

고국으로 돌아와 최학송이라는 본명 대신 서해라는 필명으로 글을 쓰기 시작했다. 서해는 노동일을 그만두고 서울로 올라갈 생각으로 이광수에게 편지를 한다. 이광수는 『조선문단』 시절 최서해를 만났다. 그가 생각하기에 키가 작고 몸이 가는 얌전한 사람인 줄 알았는데, 키가 크고 시커멓게 생긴 장정이 앞에 나타나 무슨 일이든지 할 터이니 묵게 하여달라고 했다고 한다.

1924년 『조선문단』에 이광수의 추천으로 「고국」이 발표되어 작가로 데뷔한다. 갈 곳이 없는 최서해는 이광수의 소개로 절에 들어갔으나 염불하는 것보다는 글쓰기를 더 열심히 했던 터라 결국 절에서도 쫓겨난다. 서해는 이광수의 소개로 『조선문단』에 사환 겸 기자로 들어간다. 『조선문단』은 이광수가 만들자고 하여 소설가 방인근이 고향 집을 팔아 1924년에 창간한 잡지이다. 서해는 『조선문단』의 사무실이며 방인근의 집인 그 곳에서 숙식을 하며 지냈다.

「고국」이 추천될 때, 「탈출기」도 가작으로 뽑혔으나 잡지에 실리지는 않았다. 다시 고쳐서 몇 달 후 1925년 『조선문단』에 「탈출기」가 실렸다. 최서해는 간도에서의 체험을 바탕으로 쓴 이 「탈출기」로 문제작가로 급부상한다. 이광수로부터 러시아 작가인 고리키의 작품에서와 같은 감동을 받을 것이라는 평까지 들었다. 계속해서 『조선문단』과 『개벽』에 많은 작품을 발표했다. 1926년에는 15편의 단편을 발표하는 놀라운 창작력을 보였다. 『조선문단』은 많은 작가와 좋은 작품을 이 땅에 소개하면서 한국문학사에 중요한 역할을 했지만 경영의 실패로 문을 닫았고, 그 바람에 최서해는 또 먹고살 길이 막연해진다.

『중앙일보』에 기자자리를 얻었으나 제때에 월급이 나오지 않았다. 서해는 『매일신보』로 옮겼다. 이광수의 「무정」이 연재되었던 『매일신보』는 조선총독부 기관지였기 때문에 월급은 제때에 받았지만 다른 사람들로부터 배신자라는 욕을 먹었고 특히 카프 그룹은 이를 맹렬히 비난하였다. 서해는 1925년 카프(조선프롤레타리아예술가동맹)에 가담하였다가 1929년 탈퇴한다. 그러다가 『매일신보』에

장편 「호외시대」를 발표하던 1932년, 위장병이 악화되어 이 세상을
떠났다.

최서해의 작품은 그 당시의 다른 작품들과 비교할 때 전혀 다른
새로운 소설이었다. 「탈출기」가 대표작인데, 재미있는 사실은 앞에
서 밝힌 대로 「고국」이 당선작이고 「탈출기」는 가작이었다는 점이
다. 작품의 완성도로 본다면 「고국」이 더 나은 작품이지만, 작가의
메시지 전달 면에서 볼 때는 「탈출기」의 놀라운 충격에 비할 바가
아니다. 그만큼 작가의 의도가 직접적으로 드러났으며 소재 면에서
볼 때도 새로운 이야기였다.

「탈출기」는 편지로 씌어진 서한체 소설이다. 소설의 발달사적인
면에서 본다면 서한체 소설은 초기의 미숙한 기법이다. 물론 현대
문학에서 서한체의 소설기법을 사용하기도 하지만 잘못하면 유치한
고백이 되기 쉽다.

### 탈출기

　　김 군! 수삼차 편지는 반갑게 받았다. 그러나 한 번도 회답치
　못하였다. 물론 군의 충정에는 나도 감사를 드리지만 그 충정을 나
　는 받을 수 없다.
　　─박 군! 나는 군의 탈가를 찬성할 수 없다. 음험한 이역에 늙은
　어머니와 어린 처자를 버리고 나선 군의 행동을 나는 찬성할 수
　없다. ─

이 작품의 주 인물은 '나'이다. 내가 집을 나와 ××단에 들어
갔다는 소식을 듣고 충고하는 김 군의 편지에 답장하는 글이 이 소설
의 내용이다.

나는 어머니와 아내를 데리고 고향을 떠났다. 간도에서는 농사도 지을 수 있고 쌀도 흔할 것이라, 배불리 먹을 수 있을 것이라 생각했으나, 그것은 이상이었다. 나의 이상은 물거품으로 돌아갔다. 나는 농사를 지으려 했으나 빈 땅이 없었다.

　돈을 주지 않고는 없었다. 생소한 사람들이니 땅을 빌려주지도 않았다. 비가 오나 바람이 치나 삯김, 삯심부름 가리지 않고 했다. 어머니와 아내도 삯일을 하며, 눈물을 흘렸다. 부지런하고 정직했으나 빈곤은 날로 심하였다. 이틀이나 굶은 어느 날, 집에 들어가니 부엌 앞에서 임신한 아내가 무엇을 먹다가 깜짝 놀란다. 무얼 먹을까? 나 몰래, 아! 여편네란 그런 것이구나! 하며 아내를 의심하였다. 아내가 얼굴을 붉히며 밖으로 나가자 나는 아내가 먹다 던진 것을 찾으려고 아궁이를 뒤졌다. 귤 껍질이었다. 얼마나 먹고 싶었으면 누군가 먹다가 길에 버린 것을 주워 먹을까, 아내를 의심한 것이 부끄러웠다.

　두부를 만들어 팔기도 했는데 잘못하면 쉬어버려, 온 식구가 쉰 두부로 끼니를 때운다. 또다시 울며 두부를 만든다. 또 산으로 나무를 하러 가지만 산 주인에게 들키지 않으려고 황혼에 가서 밤에 몰래 내려온다. 캄캄한 밤에 산비탈을 내려오다 미끄러지곤 한다. 어떤 산 주인이 나무를 잃었다고 고발하면 우리 집부터 수색하고 나를 무조건 때린다.

　이런 분위기 속에서 아무리 노력하여도 우리는 생의 만족을 느낄 날이 없을 것이다. 겨우 목숨을 연명한다 하더라도 죽지 못하여 사는 삶일 것이요 그 영향은 자식에게까지 미칠 것이니, 어린것의 삶을 찌그러지게 하는 것이 어찌 분하지 않으리요. 이것이 내가 집을 떠나 ××단에 가입하게 된 이유이다. 나는 성공 없이 죽는다 해도, 이 시대 이 민중의 의무를 이행한 것이니 원한이 없다.


　최서해 문학의 특징은 그것이 체험에서 얻어졌다는 것이다. 최서해 자신이 먹고살기 위하여 간도에서 삯일을 하였고 두부장수, 나무장수 등을 전전하며 여러 일들을 겪었다. 간도에서의 유랑생활과 하층민의 경험이 「탈출기」뿐만 아니라 다른 작품에서도 그대로 드러난다.

화자인 '나'가 집을 탈출하게 된 이유가 편지 형식으로 씌어져 있는 「탈출기」에서 '나'는 소작할 땅도 없어서 살기 어려운 고향을 떠나, 황무지가 널려 있다는 간도로 간다. 그러나 간도에서의 삶도 마찬가지로 굶주림의 연속이었다. 자식에게까지 그런 죽음과 같은 삶을 살게 할 수는 없다고 생각한 '나'는 차라리 집을 뛰쳐나가 ××단에 가입하여 투쟁하는 길을 택한다.

서해 자신의 체험을 쓴 체험문학은 소재로서는 새로운 이야기였으나 문학성의 측면에서 볼 때는 형상화가 부족하다. 최서해는 소재 중에서도 특히 가난한 이야기를 가지고 한국 문단에 등장했다. 이런 이유로 최서해의 문학을 빈궁문학이라고도 한다. 또 체험의 현장을 그리고 있으므로 현장문학이다.

서해의 두번째 특징은 가난과 굶주림, 방화와 살인이 소설의 구도 속에 늘 나타난다는 것이다. 특히 처절한 굶주림이 잘 드러나며 솟구치는 분노는 방화와 살해로 나타난다. 「박돌의 죽음」, 「기아와 살육」, 「홍염」 등의 작품들도 그렇다.

서해의 작품 속의 죽음은 현진건(「불」, 「운수 좋은 날」)이나 나도향(「벙어리 삼룡이」, 「물레방아」) 등의 작품에서 보여주는 죽음과 어떻게 다를까?

세 작가 모두가 가난한 하층계층의 죽음을 다루고 있다. 그러나 현진건은 개인적이고, 가난의 원인에 대한 탐구가 없다. 나도향의 죽음도 개인적이지만, 가난한 처지에 대한 개인적 울분이 드러난다. 그러나 최서해의 경우는 아주 다르다. 가난한 상황을 한 개인의 문제로 그린 것이 아니라 빈곤한 계층, 즉 계급의 문제로 의식하고 있으며, 이러한 가난한 상황의 요인을 사회적 문제로 다루고, 분노하며 반항한다.

최서해의 다른 작품들을 보자.

「박돌의 죽음」에서, 박돌의 어멈 파충댁은 아들이 급한 복통을 일으키자 허둥지둥 의원집으로 간다. 아버지 없이 자란 불쌍하고 소중한 아들이었다. 파충댁이 여러 번 문을 두드리자 의원 김 초시가 잠자리에서 나왔다. 기름이 번지르르한 김 초시는 약종이 부족하여 약을 지을 수 없다고 한다. 사실은 상대방이 돈이 없으니까 잡아떼는 것이다. 안절부절못하는 파충댁에게 뒷집 주인이 와서 썩은 고등어를 먹고 병이 났으니 쑥을 가져다 뜸을 들여주라고 말한다. 뜸질의 효과도 없이 박돌은 죽고 말았다. 죽은 아들을 껴안고 통곡하던 파충댁은 드디어 미쳤다. 누군가 박돌을 끌고 가는 환상을 보고는 환상을 좇아가 김 초시의 진찰실까지 간다. 파충댁은 김 초시가 박돌이를 불에 넣었다며, 김 초시의 상투를 잡아채고, 그의 가슴에 올라타서는 그의 얼굴을 마구 물어뜯는다. 두 사람은 온몸이 피로 물든다.

사람이 개처럼 사람을 물어뜯는 것은 충격적이다. 돈 때문에, 돈이 없어서 의원에게 보이지도 못하고 아들이 죽었다. 아들을 잃은 분노는 어머니를 폭발시켜 김 초시를 개처럼 물어뜯게 한다. 돈, 살인, 붉은 피 등이 중요한 요소로 등장한다.

「기아와 살육」(1925, 「조선문단」)에서도 경수네는 간도 지방을 떠도는 유랑인의 신세이다. 병든 아내는 돈이 없어 치료도 못 받는다. 늙은 어머니는 머리카락을 팔아 한줌의 누런 좁쌀을 사가지고 오다가 중국인의 개에게 물려 정신을 잃는다. 드디어 경수는 분노로 발작한다. 식칼을 쥐고 어린 딸, 병든 아내, 노모를 찌르고 밖으로 뛰쳐나가 "모두 죽여라 ! 이놈의 세상을 부수자 ! "라고 외친다. 닥치는 대로 살인하고 중국 경찰서까지 파괴한다.

「홍염」(1927, 『조선문단』)에서는 왜 죽음과 방화가 있어야만 했을까?

## 홍염

겨울이 가난한─백두산 서북면 서간도 한귀퉁이에 있는 가난한 촌락 빼허에도 찾아들었다. 이렇게 몹시 추운 날 아침에 문 서방은 집을 나섰다. 바람이 다 떨어진 바지저고리를 흩날린다. 문 서방은 중국인들의 놀림을 받으면서 빙판을 건너 언덕에 올라섰다. 여기가 문 서방이 목적하고 온 땅이다. 이 땅의 주인은 중국인 인가이다. 문 서방의 사위이다.

"엑 더러운 놈! 되놈에게 딸을 팔아먹는 놈!" 하는 소리가 귀청을 치는 것 같았다. 문 서방은 딸을 좀 데려다달라는 아내의 애원에 인가네로 찾아가고 있다.

지난가을, 흉년이라 "얼마 없는 곡식을 모두 빚으로 갚으면 어찌 겨울을 날 것인가"라며 애원하던 문 서방은 매를 맞고 땅에 쓰러진다. 문 서방의 아내는 땅에 엎드려 살려달라고 빈다.

인가는 "아 상느므 샛끼……니디르포(아내) 워디(내가) 가져가!"라며 문 서방 아내의 손목을 잡아끈다. 집안에 있던 딸 용례가 나오며, 중국인의 손을 물어뜯었다. 용례를 본 인가는 문 서방 아내의 손목을 놓고 용례를 잡아끈다. 딸은 끌려가며 아버지 어머니를 부르고 몸부림을 친다. 낯빛이 파랗게 질린 흰옷 입은 사람들은 쭉 나와서 섰건마는 모두 시체같이 서 있을 뿐이었다.

딸을 빼앗긴 아내는 피를 토하고 병석에 누웠다. 병든 아내는 딸을 보여달라고 조른다. 문 서방은 이번이 네번째 인가를 찾아오는 길이다. 간도에 있는 중국인들은 조선 여자를 데려가면 밖에 내보내지도 않고 부모의 면회까지도 거절한다.

이번에도 거절당하고 쫓겨났다. 결국 문 서방의 아내는 딸을 찾으며 소리 지르다가 검붉은 피를 토하고 죽었다.

이튿날 회오리바람이 일어 산천이 울렸다. 모진 바람이 스칠 때, 인가의 집 뒤로 돌아 산같이 쌓아놓은 보리 짚더미에 성냥을 긋는다. 불길에 싸인 집은 타서 쓰러진다. 일꾼들은 어쩔 줄을 모른다. 밭 가운데로 튀어가는 두 그림자가 있었다. 두 그림자를 향해 달려드는 문 서방, 손에 쥐었던 도끼는 인가의 머리에 박혔다. 도끼를 놓은 문 서방의 품에는 어린 여자의 그림자가 안겼다. 용례가…….

빚 대신에 아내를 빼앗아가려던 중국인은 아내 대신 딸을 빼앗아간다. 딸을 찾으며 아내가 피를 토하고 죽자, 문 서방은 불을 지르고 살인을 한다.

왜 최서해의 주인공들은 살인과 방화를 저질러야 했을까? 가난과 굶주림, 인간적 삶을 살지 못하는 주인공은 적개심과 분노로 가득 찬다. 분노는 불과 피를 부른다. 서해 자신이 체험한 극한적인 궁핍과 떠돌이의 고난은 당시 조선인이 겪어야만 했던 비극이었다.

최서해의 문학이 나도향이나 현진건과 다른 요소는 한 개인의 불운을 다룬 것이 아니라는 것이다. 이러한 분노는 사회를 향하여 더욱 큰 반항으로 나타난다. 서해는 개인이 불행한 원인은 사회구조의 모순에서 발생한다는 의식에 눈뜨기 시작한다. 그리고 뒤에 나타나는 카프 문학과 결합하면서 사회의 모순과 계급에 대한 비판은 더욱 강해진다.

그의 작품에는 일제 강점기에 궁핍한 삶을 이어가는 인물들의 분노가 있다. 간도로 이주해 간 유랑민들의 빼앗긴 삶이 있다. 착취당하는 하층민들은 '돈'의 위력에 무력하다. 그러나 모든 것을 잃고 더 이상 잃어버릴 게 없는 극한 상황이 되면 살인과 방화가 일어난다. 붉은 빛의 피와 불길로 휩싸이는 파탄적인 결말은 사회의 모순에 대한 강한 저항을 나타낸다. 그러나 적극적인 해결이 아닌 충동적 행위로 나타나는 한계점이 있다.

시대적으로 경향파 문학이 시작되던 때에 나타난 최서해의 빈궁한 체험은 문단의 주목을 받았다.

1920년대 중반에 나타난 신경향 문학은 박영희와 김기진을 중심으로 시작되었다. 『백조』의 동인이었던 이들은 일본에서 공부를 하고 와서 새로운 경향의 문학으로 방향을 전환한다. 그러나 이론만 앞섰지, 최서해와 같은 생생한 경험이 없었다. 김기진, 박영희 등의 문학이 관념적인 문학이라면, 최서해는 체험문학이라고 할 수 있다.

## 신경향파 문학에서 카프 문학으로

1920년대 중반에 나타난 신경향파 문학은 새로운 경향이란 뜻이지만, 여기서의 신(新)이란 개념은 계급적인 의미를 가지고 있다. 신문학에서 '신'은 구소설과 대립되는 개념이다. 유교사상 중심의 전통적 사회 이념과는 다른 새로운 형태의 문학이라는 개념이다. 신경향파 문학에서 신은 계급적인 의미이다. '구'는 유산계급을 뜻하고 '신'은 무산계급을 의미한다. 이전의 문학은 '구'에 속하는 유산계급의 문학이므로, 새로운 문학은 '신'에 속하는 무산계급의 문학이어야 한다는 뜻이다. 새로운 시대는 무산계급의 시대이며, 무산계급은 앞으로의 시대를 이끌어가야 한다는 의식에서 비롯되었다.

신경향의 문학은 김기진과 박영희로부터 시작되는데 이들은 『백조』의 동인이었다. 초기에 『백조』 동인들은 탐미적인 낭만주의 시와 소설을 쓰고 있었다. 그러나 시대의 현실에 눈을 뜨면서 이들의 문학은 변하게 된다. 나도향, 현진건 등은 주관적 세계에서 사회현실이라는 객관적 세계로 나아가면서 1인칭의 문학에서 3인칭 문학으로, 낭만주의에서 사실주의 문학으로 변한다. 이상화의 시 세계도 밀실로부터 나와 **빼앗긴** 들을 바라본다.

결국 김기진의 신경향 문학이론으로 「백조」는 해체된다. 그리고 이들은 「개벽」지를 무대로 활동하게 된다. 최서해가 나타나고, 김기진의 「붉은 쥐」(1924), 박영희의 「사냥개」(1925), 이기영의 「가난한 사람들」(1925), 조명희의 「낙동강」(1927) 등이 발표된다.

신경향파 문학의 특징은 첫째, 소재를 빈궁에서 취한다, 둘째, 계층의 대립을 구성으로 한다, 셋째, 결말은 본능적인 저항인 방화와 살인으로 끝난다 등등이다. 이후에 세계적으로 사회주의 운동이 확산되면서 우리의 문학에도 프롤레타리아 문학 운동이 본격적으로 시작된다. 신경향파 문학은 카프파가 조직되기 이전에 자연발생적으로 시작된 문학 경향이다. 신경향파의 중심 인물들이 정치적 목적 아래 프롤레타리아 문학을 위해 조직한 단체가 바로 카프이다. 신경향파 문학에서 방화나 살인으로 끝나는 결말은 충동적인 행위이다. 이런 충동적인 행위는 소극적인 저항의식으로 볼 수 있다. 카프 문학은 보다 적극적인 저항의식으로 무산자를 위해 투쟁하며 사회를 개혁하려는 목적으로 문학을 택한다. 신경향파는 무산계급에 대한 인도적인 동정심에서 시작하였으나 카프파는 빈궁의 원인이 사회계급의 치별화에 있다고 의시한다. 무산계급은 유산계급과 대립적 관계이므로 전투적이고 혁명적인 계급의식을 가져야 한다는 것이다.

김기진과 박영희는 신경향파 문학으로 시작하여 본격적인 카프 문학의 이론가로 활동한다. 그러나 이 두 사람은 뒤에 가서 전향하게 된다. 일제에 의해 카프파가 검거되면서 카프 조직은 해체되고, 전향하지 않았던 몇 사람은 1945년 해방 전후에 좌익 문학을 주도하게 된다.

『개벽』과 『조선문단』은 어떠한 성격의 잡지인가?

『개벽』은 1920년에 창간되어 1926년에 발행금지되었다. 박영희와 김기진을 중심으로 계급주의를 내세운 월간종합지였다. 『조선문단』은 1924년에 창간되었다. 이광수와 방인근이 중심이 되어 반계급주의와 민족주의적 성격을 지녔던 순문예지였다. 『개벽』과 『조선문단』은 1920년대 쌍벽을 이루는 잡지였으며, 둘 다 1920년대 많은 문학작품들을 생산하는 데 기여했다는 점에서 의의가 있다.

## 7 「붉은 쥐」와 「사냥개」 — 김기진, 박영희

신경향파와 카프파의 이론가인 김기진과 박영희의 문학세계를 살펴보자.

1924년 『개벽』에 발표된 김기진의 「붉은 쥐」는 신경향 문학의 시작이다.

### 붉은 쥐

겨울은 눈앞에 있었다. 모두들 바쁘게 겨울 준비를 하고 있었다. 대갓집의 줄행랑처럼 지어놓은 이 집은, 방방이 다른 식구들이 살고 있었다. "사는 게 뭐예요, 벌거지죠. ……먹고 살라니." 한숨 섞인 음침한 목소리가 숨이 차서 토막토막 끊어져가면서 다시 이어진다. "아아, 오십 년만 자다가 일어났으면 좋겠다." 옆방의 말소리를 듣고 있으면서 형준의 마음은 갑갑하였다.

형준은 기운 없이 걸었다. 공원의 벤취에 걸터앉았다. 머리에는 다시 생각이 일어나기 시작했다. 산다는 것은 현재일 뿐. 나날이 글러가는 이 문명 속에서 어떻게 했으면 좋겠느냐? 해결도 없고 답안도 없는 것을 어떻게 했으면 좋겠느냐? 나는 아직도 좀더 살아야 한다. 산다는 것은 나의 권리이다. 너희들이 도둑질하면 나도 도적질하면서 살아갈 테다. 네가 나에게 밥 한 사발을 거절할 경우이면 나는 네 밥의 한 사발을 빼앗겠다! 나는 네 위에 선다. 나는 너를 발 아래에 밟고서 그 위에 선다. 현실이라는 너를 짓밟고서 그 위에 서겠다.

그는 주춤하고 소름이 끼쳤다. 발바닥에 밟히는 것이 있었다. 땅바닥에는 피 묻은 쥐 한 마리가 자빠져 있다. 어디서 어떻게 죽어가지고 이 곳에 내던져 창자가 튀어나오고, 발 아래 밟히었을까? 새빨갛게 피 묻은 조그만 동물. 그의 머리 속에는 온갖 쥐새끼들의 모양이 나타났다. 와그락다그락하며 시끄럽고, 달음질치며 천장의 구멍으로 빠져 달아나는 조그만 생쥐.

형준이는 다시 공원 밖으로 나왔다. 길에는 이 때가 제일 사람이 많이 다닌다. 젊은 사람, 늙은 사람, 어른 아이, 여자 사내 할 것 없이 바쁘게 오간다. 영양부족으로 누런 얼굴을 쳐들고서 지나가는 사람들, 한꺼번에 사진 찍듯이 형준의 눈동자 속에 박혔다. "쥐다, 쥐새끼들이다!" 그는 무의식적으로 쉬지 않고 중얼거렸다.

별안간 그는 배가 고프다는 것을 느꼈다. 그 순간 그는 이상한 흥분을 깨달았다. 그는 주저하지 않고 식료품 상회로 들어갔다. 그는 유리문을 열고 빵을 주머니 속에 집어넣고 나왔다. 그는 또 옆의 귀금속 상점으로 들어갔다. 그는 손에 잡히는 대로 시계, 반지를 훔쳤다. 그가 나와 옆골목으로 들어갈 때 뒤에서 사람들의 소리가 들렸다. 그는 달음질쳤다. 그는 호주머니 속의 금속물건을 만졌다. 갑자기 돌아서 한 방을 쏘았다. 그는 달음질치며, "쥐다, 쥐새끼다!"하고 중얼거렸다. 쫓아오는 사람들의 함성이 들렸다. 순사가 달려왔다. 그는 탕탕 쏘아가며 달렸다. 그는 달려가다가 하마터면 전차에 치일 뻔하여 몸을 피하다가, 뒤에서 오는 소방차에 채여서 철퍽 떨어졌다. 시계는 깨어져버리는 것 같았다. 그의 두개골은 깨어지고, 창자가 튀어나왔다. 검붉은 피가 여기저기 튀었다. 소방차는 다시 달려가고, 순사는 형준의 몸에서 떨어진 빵과 시계들을 주워 가지려는 사람들을 쫓았다.

　이튿날 피스톨의 출처를 조사하고 그와 관련됐다는 세 사람의 청년이 붙잡혀가고, 신문에는 거짓 기사가 났다.


　도시 빈민가의 셋방에 사는 청년이 현실의 모순 때문에 우울해지고 절망에 빠진다. 그런 감정이 폭발하면서 강도짓을 한다. 청년의 허무주의적 관념은 조그만 쥐새끼의 죽음, 붉은 피로부터 자극을 받는다. 거리에 다니는 사람들은 영양부족으로 누런 얼굴들이다. 조선 민족들에게서 쥐새끼의 운명을 느끼는 것이다. 청년이 조선 민족의 운명을 인식하는 순간 허무의식이라는 관념에서 벗어난다. 그러나 이러한 인식은 무모한 행위로 연결된다. 청년 자신이 붉은 쥐새끼의 운명이 되는 것이다.

　「붉은 쥐」는 신경향파 문학의 특징인 살인과 선동적인 붉은 피의 결말을 보인다. 무산자인 청년은 쥐처럼 길거리에서 피를 흘리며 죽는다. 「붉은 쥐」는 신경향파 문학의 특징을 보여주는 작품이다.

　박영희의 「사냥개」에서 무산자는 개로 나타난다. 개는 돈 많은 주인을 물어뜯는다.

### 사냥개


　밤이 깊어 모든 것이 무거운 침묵에 잠겼을 때 별안간 정호의 집 넓은 사랑에서는 사냥개 한 마리가 큰 소리로 짖었다.

　이 개 짖는 소리에 덩그러니 빈 방에서 혼자 자는 주인 영감 정호는 소스라쳐 일어났다. 밝아 보이는 전등불은 까닥없는데, 정호는 가슴이 두근거리고 머리가 오싹하고 몸이 자기도 모르게 떨렸다. 오늘은 하인도 자기 집에 가고 없었다. 밤중에 개가 짖으니 무섭고

도 괴이한 일이다.  한편으로는 개가 짖는 것은 반가운 일이다.  도적
을 지킨다는 것이니 안심되는 일이기 때문이다.  한번에 오 원도 쓰
지 못하는 구두쇠가 육십 원이나 하는 많은 돈을 주고 산 사냥개이
다.  저놈이 자꾸 짖으면 도적이 물러갈 것이라 생각했다.

　도적을 잡으라고 굶긴 개가 또다시 짖기를 기다렸다.  개가 짖지
않았다.  정호는 떨리는 손으로 문을 열어보았다.  추운 바람이 몰려
들었다.  캄캄한 마루에 앉은 개가 하늘만 물끄러미 쳐다보고 있다.
다시 문을 닫고 아랫목에 앉아 있으려니까 걱정이 되었다.  오늘,
논을 사려고 삼만 원을 은행에서 찾아왔는데……  그의 손에는 땀이
흘렀다.  그는 재산 보호가 생명의 즐거움이었고 웃음이었다.

　여기저기서 기부금이니 찬조금이니 하며 돈을 달라고 조르지만,
정호는 거절했다.  인색한 정호를 많은 사람이 욕을 한다.

　사냥개가 재산만 잘 보호해주면 되었다.  별안간 밖에서 개 뛰는
소리가 들렸다.  순간 정호는 두려움이 점점 더하여 환상이 스쳤다.

　기부금을 구하러 왔던 사람이 단총을 들고 외치는 환상이었다.
정호는 모든 사람이 그리웠다.  돈을 주지 않는다고 가버린 첩도 그
리웠다. "오늘은 아무래도 이 돈을 가지고 이 방에서 잘 수가 없다"
는 생각이 들었다.  큰마누라에게 가서 그 방에서 자야겠다고 생각했
다.  떨리는 두 다리로 일어섰다.

　금고를 옆에 끼고, 두루마기를 뒤집어 썼다.  방문을 가만히 열어
보았다.  누가 서 있지 않나 가슴이 울렁거렸다.  마당으로 내려섰다.
갑자기 무엇이 달려들었다.  개는 금고를 보고 짖는다.  옷자락을 물
었다.  정호는 개를 찼다.  개는 흥분하여 그를 물었다.  주인은 피를
흘렸다.  인색한 주인을 만나 고기를 먹지 못한 개는 피를 핥았다.
그리고 살점을 물어뜯었다.

　개가 밤새도록 자지 않은 것은 배가 고파서였다.  도적을 충실히
지키는 개는 마지막엔 주인까지 죽여버리고 사라졌다.

　개는 끝없이 넓은 대지 위에서 자유롭게 돌아다니면서 주린 배를

불릴 것이다.

　　이제 낮이면 굵은 사슬에 묶이고 밤이면 줄을 끌러놓는 아픈 생활
도 없을 것이다.


　박영희의 「사냥개」(1925, 「개벽」)는 신경향파의 첫 작품인 「붉은
쥐」보다 몇 달 뒤에 발표되었다.

　기부금 내는 것을 아까워하는 유산계급인 정호는 비싼 돈을 주고
개를 산다. 도적을 지키라고 굶긴 사냥개는 배가 고파 밤새 짖는다.
주인은 도적이 들어왔나 싶어 두려워한다. 돈 많은 주인의 불안한
심리가 잘 드러나 있다. 공포에 떠는 주인은 환상을 보게 되고, 혼
자 있는 것이 두려워 큰마누라의 방으로 가려다가, 굶긴 개에게 물
어뜯긴다.

　사슬에 묶였던 개는 이제 영원히 자유롭다.

　최서해의 소설이나 김기진의 「붉은 쥐」에서 무산자의 행위는 충
동적이다. 분노는 살인으로 끝난다.

　「사냥개」는 「붉은 쥐」보다 사건의 전개와 심리묘사가 자연스럽
다. 인색한 주인공의 심리묘사를 통해 유산계급의 추악함을 그린
다. 심리와 사건은 인과관계에 의해 전개된다. 충동적 결말이 아니
라 인색한 주인이 도적을 지키라고 굶긴 개에게 물려서 붉은 피를
흘리게 되는 인과적 결말이다.

　김기진과 박영희는 카프 문학의 뛰어난 이론가였다. 나중에 카프
회원으로 검거되었는데, 박영희는 구속에서 풀려나온 후 전향하였
다. 박영희는 "얻은 것은 이데올로기요, 잃은 것은 예술"이라고 했
다. 카프 문학은 정치적 사상을 선전하느라고 문학의 예술성을 상실
했다는 말이다. 박영희는 6·25 때 납북되었다.

# 8

# 「낙동강」 — 조명희

조명희의 호는 포석이다. 「땅속으로」(1925, 『개벽』), 「농촌 사람들」(1927, 『현대평론』), 「한 여름밤」(1927, 『조선지광』), 「낙동강」(1927, 『조선지광』) 등이 있다.

「한 여름밤」은 잠잘 곳도 없는 사람들의 이야기이다. 추성문에 몰래 들어가 잠을 자다가 쫓겨난다.

### 한 여름밤

오늘 밤 잘 자리를 찾아 경복궁 담을 따라 올라간다.

나는 고무신 공장에 다니다 실직을 하여 살길이 막연하였다. 처자를 시골 친척집으로 보내고 떠돌아다니기를 벌써 한 달이나 되었다.

추성문에 들어섰다. 마루 위에는 저편 구석에서 거무스름한 무엇이 꿈틀한다.

"벌써 인간이 와서 있구나."

"그 누구요?"

"사람이요."

"나도 사람이요"하고는 한번 픽 웃었다.

낮에는 별별패들이 모여서 객설을 한다. 케케묵은 소리만 하는 봉건유물인 늙은이들, 퇴물 개화꾼들, 지금은 무직업자들, 몰락한 무리들이다.

밤에는 집 없는 사람들이 몰래 잠자러 기어든다. 문 지키는 수직이가 와서 쫓아낸다.

"여보, 이같이 집도 절도 없이 떠돌아다니는 사람들이 여북해서 이런 음산한 곳에 잠을 자리라고…… 그리 심하게 내어쫓으려 하오."

팔다리 병신 사내 거지가 흥분하여 말한다.

"나도 예전에는 몸도 성하고 살기도 괜찮았지만…… 그 몹쓸 방적회사인지 무엇인 기계에 말려들어서 팔다리 병신이 되고…… 당신도 얼마나 더 그 구실을 다녀먹을지 모르지마는 ○○○○○○○○○없으리라고 누가 보증한단 말이오."

이 말을 들은 수직이는 "당신 말도 이치가 없는 말은 아니오마는……" 하며 담배를 한 개씩 나누어준다.

옆에 있던 거지 모자, 문둥병에 걸렸는지 매독에 걸렸는지 눈과 코가 없어진 썩은 낯짝을 한 여편네 거지가 배가 아프다고 앓는 소리를 한다. 수직이는 달려가서 약과 호떡을 사가지고 온다.

나는 시골로 내려보낸 처자를 생각한다. 그것들도 까딱하면 저 거지 모자같이 될 것이 아닌가. 나는 다시 한 번 부르르 떨었다.

얼마 뒤, 신문에 경성 시가지에 거지가 너무 많아 도시미를 손상시키므로 거지 떼들을 내몰아야 한다는 기사가 실렸다.


이 소설은 부분부분이 삭제되었다.

주인공은 실직하여 잠잘 곳도 먹을 것도 없는 거지 신세로, 사회의 하층민들의 실상을 잘 드러내는 전형이라고 할 수 있다. 「한 여름밤」은 사회구조의 모순에서 발생하는 무산계급을 그리고 있다.

누구나 처음부터 거지인 것은 아니다. '나'는 실직하였고 또 다른 거지는 기계에 팔다리가 잘려서 일할 수 없게 된 것이다. 보상금도 받지 못하고 일자리에서 쫓겨나 거지가 된 것이다. 이들 노동자들은 하루아침에 거지가 되었다. 추성문을 지키는 문지기도 어느 순간 실직하여 거지와 같은 신세가 될지 알 수 없다. 그래서 이들 모두는 동질감을 느낀다. "나도 사람이요"라는 말에서 사람답게 살 수 없는 무산자들의 비애를 느낄 수 있다.

서울의 도시 미관을 해치는 거지들을 서울에서 내쫓는다는 신문 기사가 실렸다는 결말에서 당시 사회정책에 대한 비판을 읽을 수 있다.

「한 여름밤」은 이효석의 「도시와 유령」과 똑같은 소재이다.

「낙동강」은 계급의식의 자각과 조직적인 반항을 목적으로 쓴 소설로 카프 문학의 대표작으로 꼽힌다. 사회주의 운동가 박성운을 등장시켜 1920년대 사회주의 운동을 그리고 있다. 민족주의 운동가 였던 박성운은 5년 전 고향을 떠나 간도로 가면서 낙동강 노래를 불렀다. 다시 고향으로 돌아오는 박성운은 병든 몸으로 낙동강을 건너간다.

### 낙동강

낙동강 칠백 리, 길이길이 흐르는 물은 이 곳에 이르러 갖가지 강물을 한몸에 뭉쳐서 바다로 향하여 나간다.
봄마다 봄마다
불어내리는 낙동강물은
구포벌에 이르러
넘쳐넘쳐 흐르네
흐르네— 에— 헤— 야.

어느 해 이른봄에 이 땅을 하직하고 멀리 서북간도로 몰려가는 한 떼의 무리가, 마지막 이 강을 건늘 제, 그네들 틈에 같이 끼어가는 한 청년이 있어 배ㅅ전을 두다리며 구슬프게 이 노래를 불러서, 눈물을 자아내게 하였다.

몇 해가 지난 겨울의 어두운 밤, 이 강을 건느는 일행이 있었다.

박성운을 뒤따르는 많은 계층의 사람들. 사회주의 운동가로 감옥에 있다가 병보석으로 인력거에 실려 낙동강을 건넌다. 살아서 이 강을 마지막으로 건널지도 모르는 박성운은 흐르는 찬 강물에 손을 넣고, "천년을 산 만년을 산/낙동강 ! 낙동강 ! /하늘가에 간들/꿈에나 잊을소냐" 소리쳐 부른다. 모든 이들의 합창이 터진다.

해외에서 다섯 해 동안 이 강을 잊어본 적이 없다. 낙동강 어부의 손자요 농부의 아들임을 잊은 적이 없다.

박성운은 3 · 1운동에 참가하였다가 철창 생활을 하고 나오니 어머니는 돌아가셨고, 이 땅에 살 수 없었다. 박성운은 아버지를 모시고 서북간도로 떠났다. 고향을 떠날 때, 박성운이 지어 부른 노래가 낙동강이었다. 서북간도도 편안히 살 곳은 못 되었다. 관헌의 압박, 호인의 횡포, 마적의 등쌀에 결국 이역 땅에서 아버지마저 잃었다.

박성운은 만주, 상해로 떠돌며 독립운동을 하였다. 그러기를 다섯 해, 열렬한 민족주의자는 사회주의자로 변하였다. "대중 속으로 브 나로드"를 외쳤다. 귀국하여 졸고 있는 이 땅, 움츠리고 있는 소작인, 부산계급을 위해 투쟁한다.

박성운을 따르는 여성 동맹원이 있었다. 이름을 로사라 한다. 사회주의 운동가인 로사 룩셈부르크의 이름을 땄다. 로사는 백정의 딸이었다. 로사의 부모는 로사를 공부시켜 여선생이 되자, 큰 벼슬을 하였다고 좋아했다. 그러나 무슨 주의자들과 어울려 운동을 하니 걱정이었다.

로사는 부모의 반대에 부딪치지만 박성운의 격려로 일어선다. "당신은 최하층에서 터져나오는 폭발탄 같아야 합니다. 가정에 대하여, 사회에 대하여, 같은 여성에 대하여, 남성에 대하여, 모든 것에 반항하여야 합니다"라고 격려한다. 로사는 박성운의 사상의 힘을 입어 사회주의자로 변한다.

박성운이 낙동강을 건너간 지 며칠 뒤, 더 긴 행렬이 강 언덕으로 향한다. '고 박성운 동무의 영구'라는 기폭이 나부낀다. 동맹, 조합들의 깃발이 뒤따른다.

"용사는 갔다. 그러나 그의 더운 피는 우리의 가슴에서 뛴다."

백정의 딸이며 그의 애인인 로사는 최하층인을 위한 폭발탄이 되려 결심한다.

당시 작품을 발표했을 때 많은 부분이 검열로 삭제되었으나 후에 작가 자신이 다시 써 넣었다.

여기서 민족주의자 박성운은 해외에서 활동하다가 사회주의자로 변한다. 자연발생적인 계급 문학이었던 신경향파 문학이 자각적인 계급 문학, 목적 문학으로 바뀐 것과 유사하다. 즉 「낙동강」은 의식적인 프로 문학이다.

이 작품은 지주에 대항하여 투쟁하는 소작인들을 다루고 있다. 농민 착취에 대항하기 위해 농민을 계급의식화하며, 노동자와 농민의 혁명적 투쟁을 그린다. 이들의 투쟁은 일제에 대항하는 것이었다. 당시 농민의 참상은 농토를 차지한 일본인들의 착취와 친일지주들의 횡포 때문이었다. 그러므로 항일 문학이기도 하다. 그래서 일제가 이들을 검거하고 탄압을 가하였으므로 카프 조직은 크게 흔들린다. 조선프롤레타리아예술가동맹(KAPF)은 1925년에 결성되었다가 일제의 대대적인 검거가 있은 뒤인 1935년에 해체되었다.

해방 후, 카프의 주도자였던 임화는 '조선문학가동맹'을 결성한다. 이들 좌익 계열의 작가들은 남북이 분단되자 월북하였다. 그리고 과거에는 월북한 작가들에 관해 말할 수 없었으나 1988년 금지가 풀렸다. 이들을 해금 작가라 부르는 것은 이런 까닭에서이다.

카프 문학의 중심 인물들로서 월북한 작가들에는 임화, 이기영, 조명희, 송영, 한설야, 김남천 등이 있다.

## 「민촌」 ─ 이기영

9

이기영은 「농부 정도령」(1924, 「개벽」), 「가난한 사람들」(1925, 「개벽」), 「쥐 이야기」(1926), 「홍수」(1930), 「민촌」(1925, 「조선지광」) 등을 썼다.

「민촌」은 충청도 천안 근처에 있는 향교말이라는 민촌에 대한 이야기이다. 이기영의 호 민촌은 이 작품에서 유래하였다. 이 소설에서 일어나는 일은 민촌에서만 있었던 일이 아니다. 조선 농촌의 현실을 대변하고 있다. 1920년대 농촌 처녀의 운명을 점순이와 순영이를 통하여 그리고 있다.

### 민촌

태조봉 골짜기에서 흘러나오는 물은 '향교말'을 안고 돌다가 동구 앞 버들숲 사이를 뚫고 흐르는데 동막골로 넘어가는 실뱀 같은 개울 건너 논둑밭둑 사이로 요리조리 꼬불거리며 산잔등으로 기어올라갔다.

조 첨지 며느리, 점백이 마누라, 성삼이 처, 점순이, 이쁜이는 샘가에 늘어앉아 보리쌀을 씻고, 한편에서는 푸성귀를 헹구는데 수

다하기로 유명한 성삼이 처는 이런 때에도 입을 다물 수 없는 모양이다.

"아주머니! 박 주사 아들은 또 첩을 얻었다지요?"

"그렇다네. 돈 많은 이들이니까 우리네 '소'를 개비하듯 얼마든지 할 수 있겠지."

향교말이란 동리는 자래로 상놈만 사는 민촌으로 유명한 곳이었다. 과연 사오십 호나 되는 동리에 양반이라고는 약에 쓰려고 구해도 없는 상놈 천지였다.

샘에서 돌아온 점순이는 푸성귀 담은 바구니와 물동이를 부뚜막에 놓았다. 모친은 보리쌀을 안치고 불을 때기 시작하였다. 보리짚이 화르르화르르 타오른다.

순영이가 들어왔다. 그는 해죽이 웃는 낯으로 점순이를 쳐다보았다. 점순이보다 이쁘다고는 볼 수 없지만 얼굴이 동고소름한 게 살이 토실토실 올라서 탐스럽게 생긴 처녀.

"너는 우리 오빠가 좋으냐?"

"그럼 너는 좋지 않으냐?"

"나는 좋지 않다. 아주 심술꾸러긴데 무얼—"

"얘 사내들은 그래야 쓴다더라. 숫기가 좋아야—"

"그럼 너는 우리 오빠가 좋은 게로구나!"

순영이는 얄미운 듯이 점순이를 흘겨보았다.

점순이 아버지는 저녁 숟갈을 놓자 담뱃대를 들고 점백이네로 마실 갔다. 동네 사람들이 마당에 모였다. 서울 양반이 왔다. 모두 서울댁 양반을 좋아한다.

서울댁 양반은 부자를 욕하고 박 주사 아들을 욕하고 이 너머 이 진사도 욕한다. 그들은 양반도 아니요, 사람도 아니요, 똥내만 맡고 사는 개만도 못한 놈들이라고 하였다. 그는 서울서 내려온 지 며칠 되지 않았다. 장가도 아니 든 스물두서넛밖에 안 되었다.

이튿날 밤, 점순이는 원두막에 갔다. 은근히 서울댁이 오기를 기다렸다. 점순이와 순영이는 밤 경치에 홀려 재미있게 놀고 있는데 인기척이 들렸다. 점동이와 서울댁이었다. 점동이와 순영이는 원두막 아래로 내려가고, 점순이는 서울댁과 단둘이 앉았다. 점순이는 별안간 서울댁 무릎에 엎어지며 흑흑 느껴 울었다. 그것은 그를 사랑하고 싶어서가 아니라 그에게 들은 말에 감격하였던 것이다. 지금까지 살아온 것을 생각할 때 오직 불행 그것으로만 느껴졌다.

한 달이 지나서이다. 가난한 집에는 보리 양식이 떨어질 칠궁으로 유명한 음력으로 칠월 말에 접어들었다. 향교말에는 양식이 안 떨어진 집이 별로 없는데 점순이네 집에도 벌써부터 보리가 떨어졌다. 생각다 못해 마지막으로 박 주사 아들한테 장릿벼 한 섬을 얻으러 갔다. 박 주사 아들은 서슴지 않고 선뜻 승낙하였다. 조건이 있었다. 자네 딸을 달라고 했다.

점순이 아버지의 병이 위중하였으나 약을 써볼 돈도 없고, 미음 한 그릇 쑬 거리가 없었다. 점순이는 박 주사 아들에게 가기로 마음을 작정하였다. 박 주사 아들은 벼 한 바리와 병을 치료할 약값을 보내었다.

순영이도 쌀 두 섬을 미리 받아먹은 데로 가마를 타고 가버렸다. 시집가던 날 아침 순영이는 차마 점동이를 붙들고 울 수 없어서, 점순이를 보고 울었다. 그 후로 점동이는 마치 얼빠진 사람같이 되었다.

점순이 모친도 반실성을 하였다. 다만 박 주사 아들만이 김 첨지의 병이 낫기를 고대하고 있었다. 낫기만 하면 점순이를 데려가려는 것이다.

김 첨지는 기운이 더욱 쇠진하여 끙끙거리며 누웠고 세 식구는 울기만 하였다. 점동이가 나무를 하러 가려고 나서는데 박 주사 집 하인들이 가마를 메고 들어선다. 점동이는 그만 얼어붙은 듯하였고, 모친은 눈앞이 캄캄하였다. 점순이는 얼떨떨하였다. 그리고 아무 말 없이 가마 앞으로 걸어나갔다. 모친과 점동이가 달려들어 얼싸안았다.

　그 때 김 첨지가 일어나 앉으며 "저 놈들이 장릿벼 한 섬에 딸을 팔아먹은 놈들이여！"하고 손가락질하며 히히 웃는다. 점순이는 가마 안으로 들어앉으려는데 무섭게 빛나는 두 눈동자와 마주쳤다. 싸리문 앞에서 발이 붙어 맥을 놓고 쳐다보는 서울댁의 눈이었다. 그러나 그들의 힘은 벼 두 섬 값만 못하였다. 서울댁의 순결한 사랑의 힘도 벼 두 섬의 힘만 못하였다.

　열여섯 살이나 먹도록 곱게 키워놓은 외동딸을 박 주사 아들은 다만 벼 두 섬으로 뺏어갈 수 있었다.


　「민촌」은 농민소설이다.

　돈 많은 박 주사는 농민들이 '소'를 바꾸듯이 첩을 새로 들인다. 장릿벼 두 섬에 곱게 키운 딸을 친일지주 박 주사에게 빼앗긴 부모는 실성한다. 힘 없는 소작인들은 벼 두 섬 값만도 못한 것이다. 지주의 횡포와 소작 농민의 궁핍한 생활, 분노를 그려서 가난한 농민들의 현실을 증언하였다.

　그러나 이기영은 「민촌」에서 점순이가 서울댁에 향하는 마음을 사랑으로 강조하고 있는 것이 아니라, 서울댁의 사상에 감동하는 것을 강조하고 있다. 서울댁은 이 작품에서 유일하게 지주와 양반을 비난할 수 있는 인물이다. 서울댁은 양반이기 때문에 그런 말을 자유롭게 한다. 그러나 지주들 밑에서 소작하는 농민들, 벼를 꾸어다 먹어야 하는 농민들, 농사를 지어도 빚과 굶주림에서 벗어나지 못하는 농민들은 지주들의 횡포 앞에 무기력한 존재이다. 돈이 힘이다. 농촌 청년들의 순결한 사랑은 벼 두 섬의 값만도 못한 것이다.

　「민촌」에서 점순이 몸값은 벼 두 섬 값이다. 김동인의 「감자」에서도 주인공인 복녀의 몸값은 감자 값으로 전락한다. 「감자」의 복녀는 가난하여 왕 서방네 감자를 훔치다가 들켜 몸을 내주게 되고 결국

살인을 기도하는 파국에 이른다. 「감자」도 가난한 현실을 그리고
있다. 가난한 현실 때문에 복녀의 인간적 본성은 변했다. 그러나
무산자와 유산자의 계급의식을 이념화하고 있지는 않다.

## 10 노동자 문학 - 송영

카프 문학에서 노동자들의 문제는 송영과 한설야의 소설에 잘 나타나 있다.

송영은 프로 문학 운동을 하면서 카프 결성에 가담했으며, 일본에서의 노동자 체험을 바탕으로 작품을 썼다.

「용광로」(1926, 「개벽」)는 동경의 한 공장촌을 배경으로 시작한다.

××철공장의 용광로에 새로 들어온 김상덕은 일본에 일자리를 찾아온 조선인 노동자이다. 그가 소부르주아에서 각성된 노동자로 변해가는 과정을 그렸다. 조선인 노동자가 일본에서 겪는 민족적 차별대우와 임금감축에 대해 저항한다. 이 과정에서 계급적 각성을 하게 된다.

「용광로」는 노동자를 등장시켜 계급대립과 노사간의 모순을 고발했다. 그러나 저항의식은 개인적이었지, 착취에 대한 민족적 저항과 노동자들의 조직적 저항으로까지는 발전하지 못했다.

1927년에 발표한 「석공조합대표」에서는 노동조합문제를 그리고 있다.

송영은 우리 문학사에서 처음으로 노동자 소설을 쓰기 시작하였다. 그 이전에는 소작농민에 대한 관심이 대부분이었다. 그러나 1920년대 후반이 되면서 일본의 식민지 산업화 정책에 따라 조선에 노동자 계급이 본격적으로 성장하게 되었고 그 결과로 노동자 소설이 등장한다.

문학적으로 볼 때는 어떨까?

노동자 의식화를 관념적으로 강조하고 있지만, 계급적 모순을 소설에서 구체화시키지는 못했다. 이 점은 다른 작가도 마찬가지다. 이념이 강하게 드러날수록 미학적 형상화는 부족하다. 인물의 성격 창조에 생명력이 없거나 미학적 표현이 부족하다는 의미이다.

# 고향 마을이 없어지다 — 한설야

11

「과도기」에서 창선이는 간도로 이민을 갔다가 "놈들의 등쌀에 살수 없어" 다시 고향인 함경도 어촌 창리로 돌아온다.

## 과도기

창선이는 4년 만에 옛땅으로 돌아왔다. 돌아왔다느니보다 몰려서 왔다.

놈들의 등쌀에 간도에서도 살 수 없게 된 때에, 한낱 광명과 같이 생각되며 덮어놓고 발길이 향하여진 곳이 바로 예 살던 땅이었다.

그러나 밤을 타서 몰래 두만강 철얼음판을 기어 이 땅에 넘어 들어와 본즉 벌써 제서 생각하던 바와는 아주 딴판이었다.

고향은 알아볼 수 없게 변하였다. 변하였다기보다 홀랑 없어진 것 같았다. 그리고 그 대신 5리만큼씩 되어 보이는 긴 벽돌집, 얼기설기한 쇠사슬집, 쇠고깔을 뒤집어쓴 둥그런 검은 무쇠통집, 그리고 겹으로 된 철길이며 아슬아슬한 굴뚝들이 잔뜩 들어서 있었다.

"참 원 저 검은 게 다 뭐유?…… 아, 저쪽이 창리가 아니우?"

아낙은 설마 그래도 고향이 통째로 날아갔거나 영장이 되었으리라고는 믿지 않았다.

"아무래도 마을은 날아간 것 같아."

평바닥에는 고래등같이 커다란 공장들이 들어차 있다. 높다란 굴뚝들이 거만스럽게 우뚝우뚝 버티고 있다. 검푸른 공장복에다 진흙빛 감발을 친 중국 사람인지, 조선 사람인지, 일인인지 모를 눈에 서툰 사람들이 바쁘게 쏘다닌다.

흰옷 입은 사람 하나가 지나갔다. "창리요? 저 고개 너머 구룡리로 갔소, 벌써 언제라구……."

창리에 살던 사람들은 모두 구룡리로 이주를 해갔다.

소수레를 타고 아리랑을 부르면서 지나다니던 길에는 철도길이 해변까지 늘어져 있다. 소수레 위에서 구성지던 아리랑 소리가 끊어지고 웽웽거리는 부수레(기차) 소리가 아무래도 내 것, 내 소리가 아닌 딴청으로 울렸다.

창선이네는 대대로 내려오던 고기잡이를 하였으나, 점점 쪼들려서 하는 수 없이 정든 고향을 떠나 간도로 갔던 것이다. 그러나 그 곳에서도 살 수 없어 다시 고향을 찾아왔다.

고향 마을에 도착했으나 고향이 사라져버리고 낯선 곳이 펼쳐진다. "옛날 초가집은 사라지고 벽돌집과 높은 굴뚝이 있으며, 상투를 하고 흰 조선옷을 입은 사람들은 보이지 않고 검푸른 공장복을 입은 중국 사람인지 조선인인지 일인인지 모를 낯선 사람들이" 바쁘게 지나간다. 일인들이 고기잡이하며 살기 좋았던 창리 사람들을 속였다.

창선이는 저녁에야 형의 집을 찾았다. 어머니가 맞이했다. 어머니는 그 동안 있었던 일을 이야기해준다. 형은 마을 사람들과 공장 측에 항의하러 갔다.

일인들이 화학비료 공장을 세우려고 고향 사람들을 속였다. 구룡리를 제2의 인천항으로 만들어주겠다고 약속했다. 마을 사람들은 설비를 다 해주어야 이사하겠다고 했다. 그러자 공장측에서 마을 사람 하나씩 돈을 주어 이사시키는 수법을 썼다. "속은 사람들이 병신이지." 어머니는 한숨을 쉬었다. 결국 고향 사람들을 구룡리로 이주시켰다. 일인들은 구룡리에 제2의 인천항을 세워 고기잡이를 할 수 있게 해준다던 약속을 지키지 않았다.

구룡리는 고기잡이를 할 만한 곳이 아니다. 고향 사람들은 벌어 먹을 생업을 잃었다. 고향 사람들은 상투를 자르고, 고기잡이가 아닌 비료공장의 노동자로 변했다.

조선에 가면 아무 일이라도 하려 했으나, 아무 일도 없었다.

창선이는 대대로 해온 고기잡이도 농사일도 할 것이 없었다. 손에 익은 일이 아닌 낯선 새 일이 손짓하고 있었다. 과도기의 공포와 비애가 무시로 가슴을 쑤시었다.

결국 창선이는 상투를 자르고, 공장복을 입고, 콘크리트 반죽하는 '생소한 사람'이 되었다.

「과도기」는 문학적으로도 이념적으로도 잘 씌어진 작품이다. 한설야는 만년설이라는 필명으로 「과도기」(1927, 「조선지광」)를 발표하였다. 「과도기」는 함흥의 질소비료 공장 건립 문제를 다루고 있다. 일제 강점기에 일제의 자본이 침투하여 식민지 조선의 농촌과 어촌을 공업화시키는 과정을 그리고 있다. 일제의 자본 침투로 조선의 농촌이 어떻게 변하고 있을까?

「과도기」에서는 "고향 땅이 파괴당하고 있는 것을 아리랑 노래소리 대신에 기차소리로", "고향의 농민들이 변하여 노동자로 되었듯이, 고향 처녀들도 요릿집으로 팔려간다는 것이다." 고향이 변하는 모습을 소리와 옷차림으로 형상화하고 있다. 조선인이 흰옷을 벗고 일본인처럼 각반을 치고 노동자로 변한다. 고향의 노래 아리랑 소리는 사라졌다. 「과도기」는 조선의 1920년대 현실을 극명하게 보여준다.

당시 일제는 본격적으로 식민지 산업화 정책을 추진했다. 따라서 조선의 농촌은 피폐해지고 농민은 노동자로 전락하게 된다. 1929년 세계 대공황이 일어나자 그 영향은 곧 일본에 미쳤으며, 이에 따라 조선 땅에서 일제의 수탈은 더욱 극에 달한다.

이러한 현상이 「과도기」와 「씨름」에서 그려진다. 조선옷을 벗고 공장복을 입은 생소한 사람으로 변한 창선이는 「씨름」에서는 명호라는 인물로 그려진다. 「과도기」의 속편으로 「새벽」이 발표되나 검열에서 전부 삭제되는 바람에 「씨름」(1929, 「조선지광」)이 「과도기」의 속편이 된다. 농민이었던 명호는 식민지 산업화로 노동자가 된다. 명호를 통해 노동자의 각성과 노동문제를 다루고 있다.

소설은 씨름판에 구경꾼들이 모여드는 장면에서 시작한다. 요시다(조선인이면서 일본 이름을 쓰는 노가다 두목)도 꼼짝 못한다는 창리 출신 노동자로 제일 힘이 센 명호에게 관심이 집중된다. 명호는 씨름을 해서 농민들의 관심을 모으려 한다. 농민들이 소작조합에 관심을 갖도록 하기 위해서이다. 명호는 노동회를 조직하고, 또 농민의 투쟁을 도우려고 한다. 농민회를 소작조합으로 발전시켜 소작권 문제를 해결하려 한다. 요시다의 부하들이 씨름판에서 트집을 잡는 등 우여곡절 끝에 결국 요시다와 화해하여 단합한다. 요시다는 일본식이 아닌 본래의 이름인 화춘이로 노동회에 가입한다. 명호가 중심이 되어 소작농민과 노동자를 의식화하여 단결한다.

한설야는 1901년 함경남도에서 태어났다. 아버지는 조선시대 말기에 군수를 지낸 지주였다. 부유한 집안 출신인 한설야는 중학생때 영화광이었다. 한설야는 1925년 이광수의 추천으로 「조선문단」에 「그날 밤」을 발표하면서 등장한다. 그러나 곧 카프에 가담하며, 이광수 문학을 부르주아 문학이라 비판하는 평론을 「조선지광」에 발표한다. 그 외에 「계급문학에 관하여」 등의 평론을 썼다.

한설야는 만주의 동북 무순 탄광에서 노동생활을 하면서 사회주의 의식을 확고히 한다. 나중에 카프의 맹원으로 검거되었으며, 1943년 하와이에 있는 이승만의 조선독립방송을 듣고 그 소식을 전했다는 이유로 다시 체포되었다. 해방 후 월북했다.

북한으로 간 그는 조선작가동맹 위원장 등으로 활동하며 「대동강」(1954), 「설봉산」(1956) 등을 발표했다. 김일성의 항일무장투쟁을 다룬 「역사」(1958)를 써서 인민상을 받았으나, 1962년 숙청당한다.

# 12

# 「김강사와 T교수」 – 유진오

유진오는 이효석과 함께 카프파로부터 인정받은 동반작가이다. 「갑수의 연애」(1927, 「현대공론」), 「5월의 구직자」(1929, 「조선지광」), 「첫경험」(1931, 「동광」), 「여직공」(1931, 「조선일보」), 「김강사와 T교수」(1935, 「신동아」), 「창랑정기」(1938, 「동아일보」) 등이 그의 작품들이다.

「여직공」은 노동자 소설이다.

경제공황을 평계로 직공들의 삯전을 깎았는데, 또 삯전을 깎는다는 소문이 돈다. 감독은 여공인 옥주를 불러 가정의 어려움을 위로하며 금일봉을 주고는, 근주의 동태를 알리라고 한다. 옥주는 여공근주의 집에 놀러 갔다가 그 곳에서 근주의 남편 강훈을 중심으로의식화된 여공들이 모여 공부하는 것을 본다.

회사측이 공원들을 감시하고 탄압하며 매수하려는 것을 알고 옥주는 갈등을 느낀다. 평범한 여성 노동자였던 옥주는 눈을 뜨게 된다. 옥주를 중심으로 자본가와 노동자, 양쪽의 세계가 선명하게 드러난다. 자본가들은 노동자들을 착취하고 감시한다. 그것에 대항하여 노동자들은 조직적으로 단결하여 투쟁한다. 이렇게 이 소설은 노사간의 대립과 투쟁을 그리고 있다.

평범한 여공이 노동자의 현실에 눈을 뜨고 계급의 문제를 각성하게 되는 것이 주제이다. 노동자의 의식화를 그리고 있다.

「밤중에 거니는 자」는 동맹파업 중, 사장과 내통한 배신자와 싸우는 남자 공원의 이야기이다.

「여직공」과 「밤중에 거니는 자」는 동반자 문학이다.

동반자 문학이란 카프파의 일원으로 가입하지는 않았지만 무산계급 의식에 동조하는 작품을 말한다.


「김강사와 T교수」는 현실에 갈등하는 지식인의 모습을 그렸다.

### 김강사와 T교수

문학사 김만필은 동경 제국대학 독일문학과를 우수한 성적으로 졸업하였다. 그러나 졸업 후 일 년 반 동안이나 실직자의 고통을 겪었다. 드디어 S전문대에 강사로 취직한다. 조선인으로는 처음이라고 한다. 김 강사는 생전 처음 서보는 교단이라 열심히 공부를 한다.

학교에서 만난 T교수는 별별 고약한 학생도 있으니 주의하라고 말해준다.

며칠 후 취직을 소개해준 H교수에게 인사를 하러 갔다. 거기서 선물을 들고 오는 T교수를 만났다.

두 사람은 H교수 댁을 나와 찻집에 들어갔다. T교수는 김 강사가 대학 시절 신문에 발표한 논문을 읽었다는 말을 한다. 김 강사는 속으로 뜨끔하였다. 「독일 신흥작가 군상」이라는 논문은 좌익 작가의 활동을 소개한 것이다. 이러한 사실은 S전문대의 강사 자리를 지키기 위해서는 비밀이어야 하는 것이다. T교수가 일부러 칭찬을 하는 것이 불안하였다. 도리어 위협으로 들리었다. 김 강사는 T교수를 멀리하였다.

어느 날 수업하러 들어가다가 T교수를 만났더니, "내가 선물상자를 들고 가는 것을 보았지요. 세상이란 다 그런 것입니다. 우리 교장도 그런 것을 대단히 생각하는 사람입니다. 연말이 되었으니 한번 찾아가보십시오"라고 일러준다.

김 강사는 서양 과자를 한 상자 사서 자기의 명함을 붙였다. 그러나 그의 마음속에서는 두 가지 의견이 싸우고 있었다. 도저히 이것만은 할 수 없다, 먹고살기 위해서는 해야 된다. 결국 교장 집까지는 갈 수 없었다.

T교수가 찾아왔다. 왜 교장한테 인사를 가지 않았느냐, H과장의 소개로 들어왔으면서, 요즈음 왜 H과장도 찾아가지 않느냐며 충고를 한다.

김 강사가 H과장 집을 찾아갔다. 마침 손님이 있는 듯했다. H과장은 김 강사를 보더니 화를 내었다. "자네가 나한테 와서 취직을 청할 때는 무어라고 했지. 사상 방면에는 절대로 관계가 없다고 그랬지. 그렇게 깜쪽같이 속이는 데가 어디 있나." 김 강사는 올 것이 왔구나 하고 생각하면서도, 한번 버티어보는 수밖에 없었다. "무슨 말씀인지 저는 잘 모르겠습니다. 과장님을 속이다니요. 천만의 말씀입니다."

그 때 방문이 열리며 T교수가 들어왔다.


지식인의 양심 문제를 다루고 있다. 일제 강점기에 지식인들은 현실에 어떻게 대응하고 있었을까?

세 가지 양상으로 나타난다. 첫째, 일제에 동조하여 일제의 앞잡이가 되었다. 둘째, 현실에서 도피한다. 셋째, 현실에 좌절하고 취직을 못한 실직자가 되었다. 일제 강점기에 실직한 지식인들의 모습은 채만식의 소설에서도 잘 나타난다.

「김강사와 T교수」는 김 강사라는 지식인을 주 인물로 하고 있다. 김 강사는 자기의 과거 경력, 좌익 문학 활동을 한 것을 감추려고 했다. 생활을 위해 현실과 어느 정도 타협을 하려고 한 것이다. 그러나 윗사람들에게 아부를 해야 하는데 차마 그렇게 못한다. 그래서 갈등을 느낀다. 그러나 결국 그는 현실의 비리에 동조할 수는 없다는 쪽으로 기운다.

현실의 모순에 갈등하는 지식인을 그리고 있다.

1920, 30년대 일제 강점기의 현실에서 무력하기 짝이 없던 당시 지식인들과 작가들의 고민을 알 수 있다. 이러한 좌절감이 바로 유진오의 좌절감일 수도 있다. 현실에 적극적으로 대항할 수도 없는 좌절감이 그의 문학세계를 변모시켰다고 본다. 유진오는 초기에 동반자 작가로서 활동하다가 후에는 문학세계가 변하여, 「창랑정기」와 같은 감상적 작품을 쓴다. 그 중간적 성격의 작품이 「김강사와 T교수」이다. 김 강사는 현실과 타협하면서 갈등을 느끼는 지식인의 모습을 그렸으나, 「창랑정기」는 초기의 작품과는 전혀 다른 경향이다.

「창랑정기」는 아름답고 애잔한 느낌을 준다. 작가는 창랑정에서 놀던 어린 시절을 회상한다.

어린 시절 보았던 창랑정은 점점 퇴락하여 옛 모습은 보이지 않는다. 그 집에 살던 서강대신은 세상을 떠났고, 그 아들은 재산을 탕진하고 몰락하여 시골로 내려갔다. 창랑정에 향수를 지닌 '나'가 서술자이다. '나'가 회상하고 있기 때문에 사건의 갈등은 약화되고, 회고적이고 감상적이다.

「창랑정기」보다는 「여직공」, 「김강사와 T교수」 등이 유진오의 문학세계를 더 확실하게 보여준다. 그러나 「여직공」에서 「김강사와 T교수」, 그리고 「창랑정기」로 그의 세계는 변할 수밖에 없었다. 식민지 지식인의 한계 때문이다. 결국 그는 현실의 모순을 의식하고 투쟁하는 무산계급의 문제에서, 지식인의 현실에의 순응과 갈등, 그리고 유산계급의 영화로운 삶을 추억하는 과거에의 향수로 변하면서 현실로부터 멀어지고 결국 문학으로부터 멀어지게 된다.

유진오는 교육의 길을 택하게 된다. 유진오는 1906년에 태어나 1987년에 죽었다. 호는 현민이다. 경성제대 법문학부를 졸업하였다. 헌법기초위원, 보성전문학교 강사를 거쳐 법과 과장, 그리고 고려대학교 총장을 지냈다.

# 13

# 「백치 아다다」 — 계용묵

계용묵은 1904년 평안북도 선천에서 태어났다.

그의 할아버지는 참봉 벼슬을 지낸 분으로 전통적인 인습에 젖어 있었다. 할아버지는 신학문 공부를 반대하였다. 그래서 계용묵의 아버지는 공부하려고 몰래 평양으로 도망갔다. 그러나 할아버지는 그의 아버지를 붙잡아왔다. 뿐만 아니라 손자인 계용묵이 몰래 서울 휘문고보로 공부하러 갔을 때도 또 붙잡아왔다.

할아버지는 집에 선생님을 모셔다 계용묵에게 한학을 공부시켰다. 계용묵은 몰래 문학공부를 하고 있다가, 겨우 어른들의 허락을 받고 1928년 동경으로 가서 철학과에 입학할 수 있었다. 그러나 논밭을 팔아 학비를 대었는데 집안이 파산하여 학업을 중단할 수밖에 없었다. 고향으로 돌아온 계용묵은 공부를 계속하지 못한 것을 안타까워했다.

계용묵은 보통학교를 졸업하기 전에 당시의 풍습대로 결혼을 하였다. 만 14세의 어린 신랑은 결혼이 뭔지도 모르고 기차를 처음 타보는 것만을 좋아했다. 동갑내기의 신부는 학교에 다니지 않은 구식 여성이었다. 당시 신학문을 한 지식인들이 구식 부인을 버리고 신식 여성과 사귀는 일이 흔히 있었지만, 그는 구식 여성과 평탄한 결혼생활을 하였다.

그의 평범한 생애에 비해 작품세계는 특이한 인물들이 등장한다.

그는 보통학교 시절부터 습작을 하다가 졸업 직후 시를 발표하였다. 그러다가 1927년 「최서방」이 『조선문단』에 당선되면서 소설가로서의 길을 걷는다. 그를 유명하게 한 작품은 「백치 아다다」(1935)이다.

초기 작품인 「최서방」(1927, 『조선문단』), 「인두지주」(1928, 『조선지광』) 등은 경향적인 사회의식이 나타난다. 그러나 「백치 아다다」(1935, 『조선문단』)를 발표한 후에는 인생파 작가로 불렸다.

「신사 허재비」(1936), 「캉가루의 조상이」(1939), 「병풍에 그린 닭이」(1943), 그리고 해방 후에 「별을 헨다」를 발표한다. 「별을 헨다」에서 월남한 주인공은 잠을 잘 집 한 칸 없어 판잣집을 짓고 하늘의 별을 지붕삼아 살아야 했다. 해방 후 월남한 사람 중에 약삭빠른 친구는 적산가옥을 불하받아 여러 채의 집을 지녔는데, 주인공은 순수한 인물이다. 이런 해방 후의 세태를 풍자한 작품이 「별을 헨다」이다.

「인두지주」에서 인두는 사람 머리, 지주는 거미라는 뜻이다.

### 인두지주

산업박람회가 열리었다. 많은 사람들이 모여들었다. 이런 대목을 보려고 다른 장사꾼들도 모여든다. 경수는 지게를 지고 무슨 벌이가 없을까 하고 광장을 돌고 있었다. 그 때 "자 구경하시오! 오 전씩. 남양 인도산 사람거미— 사람 대가리에 거미 몸뚱이란 이상한 짐승이올시다……"라고 외치고 있다. 가마니로 가린 골목 안에서 구경하고 나오는 사람들이 "세상에 별 괴상한 것도 다 보겠군!"하고 중얼거린다.

경수는 망설이다가 들어가본다. 과연 사람거미였다. 그것도 미남자였다. 단풍이 물들기 시작하는 나뭇가지에 매달려 있다. 사람들은 가까이 보려고 다가간다. 사람들은 말을 시켜보기도 했다.

경수는 아무리 보아도 이상한 괴물의 정체가 궁금하였다. 사람이 거미의 탈을 썼다면 두 다리는 어디로 갔을까?

인두지주는 경수를 보더니 안타까운 표정으로 변하였다. 그러더니 눈물을 흘렸다. 이 때 밖에서 프로펠러 소리가 요란히 나자, 사람들은 비행기를 구경하러 모두 밖으로 나갔다. 경수도 비행기를 보고 싶었으나, 괴물이 경수를 보고 눈물을 흘리는 것이 아무래도 이상하였다.

사람들이 다 나가자 괴물은 "경…… 경수!" 한다. 경수는 별안간 자기의 이름을 부르는 소리에 소스라쳐 놀랐다.

주인이 괴물을 들어 땅에 내렸다. 거미껍질을 벗으니 두 다리가 엉덩이까지 잘라진 사람이었다. "아— 경수— 그래도 나를 몰라보겠나…… 나는 창……" 하며 경수의 손을 잡는다.

어렸을 적 친구 창오였다. 삼사 년째 소식이 없어 죽은 줄만 알았던 창오였다.

경수와 창오는 한동네서 자랐고, 가난한 소작인이었다. 그들이 부치던 땅이 ○○으로 넘어가는 바람에 하루아침에 밥줄이 끊어지고 말았다. 그들은 굶어죽지 않으려고 함께 돈벌이를 찾아 떠났다.

○○에서 ○○로 정처 없이 다녔다. 그들은 ○○에서 걸인처럼 방랑하다가 관 ○○통에 풍지박산이 되어 헤어졌다.

경수는 간신히 고국으로 돌아왔다.

창오는 ○○탄광에서 일을 하다가 탄광이 무너지는 바람에 그만 아랫도리를 치었다. 병원에서 썩어가는 두 다리를 자르고 위로금 한푼 못 받고 빈손으로 내던져졌다. 걸인으로 떠돌다가 거미탈을 쓰고 돈벌이를 한다고 했다.

경수는 그를 데려갈 집이 없음을 슬퍼하였다.

"나도 자네와 같이 사고무친한 나 한몸이 남아 정처 없이 돌아다니는 중일세. 그러나 나는 여기 온 뒤로는 고독을 느끼지 않게 되었네— 하루하루 품팔이해서 살기는 사네만 나 같은 우리……에는 수백 명의 건장한 동무가 있으므로 그들과 함께……배우는 것이 나의 지금 통쾌한 생활일세. 그러면 자네도 나하고 같이 가세."

창오는 경수네들이 있는 곳으로 찾아가기로 한다.

이 소설의 뒷부분, 생략된 글 속에는 무산계층 노동자들의 단체에 경수가 소속되어 있음을 암시하고 있다.

이 소설은 두 가지 점에서 주목하여야 한다.

먼저 일제 강점기에 농토를 빼앗긴 사람들이 어떻게 살아가고 있었는가를 말해주고 있다. 창오와 경수는 일제에 소작농토를 빼앗긴 사람들이다. 그들은 고향을 떠나 떠돌이 노동자들이 되었다. 일거리를 찾아 떠도는 유랑인이 되었다. 현진건의 「고향」에서처럼 여기저기 떠도는 노동자들이 된 것이다.

불구자가 된 창오는 일제 강점기에 농토를 빼앗긴 농민들의 모습을 구체적으로 드러낸다. 고향 상실은 「고향」에서는 세 나라의 옷을 입은 떠돌이 노동자로, 「인두지주」에서는 불구자가 된 모습으로 나타난다. 땅을 빼앗긴 것은 육체를 상실한 것이나 마찬가지이기 때문이다.

또 하나는 무산계층인 노동자의 삶을 그리고 있다.

농토를 빼앗긴 농민들은 떠돌이 노동자가 될 수밖에 없었다. 고향 땅을 잃고 일본에서 막노동을 하며 살아가야 했다. 더구나 탄광이 무너져 사고를 당하였는데도 보상금 한푼 받지 못하였다. 이것은 조선 노동자들이 일본에서 어떤 착취를 당했는지 말해주고 있다. 육체로 벌어먹고 살아야 하는 노동자가 불구가 되었을 때, 살아갈 길은 없다. 조명희의 「한 여름밤」에서처럼 거지로 전락하게 되는 것이다. 불구가 된 창오는 거미의 탈을 쓰고 거미 노릇을 하며 입에 풀칠을 할 수밖에 없는 현실이다. 내일을 기약할 수 없는 이들에게 무산계급 집단은 위안이 되는 친구들이며 동지이다. 혼자인 경수, 품팔이하는 노동자 경수는 무산계급의 동무들과 함께 하는 생활에서 고독을 느끼지 않아도 된다고 말한다. 결말에서 무산계급의 집단생활을 암시하고 있다.

계용묵의 초기 작품은 신경향파적 사회의식을 보여주고 있다.

「백치 아다다」는 아다다라는 소리밖에 하지 못하는 벙어리를 소재로 한 소설이다.

## 백치 아다다

질그릇이 땅에 부딪치는 소리가 났다고 들렸는데 마당에는 아무도 없다. 부엌에 쥐가 들었나? 샛문을 열어보려니까, "아 아 아이 아아……" 하는 소리가 뒤란 곁으로 들려온다. 샛문을 열려던 박씨는 뒷문을 밀었다. 아다다가 납작하니 엎어져 두 다리만 버지적거리고 있다. 깨어진 동이 조각들은 너저분하게 된장 속에 묻혔다.

"아이구테나! 이년이 동이를 또 잡았구나! 이년아 너더러 된장을 푸래든! 푸래?"

어머니는 딸이 어딘가를 다쳤는지 하는 동정심보다 깨어진 동이만 아깝게 보였다. 아다다는 용서를 빌려고 하는 말이 아다다 소리만 연거푸 나왔다.

"이년까타나 끝이 세누나! 시켠엘 못 가갔음은 오늘은 어드메든지 나가서 뒈디고 말아라, 이년아!"

어머니는 벙어리가 독을 깼다고 때리면서 시집으로 가든지 죽든지 하라며 내쫓는다.

아다다는 시집을 갔다가 쫓겨왔다. 목구멍에 풀칠도 못하는 시집에서는 먹여줄 지참금을 가지고 온다기에 벙어리지만 귀가 번쩍 띄어 혼사를 시켰다. 지참금을 가지고 간 아다다는 시집 식구의 사랑도 받았다. 그러나 지참금으로 가지고 간 논이 불어나서 생활의 여유가 생기자, 남편은 벙어리 아내가 미웠다. 남편은 추수한 돈을 가지고 집을 나갔다. 그 돈은 주색으로 탕진했으나 투기로 큰 돈을 벌었다. 돈을 번 남편은 마음에 드는 여자를 데리고 와서 새집을 짓고 살았다.

아다다는 남편에게 구박을 받고 시집에서 쫓겨났다.

시집으로 갈 수는 없었다. 남편의 매가 두렵기 때문이다. 집으로 들어갈 수도 없다. 어머니의 매도 견디기 어려웠다.

아무리 해도 수룡이 집밖에 찾아갈 곳이 없었다. 수룡이는 아이들이 놀리면 그러지 못하게 말려준다. 수룡이는 벌써부터 아다다를 꾀어왔다. 수룡이는 아내를 얻으려면 십여 년 동안 품을 팔아 모은 돈이 없어지기 때문이다. 아다다를 데려오면 그 돈이 남는다.

"너 또 울었구나." 수룡이는 따뜻이 맞았다. 그 날 밤을 수룡이 집에서 자고 난 아다다는 이 세상에서 더 없는 행복을 느꼈다. 아다다와 수룡이는 아버지와 동네 사람을 피하여 신미도라는 섬으로 갔다.

수룡이는 품안에 숨겨놓은 돈을 보이면서 농사 지을 땅을 사자고 했다. 돈을 보면 좋아할 줄 알았는데 아다다는 기쁜 빛이 없었다. 아다다는 꿈꾸어오던 행복이 여지없이 깨지는 것 같았다. 돈 때문에 남편에게서 쫓겨났는데, 한푼 없는 알몸인 줄 알았던 수룡이에게 그 많은 돈이 있을 줄 몰랐다. 돈은 장차 행복을 가져다 주기보다 몽둥이를 가져다 주고, 불행의 씨를 심는 것 같았다.

이튿날, 아다다는 돈을 가지고 바다로 갔다. 일 원짜리 오 원짜리 돈을 모두 바다물결 위로 뿌리었다. 돈은 물결에 잠겼다 솟구쳤다

한다. 수롱이가 헐떡이며 달려왔다.

"아다다야! 너 돈 돈 안 건새핸?"

수롱이는 바다에 뜬 돈을 보았다. 수롱이는 첨버덩 물 속으로 뛰어들었다. 그러나 돈은 깊은 물결 속으로 흘러갔다. 수롱이는 아다다가 벌벌 떨고 있는 언덕 위로 달려와서 사정없이 발길로 찼다. 아다다는 언덕에서 굴러 물 속에 잠긴다.

짝을 찾아 도는 갈매기 떼들은 눈물겨운 처참한 인생의 비극이 여기에 일어난 줄도 모르고 '끼약끼약' 하며 흥겨운 춤을 훨훨 추며 날아다니는 깃치는 소리를 낸다.

'아다다'는 벙어리라 아다다 소리밖에 하지 못한다.

이 소설의 시작과 끝은 소리가 있다. 질그릇 깨지는 소리와 갈매기 소리이다. 말을 제대로 하지 못하는 아다다가 독을 깨서 내는 소리와 아다다가 죽은 후 죽음의 침묵을 장식하는 '끼약끼약' 하는 갈매기 소리이다.

이 소설의 제목이 되는 '아다다'는 무엇을 암시하는가?

인물의 이름은, 그 인물의 성격을 드러내기 위해서, 또는 상황이나 주제를 암시하기 위해서 명명(命名)하기도 한다. 여기서 '아다다'는 이름이 아니다. 아다다는 확실이라는 이름이 있지만 동네 사람이나 부모도 아다다라고 부른다. 이름이 아닌 별칭 아다다로 불리는 것은 정상적인 인간 대우를 받지 못하고 있다는 것을 나타낸다. 벙어리이기 때문에 '아다다'라고 무시당한다. 아다다는 육체적으로는 불구이지만 완전한 사람보다 더 순수한 인간성을 지니고 있음을 드러내기 위해서 선택한 이름이다.

인물들의 관계를 보자.

먼저 아다다와 어머니 사이는 사랑과 이해의 관계가 아니다. 인간적 관계로 맺어지지 않았다. 아다다는 열심히 일을 하려고 하지만 자꾸 실수를 하여 어머니에게 매를 맞는다. 벙어리 딸은 어머니에게 까지도 귀찮은 존재이다. 가장 이해해주고 사랑해줘야 할 어머니로 부터도 인간적 대우를 받지 못한다.

아다다와 남편의 관계는 사랑이 아닌 돈으로 맺어진 관계이다.

남편은 지참금을 가지고 온 아다다를 처음에는 반겼으나 생활의 여유가 생기면서 병신 아내를 구박한다. 남편은 새집을 짓고, 새 아내를 선택한다.

아다다와 수룡이의 관계는 어떤가?

역시 순수한 사랑으로 맺어진 관계가 아니라, 수룡이는 아내를 사오는 돈을 아끼기 위해서 아다다를 선택한다. 그러나 아다다는 순수한 마음을 지녔다. 물질보다도 더 중요한 사랑을 알고 있다. 돈 때문에 남편으로부터 버림을 받은 아다다는 돈이 행복의 수단이 아니라 불행의 씨앗이라고 생각한다.

이 소설의 절정을 이루는 부분은 돈을 바다에 버리는 행위이다. 돈은 무엇일까? 남편이나 수룡이는 돈이 즉 행복이라고 믿는다. 돈은 생활의 안정을 마련해주는 도구이기 때문에 수룡이는 돈을 소중히 간직한다. 그러나 아다다는 돈은 행복의 장애물이라 생각한다. 돈을 버리는 행위를 통하여 우리는 아다다의 무지할 정도로 순수한 마음에 감동을 받는다. 황금만능을 추구하는 현실에서 순수한 마음을 간직하고 있는 여인상이 아다다이다.

김동인의 「감자」와 계용묵의 「백치 아다다」를 보면, 당시 돈을 주고 아내를 사오는 풍습이 있었음을 알 수 있다. 또 여자가 지참금을 가지고 시집을 가는 인습도 있었다는 것이 나타난다.

나도향의 '벙어리 삼룡이'와 계용묵의 '백치 아다다'는 무지하지만 순수한 정신을 간직하고 있는 인물들이다. '벙어리 삼룡이'는 어린 주인에게서, '백치 아다다'는 남편으로부터 구박을 받고 쫓겨난다. 삼룡이는 개보다 못한 대우를 받으며, 아다다는 깨진 항아리만도 못한 귀찮은 존재로 취급된다. 누가 인간적인 인간인가? 인간 이상의 존재와 인간 이하의 존재가 있을 수 있을까? 나도향은 개같이 충실한 머슴을, 계용묵은 백치인 벙어리 여성을 등장시켜 인간이 인간을 천대하며 비인간화시키는 모습을 그리고 있다. 하지만 이들이야말로 어느 누구보다도 아름답고 순수한 인간성을 지니고 있다.

「마부」에서 마부는 매일매일 번 돈을 주인에게 맡긴다.
"님잰 글을 모르니 머리 속에 단단히 치부를 해두어야 하느니."
하지만 속으로는 용팔이가 너무도 똑똑히 기억하는 것을 탄식한다. 주인 초시는 결혼시켜준다는 핑계로 돈을 주지 않으려는 계책을 꾸민다. 결혼비용에 돈을 다 써버렸다고 말하려고 한다. 마부를 종의 딸 삼월이에게 장가를 들이려 한다. 그런데 그 삼월이는 너무 이쁘고 애교가 있었다. 용팔이는 그런 이쁜 여자를 믿지 않았다. 삼월이에게 장가가지 않겠다고 했으나 주인이 장가갈 날을 받아놓자, 마부 용팔이는 맡긴 돈을 달라고 조른다. 주인은 돈을 주지 않았다. 장가갈 날은 다가오고, 주인 초시에게 맡긴 돈을 찾을 길은 없었다. 마침 초시가 벼를 판다. 그 날 밤, 사랑에서 주인과 잠을 자던 마부는 돈을 가지고 나온다. 마부 용팔이는 주인에게 맡긴 돈을 갖고 나머지 돈을 돌려주려 했으나 그럴 사이도 없이 순사가 와서 잡아간다. 용팔이는 무엇이 죄인지를 똑똑히 분간할 수도 없었다.
누가 돈을 훔친 사람인가?
무지할 정도로 순수한 용팔이는 믿었던 초시에게 당한다. 돈을 빼앗으려는 욕심을 가진 추악한 부자와 무지하고 순수한 마부를 대조시키고 있다. 착취당하는 하층민의 삶을 그리고 있다.

「캉가루의 조상이」는 「백치 아다다」처럼 신체적 불구자가 주 인물이다. 아다다는 신체적 결함을 지닌 백치같이 무지하고 순수한

인물이지만, 「캉가루의 조상이」의 정문보는 애꾸눈에 지적인 작가
이다.

무엇이 '캉가루의 조상'일까? 사람이다. 사람이 어떻게 캉가루의
조상일 수 있을까?

### 캉가루의 조상이

정문보의 집안은 대대손손 병신들만이 있었다. 그래서 정문보는
자손을 낳아 병신의 불행한 삶을 살게 하기보다 결혼을 하지 않겠다
고 결심한다. 정문보는 불구자의 이상한 성격이 지어낸 독특한 인생
관을 보이는 작품을 써서 모든 평자와 독자로부터 비난을 받는다.
한 여인만이 그의 작품을 이해한다. 둘은 사랑하며 동거한다. 정문
보는 후손을 낳지 않겠다는 결심과 여인을 사랑하는 마음, 이 상반
되는 상황이 고통스럽다.

또 하나 정문보는 특이한 인류관을 지니고 있다. 정문보의 인류
관에 의하면 인류의 후손은 캉가루라는 것이다. 유전의 법칙에 의해
인류 다음에 올 고등동물은 캉가루이다. 인간은 장차 인류의 문화를
캉가루에게 이양하게 된다. 인류의 문화를 이어받은 캉가루는 문화
를 찬란하게 빛낼 것이다. 캉가루의 문화를 빛나게 하느니 차라리
인류의 자손을 낳지 않아야 한다고 주장한다.

여자와의 관계를 끊어서 인류의 문화를 단절시켜야 한다. 인류가
단절되어야만 캉가루에게 문화를 이어주지 않게 된다고 생각한다.

병신을 낳지 않겠다는 것과 캉가루에게 문화를 남겨주지 않아야
한다는 것 때문에 고민한다. 죽음만이 이 두 가지를 해결할 수 있다
고 생각한다. 사랑하는 여자에게 같이 죽자고 하지만 거절당한다.

정문보는 죽으려고 집을 나온다. 거리에는 겉은 온전하지만 속은
병신인 사람들로 가득 찬 것을 보았다. 왜? 겉이 병신인 자기는
죽으려 하고, 속이 병신인 거리의 사람들은 살아야 하는가. 그래서

정문보는 병신이지만, 자기가 온전한 사람의 마음을 고쳐줘야 한다고 생각하며 죽으려던 마음을 바꾼다. 정문보는 서울을 떠나 평양으로 가는 기차를 탄다.

정문보는 특이한 인물이다. 신체적으로 이상자일 뿐 아니라 이상한 관념세계에 빠진 인물이다. 다른 사람들은 정문보의 작품을 이해하지 못한다. 이상성격의 작가가 쓴 이상한 작품은 독자들로부터 비난을 받는다. 정문보는 현실로부터 소외된 인물이다. 정문보가 현실세계의 일상적 관념의 틀을 파괴하고 있기 때문이다. 그렇다면 정문보는 정신이상자일까? 왜 계용묵은 정신이상자의 궤변을 그리고 있을까?

계용묵은 신체적으로 불구인 인물의 이상한 정신세계를 통해 반대로 현실세계의 불구성을 비판하고 있다.

「캉가루의 조상이」에서는 유전의 법칙도 이상한 이론으로 전개된다. 유전의 법칙은 두 개의 측면에서 전개된다.

하나는 자신의 집안의 유전적 현상이다. 그의 집안은 대대로 불구자가 탄생한다는 것이다. 그의 선조들이 전부 병신들이었고, 자신도 애꾸눈이다. 자신이 아이를 낳으면 또 병신을 낳을 것이라는 생각에 결혼을 하지 않으려 한다. 자신의 후손에게 불행한 삶을 살게 할 수 없다는 생각인데, 정문보는 한 여인을 사랑하게 되면서 고민한다.

두번째는 인류의 유전의 법칙이다. 인류는 진화하여 고등동물인 캉가루가 된다는 것이다. 인류의 후손인 캉가루는 인간의 문화를 더욱 발전시킬 것이다. 인간의 문화를 단절시킬 것인가, 인간의 문화를 캉가루에게 전해줄 것인가, 정문보는 이것이 고민이다. 그는 여자와의 관계를 끊어서 인류의 문화를 단절시키는 것이 옳다고 주장한다.

정문보가 주장하는 유전의 법칙은 과학적 이론으로 판단해서는 안 된다. 걸리버가 소인의 나라, 거인의 나라를 가지만 실제로 그러한 소인과 거인이 있는 것이 아니다. 작가는 과학적으로 불합리한 사실을 문학적으로 형상화하였다.

정문보가 이상한 유전의 법칙을 논리적으로 주장하는 것도 우리의 과학적 관념의 틀을 부수는 것이다. 과학을 우상으로 섬기는 것을 비판하고 있는 것이다.

계용묵의 문학세계는 신체적 불구자 또는 약자, 현실에서 소외된 자를 등장시켜 현실의 모순을 폭로한다.

「마부」, 「최서방」, 「인두지주」 등 초기에는 경향파적인 작품을 썼다. 그러나 「백치 아다다」를 쓰면서 예술성을 중시하는 인생파 문학으로 바뀐다. 그 밖에 「병풍에 그린 닭이」, 「신사 허재비」, 「별을 헨다」 등이 있다.

# 「사랑 손님과 어머니」 - 주요섭

주요섭의 초기 작품들은 신경향파의 문학이다. 「인력거꾼」과 「살인」이 초기 작품이다.

「인력거꾼」을 살펴보자.

### 인력거꾼

밤 새로 두 시에야 잠자리에 누웠던 아찡은 날이 밝기도 전에 졸음이 오는 눈을 비비며 일어났다. 잠자던 거리가 깨기 시작하는 때였다. 상해 시가의 이백만 백성이 하룻밤 동안 싸놓은 배설물을 실어내가는 구르마들이 요란한 소리를 내며 달려간다.

벌써 많은 인력거꾼들이 창고 속의 인력거를 끌고 나온다. 아찡은 인력거를 끌고 나오며 어제 밤의 꿈이 좋지 않았다고 뚱뚱이 인력거꾼에게 말한다. 정거장으로 갔다. 젊은 사내 하나가 여인들에게 짐을 맡기고 인력거를 부르려 한다. 네다섯 인력거꾼들이 젊은이를 에워쌌다. 젊은이는 어릿어릿하다가 상해 말이 아닌 사투리로 여관까지 얼마냐고 물었다. "촌놈이다. 상해말도 할 줄 모른다."

한 인력거꾼이 말했다. 그들은 시골뜨기를 골려먹으려고 했다. 정가의 네 배인 40전을 받기로 했다. 아쩡도 그들을 태우고 달렸다. 이게 웬 떡이냐! 꿈에 신수가 나쁘더니, 꿈과 반대로 정말은 좋은 법인가 보다.

그 날은 운이 좋았다. 미국 해군 하나를 팔레스 호텔까지 태우고 많은 돈을 받았다. 아쩡은 떡을 사서 찬물에 목을 축이며 먹었다. 호텔 문지기 인도인이 "인력거꾼"하고 부르는 소리에 달려가려고 일어서다 그만 아쩡은 나자빠졌다. 그러자 뒤에 있던 인력거꾼이 손님을 태우러 달려갔다. 아쩡은 신음하며 방금 먹은 것을 게워놓았다. 아쩡은 온몸이 노곤해졌다. "어제 밤 꿈이 불길하더니." 인력거꾼 영감이 사천로에 가면 돈 안 받고 병 봐주는 의사가 있다고 말했다. 아쩡은 인력거도 버린 채 뛰어갔다. 의사는 두 시가 되어야 온다고 했다. 아직 세 시간이나 있어야 한다.

기다리고 있는데 양복 입은 뚱뚱한 신사가 들어왔다. 아쩡은 의사라고 생각하고 벌떡 일어났다. "아니요, 의사는 두 시나 돼야 와요. 좀더 기다리시오." 아픈 몸과 가슴을 가진 눈들이 신사를 쳐다보았다.

"세상은 괴롭지요. 죄 때문이외다. 아담이 지은 죄로 세상은 이렇게 괴롭게 되었습니다."

몸이 아픈 군중들은 호기심을 갖고 쳐다보았다.

"여러분 오늘부터 예수의 품안으로 들어오시오. 죽은 후에 천당 가서 무궁한 복락을 누립시다."

한참 설교를 한 후 밖으로 나갔다. 아쩡은 신사의 말을 되풀이 생각해봤다. 죽어서 천군천사와 노래하려면 왜 살아서 맨날 뚱뚱한 사람을 태우고 고생을 하여야 하나? 왜 땀을 흘리고 순사의 몽둥이를 얻어맞아야 하나? 죽어서 배부르게 먹으려면 왜 아침에 죽도 못 얻어먹고 떡을 먹었나? 아쩡은 알 수 없었다.

아쩡은 좀 나은 것 같아 의사를 기다리지 않고 나왔다. 길을 걸으며 한약국에 들어가 감초가루약을 샀다. 또 메스꺼웠으나 먹은 것이 없어 게우지는 않았다.

아찡은 살아온 전 인생이 눈앞을 지나갔다. 어려서 남의집 심부름하던 것, 뒷집 닭을 훔쳐먹다 들켜 징역하던 일, 상해에 와서 공장에 들어갔던 일, 팔 년 동안의 인력거꾼 생활, 하나씩 지나간 일을 연상하며 엉엉 울었다. 온몸에 쥐가 일어나는 것 같더니 엎어졌다.

새벽까지 일하고 돌아온 동료 인력거꾼이 시체를 발견하였다. 영국 순사가 오고 의사가 검시를 하였다. 여러 가지 조사를 하였다.

"언제부터 인력거를 끌었는가?"

"글쎄, 제가 시작할 때 했으니까, 팔 년 되었지요."

"팔 년 동안 끌었다니 남보다 일 년 먼저 죽은 셈이군요. 공무국 조사에 의하면 인력거를 끈 지 구 년 만에 모두 죽지 않습니까?" 하고 순사는 의사에게 영어로 말했다.

아찡의 시체는 거적에 담아 나갔다.

그 날 뚱뚱이는 아무 일이 없었다는 듯 인력거에 손님을 태우고 달렸다. 순사부장이 말한 영어를 알아듣지 못한 뚱뚱이는 마치 한 백년 더 살 것같이 달렸다.

사회의 하층 노동자들의 삶의 한 단면을 잘 보여주고 있다.

실이 찐 뚱뚱한 손님을 태운 허약한 인력거꾼, 허기진 배를 쥐고 인력거를 끌고 가는 인력거꾼, 9년이면 장사라도 병이 난다는 힘든 직업이다. 현진건의 「운수 좋은 날」과 주요섭의 「인력거꾼」은 인력거꾼이라는 직업을 통해서 1920년대의 사회 하층민의 생활상을 사실적으로 증언하고 있다.

「인력거꾼」의 아찡은 상해를 무대로 하는 빈궁한 노동자이다. 죄 때문에 세상에서 괴롭다는 신사의 설교는 아이러니이다. 주인공인 인력거꾼은 일생 동안 단 한 번도 인간답게 살아보지 못했다. 이러한 인력거꾼에게 천당의 복락이 위안이 될까? 반종교적 작품이다. 기독교도의 설교와 노동자의 현실은 너무나 거리가 멀다.

「인력거꾼」(1925), 「살인」(1925) 등은 빈민계급의 인물이 주인공이다. 사회주의적 이념을 직접적으로 강조하지는 않았지만 천대받는 무산계급의 생활을 그렸다. 신경향파 계열의 문학이다.

주요섭은 1902년에 평양에서 태어났다. 중국 상해 호강 대학, 미국 스탠퍼드 대학원을 수료했다. 코리아 타임스 논설위원을 지냈다.

초기의 신경향파적 색채에서 벗어나 사실주의적 문학으로 기울어졌다. 「사랑 손님과 어머니」(1935), 「아네모네의 마담」(1936), 「추물」(1936) 등이 있다. 이 작품들은 휴머니즘을 바탕으로 하는 애정의 세계를 사실적으로 그렸다.


「사랑 손님과 어머니」는 여섯 살 난 옥희가 서술자이다.

1인칭 관찰자 시점이다. 관찰자 시점은 화자의 눈에 비친 세계만을 서술하게 된다. 화자는 상대방의 심리(생각)를 알 수 없기에 서술하지 않는다. 제한을 받는 한계점이 되지만, 「사랑 손님과 어머니」에서는 오히려 서술되지 않는 부분이 독자의 몫이 된다.

서술자가 어린아이이기 때문에 이 작품의 심리묘사는 특이하다. 어린아이가 어른들의 이야기를 서술하므로 서술자와 서술되는 서사(이야기)는 거리가 생긴다.

### 사랑 손님과 어머니

나는 금년 여섯 살 난 처녀애입니다. 내 이름은 박옥희이구요. 우리 어머니는, 세상에서 둘도 없이 곱게 생긴 우리 어머니는, 금년 나이 스물네 살인데 과부랍니다. 과부가 무엇인지 나는 잘 몰라도 하여튼 동리 사람들이 나더러 '과부딸'이라고 부르니까 우리 어머니가 과부인 줄을 알지요. 남들은 다 아버지가 있는데 나만은 아버지가 없지요. 아버지가 없다고 아마 '과부딸'이라나 봐요.

금년 봄에 나를 유치원에 보내준다고 해서 나는 너무 좋아서 동무들에게 자랑하고 집으로 돌아오니까, 큰외삼촌이 웬 낯선 사람 하나와 앉아서 이야기를 하고 있었습니다.

"자 옥희야, 이 아저씨께 인사해요. 아저씨는 아버지의 옛날 친구신데 오늘부터 사랑에 계실 텐데 친해두어야지."

나는 이 낯선 손님이 사랑방에 계시게 된다는 말을 듣고 즐거웠습니다.

아버지하고 어릴 적 동무고, 큰외삼촌과도 동무인데, 아저씨는 우리 동리 학교 교사로 오게 되었대요. 동리에 깨끗한 하숙이 별로 없어 우리 사랑에 계시게 되었다고요. 우리도 아저씨 밥값을 받으면 살림에 보탬이 되고요.

어느 날 점심을 먹고 살그머니 사랑에 나가보니까 아저씨는 그때야 점심을 잡수셔요. "옥희는 어떤 반찬을 제일 좋아하누?" 그래 삶은 달걀을 좋아한다고 했더니 상에 놓인 삶은 달걀을 한 알 집어주면서 나더러 먹으라고 합니다. 나는 달걀을 벗기면서 "아저씨는 무슨 반찬이 제일 맛나누?" "나두 삶은 달걀." 나는 좋아서 손뼉을 치었습니다.

어느 토요일 오후, 아저씨는 나더러 뒷동산에 놀러 가자고 했습니다. 한참 후, 아저씨 손을 잡고 내려오는데 유치원 동무를 만났습니다. "옥희가 아빠하구 어디 갔다 온다"하고 말했습니다. 나는 얼굴이 빨개졌습니다. 나는 얼마나 이 아저씨가 정말 우리 아버지였으면 하고 생각했는지 모릅니다. 나는 한 번만이라도 "아빠"하고 불러 보고 싶었습니다. 나는 대문 앞에까지 와서 "난 아저씨가 우리 아빠래문 좋겠다"라고 말해버렸습니다. 그랬더니 아저씨는 얼굴이 홍당무처럼 빨개져서 나를 몹시 흔들면서 "그런 소리 하문 못써"라고 말하는 소리가 몹시도 떨렸습니다. 나는 아저씨가 몹시 성이 난 것처럼 보여서 아무 말도 못하고 안으로 뛰어갔습니다.

나는 벽장 속에 숨었다가 어머니를 몹시 울게 하였습니다. 그래서 오늘은 어머니를 기쁘게 하고 싶었습니다. 유치원 선생님 책상 위의 꽃병에서 두어 개 꽃을 얼른 **빼**들고 달음질쳤습니다.

"그 꽃 어디서 났니? 퍽 곱구나." 어머니가 말씀하셨습니다. 나는 갑자기 말문이 막혔습니다. '이걸 엄마 드리려고 유치원에서 가져왔어'하고 말하기가 부끄러워졌습니다. "응, 이 꽃! 저 사랑 아저씨가 엄마 갖다 주라고 줘…….." 어머니는 내 말이 끝나기가 무섭게 몹시 놀란 사람처럼 화다닥하였습니다. 금시 어머니 얼굴이 꽃보다도 더 **빨갛게** 되었습니다. "옥희야, 그런 걸 받아오문 안 돼"라고 말하는 목소리는 몹시 떨렸습니다. "옥희야, 너 이 꽃 이야기 아무보구두 하지 말아라, 응"하고 타일러주었습니다.

하루는 아저씨가 하얀 봉투를 내게 주었습니다. "옥희 이거 갖다가 엄마 드리고 지나간 달 밥값이라구." 나는 그 봉투를 어머니에게 드렸습니다. 어머니는 봉투를 받아들자 갑자기 얼굴이 파랗게 질렸습니다. 그 봉투를 들고 어쩔 줄을 모르는 듯이 초조한 빛이 나타났습니다. "그거 지나간 달 밥값이래"하고 말하니까 어머니는 갑자기 잠자다 깨어나는 사람처럼 놀라더니 새하얗던 얼굴이 발갛게 물들었습니다.

요새 와서 어머니의 하는 일이 참으로 알 수가 없는 노릇입니다. 찬송가를 부르다 노래소리는 울음으로 끝을 맺는 때가 많습니다. 그러면 어머니는 나를 안고 내 얼굴에 입을 맞추며 "엄마는 옥희 하나문 그뿐이야, 응, 그렇지……"하면서 우시는 것이었습니다.

오래간만에 아저씨 방에 가보니 아저씨가 짐을 꾸리고 계셨습니다. "아저씨 어데 가우?" "응 멀리 간다." "갔다 언제 오우?" 아저씨는 아무 대답도 없이 서랍에서 이쁜 인형을 하나 꺼내서 내게 주었습니다.

어머니는 달걀 여섯 알을 다 삶았습니다. "옥희야, 이것 아저씨 갖다 드리구, 가시다가 찻간에서 잡수시랜다구."

　　나는 어머니와 뒷동산에 올랐습니다. 정거장이 빤히 내려다보입니다. 기차가 산모롱이 뒤로 사라졌습니다. 산에서 내려오자 달걀 장수가 광주리를 이고 들어왔습니다. "인젠 우리 달걀 안 사요, 달걀 먹는 이가 없어요" 하시는 어머니 목소리는 맥이 없었습니다.

　　'우리 엄마가 거짓부리 썩 잘하는구나. 내가 달걀 잘 먹는 줄 알면서 먹을 사람이 없대누.' 나는 아저씨가 주신 인형 귀에 속삭였습니다.

　이 소설의 특이한 점은 화자이다. 작가는 여섯 살 소녀 아이를 화자로 선택하고 있다. 하지만 여섯 살 소녀의 세계를 그린 것이 아니라, 어른들의 세계를 그리고 있다.

　어린 소녀가 어른들의 이야기를 하고 있으니, 어린 소녀로서는 이해할 수 없는 미묘한 부분들이 생기게 된다. 서술과 사건의 거리가 생긴다. 이 거리감이 이 소설의 재미를 배가시킨다. 이것을 심미적 거리라 한다. 어린 소녀는 자신이 보고 느낀 것만을 이야기하기 때문에, 서술자는 모르지만 독자는 안다.

　옥희는 자신이 과부딸이라고 말한다. 그러면서 과부가 무엇인지 모른다고 한다. 사랑방의 아저씨가 아빠였으면 좋겠다고 말했을 때, 왜 아저씨가 얼굴이 빨개지는지를 모른다. 화가 났는가 보다고 생각한다.

　어린 소녀를 사이에 두고, 어머니와 아저씨의 미묘한 심리가 전개된다. 이 미묘한 심리는 얼굴이 빨개지다라고 서술되는데, 이것은 어린 소녀의 눈에는 화가 난 것으로 비친다.

　달걀, 꽃, 편지, 정거장 등이 어머니와 아저씨의 심리를 들춰내는 장치들이다. 밥값이 든 흰 봉투를 가져다 주었을 때, 어머니가 당황

하는 모습. 아저씨가 떠날 때, 뒷동산에 올라가 기차가 떠나는 것을 보는 것. 겉으로는 어머니와 아저씨의 사랑에 관한 이야기를 한 번도 하지 않는다. 그러나 달걀, 꽃, 편지, 정거장 등의 에피소드로 두 사람의 미묘한 사랑의 심리를 전달하고 있다. 어린 소녀인 옥희는 몰라도 독자는 눈치챈다. 옥희가 모르는 사실을 독자는 알게 되고 상상하게 되는 것이 이 소설을 읽는 즐거움이다.

## 사람은 똥 힘으로 산다 - 백신애

뒤가 마려운 것을 참는다. 사람은 똥 힘으로 사는데, 내일 아침까지 굶고 자야 하는 처지에 지금 똥을 누어버리면 어떡하나. 「적빈(赤貧)」에서 어머니는 똥조차 아까운 굶주린 생을 산다.

「적빈」의 작가는 부유한 집안 출신의 여류 작가이다. 어머니의 심정을 묘사하는 데 있어 여성 작가로서의 섬세함, 관찰력이 뛰어나다. 최서해가 빈궁문학의 작가로 대표되지만, 최서해의 빈궁 소재는 형상화에서 예술성이 약하다. 최서해는 가난에 분노하고, 외치고, 살인하는 충동적인 행위를 그리고 있다.

그러나 백신애의 「적빈」과 강경애의 「지하촌」에서의 궁핍은 충동적 살인보다 더 처참하다. 두 여류 작가는 섬세한 필치로 가난한 현실을 세밀하고 사실적으로 묘사한다.

백신애는 1908년 경상북도 영천에서 태어났다.

백신애는 어려서부터 몸이 약하여 집에서 한문공부를 하다가 늦게 국민학교에 편입한다. 사범학교를 마친 후, 영천 보통학교 선생으로 근무한다. 오빠의 영향으로 항일의식이 투철하였고, 조선여성동우회와 경성여성청년동맹에 가담하여 항일여성운동을 한다. 이 때문에 학교에서 해직된다.

서울로 올라와 경성여성청년동맹의 위원으로 부인 계몽활동에 힘쓴다.

1927년에 러시아의 시베리아 지방을 몇 개월간 여행하였는데, 두만강 국경에서 일본 경찰에게 체포되어 잔혹한 고문을 당하였다. 이 때문에 아이를 낳을 수 없는 몸이 되었다고 한다.

다시 고향으로 돌아와 독서와 습작을 한다. 아버지는 백신애가 여자였지만 어려서부터 글을 가르쳤었다. 하지만 정작 딸이 문학하는 것은 반대하였다. 아버지가 딸에게 바란 것은 부(富)와 수(壽)였다. 딸이 부잣집에 시집가서 오래도록 잘살기를 바랐다. 그러나 백신애는 항일여성단체에서 활약하며, 문학을 통해 민중의 편에 서려고 했다.

1929년 단편 「나의 어머니」가 조선일보 신춘문예에 당선된다. 1920년대 농촌의 여성운동에 가담한 딸과 완고한 어머니의 갈등을 그리고 있다. 여자청년회를 조직했다는 이유로 학교를 쫓겨나고, 청년회관을 건축하기 위해 연극공연을 준비한다. 공연 연습으로 밤늦게 다닌다. 전통적인 도덕관을 지닌 어머니는 남자들과 밤늦게 돌아다닌다며 딸을 야단친다. 어머니는 딸도 감옥에 간 아들처럼 될까 봐 걱정한다.

백신애의 최초의 단편 「나의 어머니」는 자신의 이야기를 바탕으로 썼다.

첫 단편 이후, 한동안 발표된 작품이 없다.

백신애는 1930년 일본에 가서 문예창작과에 입학한다. 집에서는 결혼을 하라고 재촉이 심했으나 거절한다. 백신애는 정열적이고 자신의 주관을 확고히 갖춘 지적인 여성이었다.

1933년에 백신애가 은행원과 결혼하였을 때 그녀의 결혼생활이 여성잡지에 소개될 정도로 주목을 받았다. 이후 4년간 가장 많은 글을 썼다. 1933년 「꺼래이」, 1934년 「복선이」, 「채색교」, 「적빈」, 1935년 「악부자(顎富者)」, 「정현수」, 1938년 「광인수기」, 「소독부」 등이 대표작이다.

1938년 남편과 별거하게 되었다. 일제의 고문으로 불임의 몸이 된 것이 이유일 거라고 추측된다. 별거 중인 백신애는 오빠와 함께 중국의 상해로 떠났다. 백신애는 교사직에서 쫓겨났을 때, 싫은 결혼을 강요당했을 때, 별거하게 되었을 때, 그 상황으로부터 벗어나려고 했다. 탈출과 방랑이 반복되었다.

백신애는 상해에서 이혼을 결심하고 법적 수속을 하도록 했다. 일본 경찰이 오빠를 계속 미행하여, 한 달 만에 귀국하였다. 1939년에 기행문 「나의 시베리아 방랑기」와 「청도기행」을 발표하였다.

1939년 위병이 악화되어 31세의 나이로 죽었다. 죽은 후, 미완성으로 남긴 유작품 「아름다운 노을」이 연재되었다.


「꺼래이」는 유랑민의 애환을 그린 작품으로 주목받는다.


### 꺼래이


끌려갔습니다.

순이들은 끌려갔습니다.

마치 병들은 거러지 뗴와도 같이……

고국을 떠날 때는 겹저고리에 홑 속옷을 입고 왔었으므로 아직까지 그 때 그 모양대로이니 나날이 길어가는 시베리아의 냉혹한 바람에 몸뚱아리는 얼어터진 지가 오래였습니다.

순이의 늙으신 할아버지, 어머니, 순이, 그리고 젊은 사나이…… 도합 여섯 사람이 끌려가는 일행이었습니다. 얼마 동안 걸어서 파도치는 바닷가에 이르러 기선에 태웠습니다. 항구에 닿았습니다. 군인들이 순이의 할아버지를 총대로 툭툭 치며 뭐라고 말했습니다.

선실에 가득한 그 나라 사람들이 순이네를 보고 중얼거렸습니다.
"꺼래이, 꺼래이……" 하는 소리만을 알아들을 수 있었습니다.

꺼래이는 고려라는 말이니 조선 사람을 가리키는 것입니다. 여섯
사람은 다시 군인을 따라 걸었습니다. 붉은 기가 꽂힌 곳에 이르렀
습니다. 군인은 중국인 같은 군인에게 일행을 맡겼습니다. 순이는
행여나 하면서 "여보십시오…… 당신 조선 사람이셔요?" "네, 나
는 고려 사람이꼬마." 그 군인은 꺼래이의 한 사람이었습니다. 순이
는 조선말에 너무나 반가웠습니다. 일행의 젊은 사나이가 군인에게
말을 꺼냈으나, 군인은 흰 벽돌집을 가리켰습니다. 순이 할아버지
도 애원하였습니다. 그러나 그들은 끌려 들어갔습니다. 외양은 흰
벽돌집이나 속은 마굿간이었습니다. 좁은 곳에 하얀 옷을 입은 꺼래
이들이 방이 터져라 차 있었습니다. 열아홉이었습니다.

그들은 고국에서는 바늘 한 개 꽂을 자기 땅이 없는 사람들이었습
니다. 공짜로 넓은 땅을 떼어 농사하라고 준다는 소문에 그 나라를
찾아온 것입니다. 그러나 국경을 넘자마자 ×××에게 붙들려서
이 곳에 감금당하였습니다.

몇 사람 불리워 나갔습니다. 국경으로 쫓겨난다고 걱정하며 끌려
갔습니다. 쫓겨나도 또다시 이 땅에 와서 땅을 얻으려 합니다. 벽에
는 누군가가 '이 몸도 꺼래이니 면할 줄이 있으랴'라고 새겨놓았습
니다. 며칠간 있다가, 순이네가 불리웠습니다. 파수를 지키던 군인
이 헌 덧저고리를 등에 덮어주었습니다. 고향을 떠난 후 처음 맛보
는 인정이었습니다. 세 사람은 시베리아 벌판의 찬바람을 맞으며
추방의 길을 걸었습니다. 시베리아의 석양이었습니다. 할아버지가
쓰러졌습니다. "할아버지." 부르는 소리에 대답이 없습니다. 시베
리아 벌판에 달려오는 바람이 "순이야, 울지 말고 일어서라." 소리
쳤습니다.


일제 강점기에 땅을 잃은 조선민들은 간도와 시베리아로 떠난다.

이 작품은 유랑하는 꺼래이의 고난의 길을 그리고 있는 작품이다. 사회주의 개혁으로 땅을 분배해준다는 소문에 시베리아로 간 조선인들은 일제의 밀정으로 오인받고 고초를 당하거나 강제로 귀환당한다. 농사지을 땅을 찾아왔으나 정착하지 못하고 쫓겨난다. 하얀 집에 갇힌 꺼래이들, 벽에 씌어진 낙서 등에서 당시 농토를 잃고 떠도는 조선인들의 참상을 알 수 있다.

순이네는 헐벗은 몸으로 먼 시베리아까지 찾아왔으나 그 곳도 잘 살 수 있는 땅이 기다리고 있는 것이 아니었다. 오히려 먼 이국 땅에서 할아버지를 잃는다.

새로운 땅을 찾아갔으나 다시 쫓겨나는 조선의 유랑민들의 모습이 세밀하게 묘사되었고 그 모습을 순이의 심리를 통해 묘사하였다.

백신애는 시베리아를 여행하면서 그 곳에서 유랑하는 조선인들을 보았다. 이러한 체험이 「꺼래이」를 쓰게 하였다. 백신애는 여행자이고, 순이는 유랑자이다. 그러나 백신애는 현실을 외면하지 않고 조선인들의 애환을 자기 것으로 하고 있다.

「적빈」에서 어떤 어머니를 그리고 있을까?

### 적빈

그의 둘째아들인 매촌이 산골로 장가를 간 후로는 그를 부를 때 누구든지 '매촌댁 늙은이'라고 한다. 특히 댁자를 붙여 부르는 것은 송우암 선생의 후예로 양반행세 하던 집안의 친척이 되기 때문이다. 이제는 댁자를 쑥 빼고 '매촌네 늙은이'라고 한다. 더럽고 불쌍하고 남의 일 해주는 거지보다도 더 가난한 늙은이라는 멸시의 뜻이다. 아무리 가난해도 매촌댁 늙은이보다 가난할 수가 없다.

맏아들은 멍청하고 둔하고 술 먹는 데만 바쁘다. 별명이 '돼지'

다. 돼지는 그래도 아내를 얻었다. 벙어리 아내였다.

둘째는 남의집 머슴살이를 하며 늦게 장가를 들었다.

늙은이는 아들들을 장가 보내고 나니 걱정이 없다고 생각하였으나 더 걱정이었다. 돼지는 술집으로만 다닌다. 벙어리는 배가 고프다고 둘째네 집에 사는 늙은이에게 와서 우는 것이다. 늙은이는 둘째며느리와 같이 남의 집으로 다니며 일을 해주고 밥을 얻어먹는다.

둘째아들은 머슴일로 착실히 돈을 몇 푼 모았다. 집을 사게 되려는 순간, 돈 냄새를 맡은 노름꾼들이 꾀어 하룻밤에 날려버렸다. 단순한 둘째는 그 순간 변하였다. 착실하던 둘째아들 매촌이는 잃은 돈을 찾으려다 노름꾼이 되었다.

두 며느리가 해산할 날이 다가왔다. 늙은이는 걱정이다. 둘째네는 쌀 다섯 되를 준비했지만, 당장 굶고 있는 벙어리는 아이를 낳은 후, 어떡허나. 늙은이는 먹을 것을 꾸러 다닌다. 여러 집을 다닌 후, 쌀 한 되, 미역 한 쪽, 명태 한 마리를 구했다. 명태는 작은며느리 주려고 품속에 감추고, 큰아들 집에 갔다. 돼지가 "그것 뭐여, 배 고파라" 한다. "정말 이것은 손대지 말아라. 아이를 낳으면 먹일 약이다." 늙은이는 당부를 한다. 아무리 그래도 약속을 지킬 돼지가 아니지만, 조금이라도 아끼라고 부탁하는 것이다.

벙어리가 해산을 한다는 기별이 왔다. 지난밤부터 굶은 벙어리는 기운이 없어 힘을 쓰지 못한다. "접때 가져다 준 것 어디 있어?" "뭐요? 그것 다 먹었재……." 늙은이는 기가 막혔다. 아무리 미역까지 다 먹어버리다니. 아이를 낳았다. 어린애는 맨흙 위에 그대로 누워 새빨간 팔과 다리, 입술을 오물락거리고 있었다. 늙은이는 치마를 벗어 어린애를 싸서 자리에 눕혔다. 치마를 어린것에 덮어줬다. 치마 없이 떨어진 속옷 바람이라 어둡기를 기다렸다. 보리 두 되로 며칠이나 견딜까 생각하니 다리의 힘이 빠지고 못난 아들들이 얄미웠다.

걸어가는데 몹시 뒤가 마려워서 잠깐 발길을 멈추고 사방을 둘러

본 후 속옷을 헤치다가 '사람은 똥 힘으로 사는데……' 내일 아침까지 굶고 자야 할 처지다. 지금 똥을 누어버리면 당장 앞으로 거꾸러지고 말 것 같았다. 뒤가 마려운 것을 무시하려고 입을 꼭 다문 채 아물거리는 길을 줄달음치는 것이었다.

굶주림 때문에 똥 누는 것마저 참아야 하는 어머니다.

동리 면장 아들이 늙은이의 이름을 묻는다. "똥덕이었소, 개똥이었소?" 그러나 늙은이도 예전에 귀한 이름이 있었다. '귀남'이었다. 아무리 양반의 자손이라도 남의집 일을 해주고 얻어먹는 늙은이는 무시당한다. '귀남'에서 '매촌댁 늙은이'로, '매촌네 늙은이'로 점점 하락한다. 빈곤은 늙은이로부터 이름까지 사라지게 만들었다.

죽은 남편을 닮아 명청이인 큰아들과 벙어리 며느리의 먹을 것까지 걱정해야 한다. 똥 누는 것까지 참으면서 아들, 며느리 먹일 것을 걱정해야 한다. 대지의 어머니와 같은 모성을 지닌 어머니다. 모성의 힘은 굶주림도 참아내게 하는 것이다. 모성의 본능은 똥 누는 것까지 참을 수 있게 한다.

자기가 얻어온 쌀과 명태지만 작은며느리도 섭섭하지 않게 하려는 어머니의 자상한 애정이 섬세하게 나타난다.

가난한 현실을 사실적으로 그렸고 어머니의 모성본능을 세밀하게 묘사하였다.

최서해의 「박돌의 죽음」은 가난 때문에 아들을 잃은 어머니의 모성애가 그려지고 있으나, 작중 인물이 가난한 현실에 직접 분노하고 광분하기 때문에 독자들에게 충격을 주기만 한다. 그러나 「적빈」에서는 가난한 현실과 어머니의 마음을 생생하게 묘사하여 감동을 준다.

## 땅 위에 없는 마을 – 강경애

### 지하촌

해는 서산 위에서 이글이글 타고 있다.

칠성이는 오늘도 동냥자루를 비스듬히 어깨에 메고 비틀비틀 이 동리 앞을 지났다.

동리서 놀던 애들은 소리를 지르며 달려온다. 한 놈이 동냥자루를 툭 잡아채니, 애들은 손뼉을 치며 좋아한다. 머리 뾰족한 놈이 나무 꼬챙이로 갓 눈 듯한 쇠똥을 찍어들고 대들었다. 칠성이는 참을 수 없어서 서두르며 내달아 갔다. 머리를 비틀비틀 꼬다가 한 발 내디디곤 했다. 애들은 이 흉내를 내며 따른다. 칠성이의 얼굴까지 똥칠을 해놓았다. 쇠똥이 그의 입술에 올라가자 앱 투, 하고 침을 뱉으면서 무섭게 눈을 떴다. 옷에 묻은 쇠똥은 떨어지지도 않고 퍼렇게 물이 든다. 자신은 세상에서 버림을 받은 듯 그렇게 고적하고 분하였다.

난 왜 병신이 되어 그놈의 새끼들한테까지 놀림을 받나, 하고 생각했다.

큰년이! 눈이 멀고도 사는데 난 그보다야 훨씬 낫지. 큰년이의 얼굴이 천천히 떠오른다. 오늘 얻어온 것 중에 가장 맛있는 걸 줘야지. 그는 가슴이 설레었다. 산 밑을 돌아 걸을 때마다 쇠똥내가 물씬하고 났다.

동리 앞에 오니, 동생 칠운이가 아기를 업고 달려온다. "성 이제 오네. 히, 자꾸자꾸 봐도 안 오더니" 하며 동냥자루를 덥석 쥐어본다. "오늘도 과자 얻어왔어?" 등에 업힌 아기까지 두 손을 펴고 형을 바라본다. "없 없어……" 하며 눈을 치떴다. 칠운이는 엄마를 부르면서 달려간다.

칠성이는 방으로 들어와서 동냥자루를 가만히 쏟았다. 흩어지는 성냥과 쌀알이 흐르는 소리, 과자 부스러기를 따로 골라놓았다. 돈을 세어보았다. 손에는 땀이 났다. 이것을 모아 큰년이 옷감을 사다 주면 얼마나 좋아할까, 그의 가슴이 뛰었다.

뒷문턱에 걸터앉아 큰년이네 쪽을 물끄러미 쳐다보았다. 큰년이가 눈을 감았기에 잘했지, 만일 두 눈을 둥글게 떴다면 이 손을 보고 싶리나 달아났을 것이다. 다 해진 적삼소매로 누렇다 못해 푸른 팔이 드러났다. 뼈도 없고 가죽만 있었다.

큰년이가 빨래를 해가지고 온다. 칠성이의 가슴엔 웬 새새끼 같은 것들이 팔딱거린다. 큰년이의 해어진 치마폭 사이로 뻘건 다리가 보인다. 칠성이가 돈을 모아 치마를 사주지 않으면 저 뻘건 다리를 감추지 못할 것 같다.

아기를 업은 칠운이가 과자를 달라고 온다. 등에 업힌 아기는 머리에 종기가 났다. 언제나 진물이 흐르고, 파리가 달라붙는다. 아기는 머리를 잡아당긴다. 그러다 종기딱지를 떼어 오물오물 먹는다. 동생들의 이런 모양을 바라보는 칠성이의 눈에는 불이 난다. 여윈 팔다리도 보기 싫었다. 칠성이는 아기를 발로 찼다. 어디 멀리 들어다 버렸으면 시원할 것 같았다.

일하러 밭에 나갔던 큰년이의 어머니가 업혀온다. 큰년이네 굴뚝에서 연기가 나고, 아기 울음소리가 들렸다. 큰년이 어머니가 아기를 낳았다. 칠성이는 병든 아기를 낳을 바에야 차라리 그 자리에서 눌러 죽여버리는 것이 낫다고 생각한다. 큰년이같이 또 눈먼 것을 낳을 바에야. 이 동네 여인들은 왜 병신만 낳을까? 허나 어디 큰년이가 나면서부터 눈이 멀었나? 칠성이도 홍역을 앓고 돈이 없어 약을 쓰지 못하여 병신이 되지 않았는가? 지금이라도 약을 쓰면 남들처럼 될까? 그러면 동냥을 다니지 않고 밭일을 하고 나무를 할 수 있을 텐데. 혹시 댑싸리나무가 팔다리 병신에 약이 될까? 하여 잘강잘강 씹어본다.

어머니는 종일 김을 매고 또 산에 가서 나무를 해온다. 지칠 대로 지친 몸을 밤에는 아기에게 시달림을 받는다. 그렇게 피곤한 몸을 돌보지 않는 어머니가 미웠다.

젖을 꺼내 아기에게 먹이면서 어머니는 말한다. 큰년이네 아기가 죽었단다. 밭고랑에서 낳은 아기는 눈에 귀에 흙이 잔뜩 들어가 죽었단다. 잘했지, 또 병신이나 되지, 하고 칠성이는 생각했다. 그런데 오늘 큰년이 선을 보러 왔다가 갔지. 읍에서 장사를 하는 부자라더라. 첩을 여럿 두었으나 아직 손을 보지 못했다는구나. 큰년이는 이제 복이 있으려나 부다. 달덩이 같은 아들만 낳아봐라.

"눈먼 것을 얻어다 뭘 해!" 칠성이는 가슴에 질투의 불길이 솟았다.

이튿날 칠성이는 먼 읍내까지 가서 동냥을 하였다. 그래서야 겨우 큰년이의 옷감을 인조견으로 샀다. 어두워졌다. 큰년이의 얼굴을 떠올리며 걸었다. 빗방울이 떨어졌다. 큰년이의 옷감이 젖으면 어떡하나, 옷감만 아니면 이 빗속을 걸어가겠지만, 칠성이는 문패가 걸린 큰 집 대문 앞에 섰다. 칠성이는 밥이라도 얻어먹을까 하였다. 개가 날카로운 이를 드러내며 바지가랑이를 물었다. 칠성이는 소리 지르며 달아났다. 비바람이 모질게 갈겼다. 몸이 오슬오슬 떨렸다. 큰년이의 옷감이 젖는구나 생각하니 울고 싶었다.

어느 연잣간 앞에 왔다. 자기와 같은 불구자 거지 사내가 들어오라고 했다. 거지 사내는 종이에 싼 노란 조밥을 주었다. 개에 물린 칠성이의 다리를 보더니 기와집에 갔었군, 개를 길러도 흉악한 개를 기르다니 한다. 사내의 눈에는 분노의 빛이 있었다. 사내는 "나도 가정을 가졌던 놈이우. 공장에서 모범공이었구. 다리가 꺾인 후 공장에서 나오고, 계집은 달아나고, 어린것이 배고파 울고, 말해서 뭘 하우." 허공을 향해 말하는 사내는 눈을 무섭게 떴다. 사내가 죽은 아버지와 흡사해 보였다.

집에 오니, 어머니와 동생이 울며 맞았다. 비에 바람에, 기껏 키운 조가 쓰러지고, 논이 터졌다.

방에 누운 아기는 할딱거리며 머리에 두른 헝겊을 쥐어뜯으며 할퀴었다. 칠성이는 그 소리가 징그러웠다. 조놈의 계집애 죽기나 하지. "쥐가죽이 약이라기에 쥐를 잡아 붙였는데, 자꾸만 뗴려구 그러는구나. 아마 나으려구 가려운가 보다." 아기는 할딱할딱 숨이 차고, 머리로 가던 손은 힘 없이 굴러떨어진다.

"우리 조는 이제 못쓰게 되었겠다. 큰년이는 복 좋아, 이런 꼴 안 보려는지, 어제 시집갔단다." 칠성이 가슴에 고이 안긴 큰년이의 옷감이 돌같이 찔렀다.

칠운이가 울며 소리 질렀다. 아기는 언제 헝겊을 찢었는지, 찢어진 헝겊 사이로 쌀알 같은 구더기가 설렁설렁 기어나왔다. 어머니는 달려들어 헝겊을 젖히니, 쥐가죽이 딸려나오며, 피 묻은 구더기가 아글아글 떨어졌다.

"아가, 아가, 눈 떠라." 어머니의 비명을 들으며, 칠성이는 액 소리를 지르며 밖으로 뛰어나왔다. 비는 좍좍 쏟아지고 바람은 미친 듯이 몰아친다. 하늘로 번개불이 찢겨나간다.

칠성이는 하늘을 노려보고 있었다.


빈궁문학이나 무산자 문학 중에 「지하촌」만큼 가난을 끔찍하게 그린 작품이 있을까?

제목 '지하촌'은 말 그대로 지상의 마을이 아닌 지하의 촌이다. 인간이 인간답게 살 권리를 빼앗긴 사람들이 사는 곳이다. 가난 때문이다.

지하촌의 여인들은 왜 병신만 낳을까?

가난하기 때문에 약을 쓰지 못하여 칠성이, 큰년이는 병신이 되었다. 이 마을 여자들은 제대로 먹지 못하여 병신들만 낳는다. 동생 칠운이는 눈병이 생겼는데 약이 없어 오줌을 바른다. 칠성이의 막내동생도 머리에 종기가 났는데, 배고픈 아이는 종기딱지를 씹어 먹는다. 돈이 없어 약을 쓰지 못하고 상처에 쥐가죽을 발랐다. 쥐가죽을 바른 상처에는 구더기가 우글거린다.

최서해처럼 분노하는 소리가 없어도, 카프 문학처럼 무산자의 구호를 외치지 않아도, 강경애는 소리 없이 말하고 있다. 직접적으로 진술하는 것이 아니라 사실적 수법으로 가난한 현실을 생생하게 드러내고 있다. 냉정한 묘사로 현실의 사회구조적 모순을 드러내고 있다.

칠성이는 팔다리 병신이기 때문에 일을 하지 못한다. 칠성이는 마을로 동냥을 다닌다. 마을 아이들은 병신 흉내를 내고, 쇠똥을 묻히며 괴롭힌다. 칠성이는, 남들처럼 성한 몸이어서 나무도 하고 밭일도 할 수 있으면 얼마나 좋을까 하고 생각한다. 병에 약이 되지 않을까 하여 댑싸리나무 잎도 씹어본다. 칠성이는 어렸을 때 홍역을 앓고 나서 병신이 되었다. 가난하여 치료를 받지 못하였기 때문이다.

칠성이의 행동과 심정을 통해 가난한 현실을 냉정하게 전달하고 있다. 칠성이는 아기를 '미워했다', '발길로 찼다', '칵 밟아 죽여버렸으면' 한다. 얼마나 가난이 끔찍하고 미웠으면 병든 동생이 차라리 죽기를 바랐을까? 자신이 병신이라는 처지와 가난에 대한 증오는 종기딱지를 씹어 먹는 동생에 대한 미움으로 변질된다.

동네 처녀인 큰년이도 눈이 먼 병신이다. 가난하기 때문이다. 결국 큰년이는 읍내 부잣집 첩으로 팔려간다.

눈먼 큰년이에게 사랑을 느끼고 있던 칠성이는 옷감을 사오지만 이미 큰년이는 시집을 간 뒤이다.

이 작품은 모든 것이 좌절되는 비극적 결말이다.

칠성이가 큰년이를 사랑하는 희망은 사라지고, 또 동생까지 병신이 되어 죽어가고, 1년 동안 애써서 지은 농사는 비바람에 쓰러진다. 모든 고생은 희망도 없이 사라진다. 더 이상 구원받을 길이 없는 지하촌이다.

서두에서 "해는 서산 위에서 이글이글 타고 있다."

결말에서 "비는 좍좍 쏟아지고 바람은 미친 듯이 몰아친다. …… 칠성이는 하늘을 노려보고 있었다"라고 묘사하였다.

자연적 배경(기후)은 주제를 효과적으로 드러내는 장치이다. 배경 묘사는 서두와 결말이 반대된다. 모든 희망은 꺾인다. 이 상황을 비바람으로 연출하고 있다.

이 소설의 전체적 분위기는 암울하다. 그러나 가난이라는 비극적 현실 속에도 따스함이 있는데, 그것은 모성애이다. 어머니의 모습은 대모신(땅의 여신)의 이미지이다. 병신 아이들에게 보여주는 크나큰 사랑. 자기 몸을 아끼지 않고 노동하는 가난한 여인. 좌절하지 않는 여인의 모습을 보여준다.

백신애의 「적빈」에 나오는 어머니와 같다. 바보, 병신 아이들을 돌보는 어머니의 큰 사랑. 강경애와 백신애가 창조한 어머니는 모든 것을 포용하는 대지의 어머니다.

「지하촌」의 인물들 중에 잠시 나타나는 병신 사내를 통해 강경애는 중요한 말을 하고 있다. 칠성이가 동냥을 다니다가 개에 쫓겨 연자방앗간으로 갔을 때, 다리병신 사내를 만난다. 사내는 사회의 모순에 분개하고 있다. 부잣집들은 높은 담에 무서운 개들을 기른다. 부자들은 거지에게 적대적이고 공격적인 것으로 그려진다. 부자와 거지는 대립적 관계이다.

병신 사내도 처음부터 거지였던 것이 아니다. 공장에 다니다가 다쳤으나 보상도 받지 못했다. 모범공이 하루아침에 거지로 전락하는 현실을 고발하고 있다.

일제 강점기의 조선의 궁핍상을 가장 확실하게 보여주는 작품이다.

불구자 거지를 통하여 사회적 모순을 비판하고 있다. 조명희의 「한 여름밤」에도 기계에 팔이 잘리고 하루아침에 거지로 전락한 불구자가 등장한다.

「지하촌」에서 가난을 끔찍하게 그려낸 작가, 강경애는 어떤 작가일까?

강경애는 조선의 천재라고 말하는 국학 연구가 양주동과 사랑했던 사이였다. 강경애는 시골에서 올라와 양주동의 하숙에 기거하며 문학 수업을 받고 독서를 했다. 그러나 두 사람의 사상은 일치할 수 없었다. 양주동은 카프 문학파와 국민 문학파의 절충을 주장하는 절충파였다.

그러나 강경애는 어려서부터 가난한 환경에서 자라 현실의 모순에 관심을 가지고 있었다. 이러한 문학관의 차이로 결국 헤어지게 된다. 강경애의 문학은 프로 문학에 가까웠다. 카프 조직에 가담하지는 않았지만 프로 문학적 성격을 지닌 동반자 작가였다.

강경애는 사회주의 사상가인 장하일과 결혼하여 간도로 이주한다 (1931년). 너무 가난하여 먹을 것이 없어 간도로 갔다고 한다. 그 후의 작품은 프로 문학적인 성격을 띠게 된다.

강경애의 문학세계에는 조선의 농촌과 간도, 두 현실 공간이 자리하고 있다. 조선의 가난한 농촌 농민의 모습이 떠오르고 간도에서

사는 조선의 유랑민들의 비참한 현실이 그려진다. 강경애는 간도를 생각나게 하는 작가이다. 간도의 이주자들의 궁핍한 현실을 통해 일제 강점기의 암울한 현실을 그려낸다.

시대적으로 궁핍한 암흑의 시대였을 뿐 아니라, 강경애 자신도 가난한 현실과 싸우며 살아야 했다.

강경애는 1907년 황해도에서 태어났다. 5세 때 아버지가 죽고, 7세 때 재혼하는 어머니를 따라 고향을 떠난다. 계부와 의붓형제들 사이에서 어렵게 자랐다. 가난하여 겨우겨우 학교에 다닐 수 있었다. 이런 상황은 「원고료 2백 원」에서 회상하여 서술된다.

강경애는 형부가 학비를 주어 평양 숭의여학교에 다녔으나, 학생 동맹사건에 가담하여 퇴학당했다.

1931년 처녀작 「파금」을 발표한다. 1931년 결혼하여 간도로 이주한다. 1942년 귀국하였으나, 1943년 죽었다.

간도 이전의 체험을 바탕으로 한 소설이 「파금」, 「어머니와 딸」, 「인간문제」(1933), 「지하촌」(1936) 이다.

간도에서의 체험은 「채전」, 「소금」, 「원고료 2백 원」(1935), 「어둠」, 「마약」 등이 있다.

간도에서의 체험을 쓴 「원고료 2백 원」은 가난과 무산계급운동에 대해 쓴 자전적인 소설이다.

「원고료 2백 원」은 동생에게 보내는 편지이며 그 내용은 장편소설을 써서 받은 원고료 2백 원을 어디에 쓸 것인가 하는 이야기이다.


## 원고료 2백 원


친애하는 동생 K야.

졸업을 앞둔 너는 기쁨보다도 괴롬이 앞서고, 희망보다도 낙망을 하게 된다고? 그러나 그 괴롬과 낙망 가운데서 단연히 깨달음이 있어야 한다. 그래서 희망에 불타는 새로운 길을 발견해야 한다.

나는 어려서부터 순조롭지 못한 가정에서 자랐고, 그나마 배운 지식까지도 형부의 덕이었다. 학교에 다니면서도 맘대로 학용품을 써보았겠니. 학기 초마다 책을 못 사서 울다가는 겨우 남의 낡은 책을 얻어 가졌다.

K야 나는 아직도 잘 기억한다. 일학년 때, 학기 시험을 치는데 종이붓이 없구나. 생각다 못해 친구의 것을 훔쳤다가 선생님한테 얼마나 꾸지람을 받았겠니. 친구들한테 얘! 도적년 도적년 하는 놀림을 받았다.

나의 현재를 말하려니 말하기 싫은 과거까지 들추어놓았다.

원고료가 오기 전 오래도록 잠을 이루지 못하고 그 돈으로 무엇을 할까 생각하였다. 털외투와 목도리, 가는 금반지와 시계 …… 그리고 남편의 양복이나 한 벌 해줘야지.

원고료가 내 손에 쥐어졌을 때 나는 기뻤다. 나는 "이 돈으로 뭘 하는 것이 좋우?"하고 남편에게 물어보았다.

"거참 우리 같은 형편에 돈이 없는 것이 오히려 맘 편한데…… 이왕 생긴 거니, 우선 제일 급한 것이 웅호 동무를 입원시키는 게지." 나는 앞이 아뜩해졌다. "그 다음에는 홍식의 부인이지. 이 겨울 동안 우리가 돌봐야지 어쩌겠수?"

물론 나도 남편의 동지인 웅호와 홍식의 부인이 불쌍하지 않은 것은 아니다. 이 돈이 생기기 전에는 도와주고 싶은 마음이 있었으나 막상 2백 원이 생기고 나니 그 생각은 흔적도 없이 사라지더구나. 무엇보다도 결혼할 때 남들이 다 하는 결혼 반지 하나 해주지 못하고, 구두도 빌려서 신었는데. 남편이 번 것도 아니고, 내 손으로 벌었는데, 나는 마침내 입을 벌려 울지 않았겠니.

남편은 내 뺨을 때리더구나. 나는 울분에 못 이겨 소리 지르며 달려들었지.

"내 네 마음 모를 줄 알고, 흥 치사한 년 가라! 너 같은 치사한 년하고는 못 살아. 아, 일류 문인으로서 그래야 하는 게지. 나는 그런 일류 문인의 사내될 자격은 못 가졌다. 금시계 금강석 반지에 털외투 입고 입으로만 무산자여 ! 부르짖는 문인이 되고 싶단 말이지. 당장 나가라 ! "

나는 문 밖으로 쫓겨났다. 북국의 밤이 얼마나 찬 것은 말할 수 없다.

그러나 나는 그 때 더운 눈물이 쏟아졌다. 이것이 애정일까? 남편의 말을 생각하였다. 남편을 감옥으로 보낸 홍식의 부인과 어린것들의 헐벗은 모양. 감옥에서 심장병을 얻어가지고 나온 웅호. 2백 원이면 그들을 구할 수가 있다. 내 같은 처지에 금반지와 털외투는 무슨 소용이 있는가. 나는 남편에게 가 잘못했다고 했다.

그리운 고향을 등지고 이 만주를 향하여 몇만의 군중이 달려오고 있지 않느냐. 만주에 와야 누가 그들에게 밥을 주겠느냐. 고향보다 날까 하고 온 그들은 처자를 요리관에, 부호의 첩으로 빼앗기고 있다.

전 조선의 빈한한 군중은 아니 전 세계의 무산대중은 기아선상에서 헤매고 있는 것을 너는 아느냐 모르느냐.

K야 이 간도는 토벌단이 들이밀리어 지금 총소리와 칼소리에 전 대중이 떨고 있다. 이 곳에서는 개 목숨보다도 사람 목숨이 헐하구나.

K야 너는 상급학교에 못 간다고 비관하느냐? 그러한 비관이야말로 얼마나 값없는 비관인가. K야 너는 책상 위에서 배운 지식은 그것만으로도 훌륭하다. 이제야말로 실천으로 참된 지식을 얻어야 할 때이다. 오직 사회적 가치를 향상시키는 데 힘써야 한다.


최서해의 「탈출기」와 같은 계열의 소설이다. 「탈출기」와 「원고료 2백 원」은 편지체로 씌어진 소설이다. 간도의 생활을 그리고 있고, 자신의 체험을 고백하고 있고, 무산자를 위하여 투쟁할 것을 강조한다.

강경애의 「원고료 2백 원」은 간도에서의 암울한 시대의 현실을 여성의 심리를 통해 그리고 있다. 또한 암울한 시대에 지식인들이 어떻게 살아야 하는가 행동의 방향을 제시하고 있다. 책상공부의 지식을 떠나 사회에서의 현장 체험을 통한 실천적 지식을 추구하고 있다.

편지를 쓰는 서술자는 남편으로부터 사상의 감명을 받았고, 또 후배에게 사상을 전달하고 있다. 「원고료 2백 원」은 동생(후배)에게 쓴 편지이지만 독자의 의식을 깨우치려는 글이다. 시대적 현실을 똑바로 보고 사회에 참여할 것을 강조하는 것이다. 이 역할이 무산자 지식인에게 주어진 임무이다.


장편 「인간문제」에서는 농촌사회의 현실을 통해 사회의 모순에 눈뜨고 투쟁하는 과정을 그리고 있다.

'가난한 농민과 부자 지주', '노동자와 자본주', '무산 노동자와 유산 지식인' 등 사회적 대립 계층이 등장한다.

농촌 처녀 '선비'와 '간난이', 그리고 농촌 청년 '첫째'는 지주의 횡포에 고향을 떠나 인천에서 직공이 된다.

배경은 농촌(용연)과 도시(인천)이다.

용연에서는 지주인 정덕호와 가난한 소작인들이 대립 계층이다. 봉건적 사회의 경제구조에서 발생하는 지주의 착취와 횡포가 있다.

인천에는 농촌의 궁핍화로 인해 농민들이 도시로 몰려들어 도시 노동자들이 증가한다. 이러한 사회현상에서 발생하는 노동의 착취, 자본주의 사회의 구조적 모순, 빈부의 문제를 다루고 있다.

지주의 횡포에 의해 고향을 떠난 소작인들은 벌이를 찾아 인천으로 몰려든다. 인천 부두에는 하역에 종사할 수천 명의 노동자들이 몰려들고 새로 들어선 방직공장에는 천여 명의 여공들이 노동착취를

당한다. 식민지 노동자들의 노동력을 착취하는 일본 자본의 위력이
과시된다.

## 인간문제

이 산등에 올라서면 용연 동네는 뻔히 들여다볼 수 있다. 우뚝
솟은 양기와집이 정덕호 집이며, 양철집이 면역소며 주재소이다.
컴컴히 돌아앉은 것이 모두 농가이다.

저 아래 푸른 못이 원소(怨沼)라는 못이다. 이 못이 언제 생겼는
지는 아무도 모른다. 그러나 이 못의 전설을 누구나 믿는다.

옛날 이 터에는 인색한 장자첨지가 살았다. 곳간에 무수한 곡식
이 썩어도 구걸하는 거지도 주지 않는다. 몇 해를 흉년이 들어 동네
사람들은 굶어죽게 되었다. 동네 사람들이 장자첨지에게 애걸을 하
여도 들은 체도 하지 않았다. 동네 사람들은 밤중에 몰래 장자첨지
네 집을 습격하여 쌀을 퍼 내왔다. 장자첨지는 관가에 고발하여 모
두 잡아가게 하였다. 잡혀간 그들은 죽거나 쫓겨났다. 아버지, 아들
을 잃은 어머니와 딸들은 장자첨지네 마당을 떠나지 않고 울었다.
그들의 눈물이 고여서 큰 못이 되었다.

이러한 전설을 지닌 원소의 물은 푸르고 푸르다.

지금으로부터 팔 년 전 선비가 일곱 살 때였다. 선비의 아버지는
정덕호의 심부름으로 빚을 받으러 갔다가, 배고파 우는 아이들을
보고 일 원을 도로 주고 왔다. 돈 일 원 때문에 정덕호에게 매를
맞았다. 얻어맞은 선비의 아버지는 앓다가 며칠 후 죽었다.

어머니는 가슴앓이를 앓고 있다. 어머니는 꿈에 아버지를 보았다
며, 선비를 시집도 보내지 못하고 죽을까 봐 눈물을 흘린다. 그
때 정덕호가 찾아온다. 정덕호가 오 원짜리 지폐를 선비에게 주려는
데 방문이 열린다. 간난이였다. 정덕호는 눈을 부라리며 계집이 문
을 함부로 연다고 야단친다. 간난이는 선비의 친한 친구였다. 그러

나 지금은 정덕호의 첩이다. 선비는 망설이며 돈을 집지 못한다. 정덕호는 내일 와서 꿀을 가져다 어머니에게 드리라고 말하며 갔다. 선비는 정덕호의 후한 마음을 어떻게 해석하여야 좋을지 몰랐다.

이튿날 새벽에는 첫째가 소태나무 뿌리가 약이라며 가져왔다. 선비의 어머니는 불안했다. 필시 선비 때문에 가져왔으리라. 그러나 첫째는 술 잘 먹고 사람 때리는 것으로 유명하다. 또 첫째의 어머니는 동네 남자들을 끌어들여 관계한다. 동네 사람들은 갈보라고 사람대우를 하지 않는다. 어머니는 첫째와 가까이하는 것을 꺼렸다.

선비는 첫째를 생각하며 얼굴을 붉혔다.

선비의 어머니가 죽고 선비는 정덕호의 집에 들어갔다. 정덕호 부부는 선비를 귀여워했다. 선비가 집안 일을 잘하였기 때문이다.

서울서 공부를 하고 있는 정덕호의 딸 옥점이가 신철이를 데리고 내려왔다. 정덕호 부부는 내심 신철이를 사윗감으로 인정했다. 신철이는 이 곳에 오던 날부터 선비를 눈여겨보았다. 빨래하러 가는 선비를 뒤쫓아가보고 싶기도 했으나 참았다. 선비의 자태를 생각하면 가슴이 뜨거워졌다. 신철이는 선비에게 마음을 전하지 못하고 서울로 떠났다.

정덕호 부부는 자주 읍네로 가더니 정덕호는 면장이 되었다.

정덕호는 비료값과 장리쌀값을 내지 못하는 농민의 논을 입도차압한다. 첫째는 농민들을 선동한다. 그 일로 주재소에 끌려간다. 혼이 난 농민들은 정덕호에게 용서를 빌고 오히려 첫째를 원망한다. 결국 첫째는 밭을 떼이고 만다. 그의 앞에 놓인 것은 캄캄한 암흑뿐이었다.

선비를 서울에 보내 공부시켜주겠다며 꼬이던 정덕호는 선비를 겁탈한다. 선비는 어서 이 집을 떠나고 싶은 마음뿐이다. 그러나 세상에는 더 무서운 것이 눈을 부릅뜨고 바라보는 것 같아 용기를 내지 못하고 짐보따리를 만지다가, 선비는 간난이를 생각했다. 한밤중에 간난이 집을 찾아갔다. 간난이 어머니는 덕호란 그 죽일 놈

이 간난이가 서울 가서 돈벌이를 한다니까 알아보려고 선비를 보냈
나? 아니면 이 애도 역시 간난이처럼 당하지 않았나? 하는 생각이
들었다.

선비는 간난이가 어디 있는지를 물었다. 덕호가 보낸 것으로 생
각한 간난이 어머니는 "글쎄 그 애 간 곳은 알아 뭘 하겠다니? 남의
딸의 일생을 망쳐놓고, 또 무엇이 부족해서 그런다더냐?" 선비는
자기의 일생도 덕호로 인해 망치게 되었다는 것을 깨닫고 분노가
치밀었다. 선비의 눈에는 눈물이 솟았다. 간난이 어머니는 '이것이
간난이 같은 경우를 당하였구나'라 생각하며, 간난이의 주소가 적힌
편지봉투를 꺼내주었다.

신철이는 노동자의 씩씩한 참동무가 되리라는 영웅심리에서 인천
으로 간다. 노동자들은 일터를 찾아가느라 분주했다. 새벽의 인천
은 노동자의 인천 같았다. 일인 감독의 고함치는 소리를 들으며,
신철이는 벽돌을 날랐다. 한 노동자가 "당신 일 처음 해보는구려,
미두에 손해봤구려"라며 일하는 법을 가르쳐준다. 미두에 손해보는
사람들이 가산을 탕진하고 노동시장으로 나오곤 하기 때문이다. 신
철이에게 일을 가르쳐주는 노동자가 첫째였다. 첫째는 신철이가 글
을 쓰는 것을 알고 면서기나 순사가 되지 왜 노동자가 되었느냐고
한다. 신철이는 "난 당신들이 하는 노동일이 부럽소"라고 대답한
다.

간난이에게 온 선비는 간난이와 함께 인천의 방직공장에 들어간
다. 감독은 여공의 장래를 위하여 외출을 불허하고 일의 능률을 올
리면 임금 이외에 상금을 주겠다고 말한다. 그러나 간난이는 감독이
여공들을 농락하는 것을 알고 있다.

"선비야! 우리를 부리는 감독과 그 뒤에 있는 인간들은 덕호보
다 몇천 배 더 무서운 인간이란다."

그렇지 않아도 선비는 자기만 바라보는 감독의 눈꼬리가 무서웠
다.

간난이는 밤에 몰래 종이조각을 돌린다. 감독이 한 말이 사실이 아님을 조목조목 적은 글을 여공들은 읽었다.

어느 날 간난이는 긴급지령을 받아서 밖에 나가야 한다고 했다. 선비는 밧줄을 붙들고 간난이를 담 너머로 내보냈다. 이튿날, 감독은 여공들을 불러다 위협하고 때리며 조사를 하였다. 선비도 불려가 조사받았다. 그 날 밤, 선비는 밖에서 무슨 일이 일어났기에 간난이가 나갔을까? 생각했다. 미지의 동지들은 어떤 사람들일까? 선비는 첫째를 만나보고 싶었다. 무엇보다도 계급의식을 전해주고 싶었다. 개인적으로 싸우지 말고 좀더 대중적으로 싸워야 한다는 것을 가르쳐주고 싶었다. 정덕호에게 정조를 빼앗겼을 때 울던 자신. 몇 번이나 죽으려 했던가? 그것이 얼마나 유치하고 어리석었던가? 오늘의 선비는 옛날의 선비가 아니라고 부르짖고 싶었다.

야근을 하던 선비는 실끝을 자꾸 놓쳤다. 이러다가는 또 벌금을 물게 된다. 쉬고 싶어도 쉴 수 없다. 선비는 기침을 하다가 피를 토했다.

감옥에 붙잡혀갔던 신철이는 사상전환을 하고서 풀려났다.

"동무! 신철이가 전향했다는 거시 그리 놀랄 것 없소. 소위 지식 계급이란 그렇지요. 신철이는 취직도 하고, 돈 많은 계집도 얻고 했다우"라는 말에 첫째는 낙심하였다. 간난이가 뛰어오며 첫째보고 빨리 가자고 한다.

"어제 밤 방직공장 여성동무가 병으로 해고되었대, 폐병……."

첫째는 동지와 함께 간난이를 쫓아가보니 선비였다. 어려서부터 그리워하던 선비. 이제는 죽어가고 있지 않는가?

첫째는 동지의 말이 생각났다. 그렇다! 신철이는 그만한 여유가 있다. 그 여유가 그로 하여금 전향을 하게 했다. 그러나 나는 어떤가? 과거에도, 현재에도 아무런 여유가 없지 않는가? 신철이는 길이 많다. 그것이 신철이와 내가 다른 점이었구나!

아내로 맞이하고 싶던 선비! 결국 시체로 눈앞에 놓였구나!

이 인간의 문제 ! 무엇보다 이 문제를 해결하지 않으면 안 된다.
　　아직 이 문제는 풀리지 않았다.
　　앞으로 이 문제를 풀어갈 인간이 누굴까?


　사회의 계급적 모순은 해결되지 않았다고 말하면서 끝난다.
　계급적 모순은 전반부에서는 지주와 소작인의 대립을 그리고 있다. 지주는 횡포를 부리며 소작인의 딸까지 유린한다. 소작인들은 지주의 횡포에 대항할 힘이 없다. 농민들은 지주의 횡포에 순응하거나 아니면 첫째처럼 농촌을 쫓겨나야만 한다. 정덕호에게 희생당한 간난이, 선비도 농촌을 떠나야만 했다.
　봉건 농촌사회의 모순을 그리고 있다.
　후반부는 사회구조의 모순에 투쟁하는 무산 노동자 계급을 그리고 있다. 일인 공장주와 감독들의 횡포를 그려 식민지 사회의 모순을 고발한다. 농촌을 떠난 농민들은 도시의 노동자가 된다. 수동적이고 피해자였던 농민의 아들딸들은 주체적인 의식을 갖게 된다. 지하조직에 가담하고 노동자의 현실에 눈뜨면서 인생관, 사회관이 바뀐다.
　선비는 유린당하면서도 피하지 못했던 과거의 자기를 어리석게 생각하며 새로운 인간으로 변모한다. 개인적인 반항이 아닌 집단적 대항으로 현실의 불의에 대결하려 한다.
　첫째는 무식한 노동자였다. 유산계급의 지식인인 신철이와 다르다는 것을 확고히 깨닫는다. 무식한 농민에서 각성한 노동자로 변신한다.
　신철이는 영웅심리로 노동자의 대열에 끼어들었으나 유산층의 안일한 생활로 돌아간다. 기회주의적 지식인이다.
　사회운동과 노동현장의 서술이 생생하다. 강경애는 노동의 체험을 하지 않았지만 투철한 사회의식을 지니고 작품을 썼다.

'무산자'와 '유산자'는 대립계급이다. 무산계급을 위해 투쟁하는 노동운동가들은 '유식자 노동운동가'와 '무식자 노동운동가'로 나뉜다. 이들은 결코 한 길을 갈 수 없을까? 이 대립계급은 영원히 동반자가 될 수 없을까?

이것이 인간의 문제이다.

# 1920년대 희곡

    1920년대는 신극 초기 1910년대보다 더 많은 극작가들이 나타나 창작을 하였고, 연극이론도 소개되고, 신문학사에서 본격적인 희곡 문학이 시작되었다.

    1920년대 연극은 1910년대 신파극적인 요소에서 벗어나 근대극의 성격을 지녔다. 근대문학이 추구하는 인간의 자각과 개인의식이 나타난다. 극의 주제도 분명해지고, 여권신장과 자유연애와 결혼 등 사회적 문제의식이 적극적으로 표현되었다. 서구 연극이론의 영향을 받은 극작가들의 연극적 수법도 다양해지기 시작하였다.

    1920년 일본 유학생들을 중심으로 연극동인 단체인 '극예술협회'를 조직하고, 김우진, 조명희, 홍해성, 김영팔 등 회원들이 모여서 서구의 근대극을 연구하였다.

1921년 여름방학 동안 전국 순회공연을 하였다. 신파극에서 근대극으로 전환되는 계기가 되었다.

1921년에 이기세를 중심으로 '예술협회'가 결성되어, 원각사에서 윤백남의 「운명」, 이기세의 「희망의 눈물」, 김영보의 「정치삼매(情癡三昧)」가 공연되었다.

1923년 박승희, 김복진, 김기진, 이서구 등 동경 유학생들이 '토월회'를 조직하였다. 이상은 하늘(月)에 있고, 발은 땅(土)을 디딘다는 뜻이다. 이월화, 석금성, 복혜숙 등 여배우를 등장시켰고, 첫 공연작으로는 서구의 근대 단막극을 공연하였다. 또 김우진과 윤심덕이 현해탄에서 투신자살한 사건을 그린 박승희의 「사(死)의 승리(勝利)」를 공연하였다.

1925년에는 최초로 연극학교인 '조선배우학교'를 현철 등이 설립하였다.


1920년대 극작가와 작품은 다음과 같다.

윤백남은 하와이로 이민간 사람들의 사진결혼을 다룬 「운명」(1921), 「암혼」(1928), 「등대지기」, 「기연」, 「환희」, 「제야의 종소리」, 「영겁의 처」 등을 썼다.

김우진은 「이영녀」(1925), 「두더기 시인의 환멸」(1925), 「난파」(1926), 「산돼지」(1926), 「정오」 등 표현주의 극작품을 썼다.

조명희는 소설가이면서, 「김영일의 사」(1921년 공연), 「노파」(1923) 등의 극작품을 썼다. 1923년에 출판한 『김영일의 사』는 우리나라의 두번째 창작 희곡집이다. 동경 유학생인 김영일은 니체의 철학을 신봉하면서 독실한 기독교인이다. 지식인의 사상적 갈등과 빈부의 차를 그리고 있다.

김정진의 「4인의 심리」(1920)는 제1차 대전 직후에 영, 불, 미, 이 4대국의 거물급 정치가들이 모여 국제연맹을 결성한 이야기로 세계평화를 주제로 하였다. 그 외에 「15분간」(1924), 「기적 불 때」(1924), 「전변 (轉變)」(1925), 「잔설」(1927), 「그 사람들」(1927) 등을 썼다.

　김영보는 우리나라 최초의 창작 희곡집 「황야에서」를 1922년 발간하였다. 이 희곡집에는 「시인의 가정」, 「정치삼매」, 「연 (戀) 의 물결」, 「구리 십자가」, 「나의 세계로」 등 다섯 편이 수록되어 있다.

　박승희는 1922년 조직한 '토월회'를 이끌면서 한국 연극의 발전에 힘쓴 극작가이다. 2백여 편의 창작극, 번안극 등을 써서 공연했으나 지금은 몇 편만 남아 있다. 「길식이」(1923), 「고향」, 「이 대감 망할 대감」, 「아리랑 고개」, 「혈육」 등 일제 강점기의 암울했던 관객들의 눈물을 흘리게 한 신파적인 극들이다.

# 최초의 표현주의 극작가 - 김우진

김우진은 1897년 부잣집의 장남으로 전남 장성에서 태어났다. 와세다 대학 영문과를 졸업한 그는 시 40여 편과 희곡 다섯 편을 썼고, 동경 유학생들과 함께 '극예술협회'를 창립했다. 그는 1920년대 한국문학사에 선구적인 근대극 극작가로 남는다.

그는 윤심덕과 함께 현해탄에 몸을 던져 29세의 짧은 생을 마감한다(1926). 윤심덕은 「사의 찬미」로 유명한 가수이다.

김우진이 세상을 떠나고 한참 뒤, 그의 친구들이 김우진 유고집을 발간하려고 신문, 잡지 등에 실린 글들과 원고를 수집하였다. 그리고 출판 허가를 신청하였으나 받지 못했다. 뿐만 아니라 원고들을 압수당할지도 모른다는 생각에 출판을 포기하고, 언젠가 햇빛 볼날을 기다리며 감춰두기로 했다. 그의 문우들은 의논한 끝에 S선생이 근무하고 있던 학교의 교실 천장 뒤에 숨겨두었다.

그 후 해방이 되어 S선생은 김우진의 아들에게 원고를 넘겨주었다. 그의 아들은 6·25전쟁시에도 소중히 간직하였다. 그러나 그의 아들은 김우진과 윤심덕의 정사가 하나의 흥밋거리로 세상 사람들의 입에 오르내리는 것을 꺼려해서 작품집을 출판하기를 미루고 있다가 1983년에야 「김우진 전집」이 나오게 되었다.

다섯 편의 희곡 중 「정오」가 첫작품이지만 정확한 창작연대는 알수 없다. 「이영녀」(3막), 「두더기 시인의 환멸」(1막)이 1925년에, 「난파」(3막), 「산돼지」(3막)가 1926년에 씌어졌다.

그는 한국 희곡사에서 최초로 서구의 근대극을 연구하고 자연주의와 표현주의극을 창작하였다.

「이영녀」는 하층사회의 인물을 그리고 있다. 자연주의 계열의 극으로 여성의 문제를 다룬 사회문제극이다.

무대는 윗방에 이영녀네와, 아랫방에 포주 안숙이네가 살고 있는 집이다.

### 이영녀

이영녀가 돈을 벌러 간 사이, 두 남매가 돈 한 냥을 가지고 싸우는 것으로 시작된다. 남편은 어디론가 가버리고, 어린 삼남매를 키우는 이영녀는 몸을 팔며 살아간다. 포주 안숙이가 아이들을 달랜다.

이영녀가 돌아와 "이 세상에 돈을 벌어야지"라며 팔자한탄을 한다.

이영녀 — 원수의 돈! 원수의 돈! 내가 그래 개만도 못하오. 나 싫다는데, 왜, 왜!

안숙이네 — 에이 망할 년! 내일이라도 방 내놓고 빚 내놓고 나가면 그만 아니야. 널더러 누가 빚지라고 하드냐? 지저분한 년이 주제넘다 주제넘다 함께 이제 별짓을 다하려고 드는구나. 아니꼬운 년!

이영녀는 아무리 몸을 팔지만 개 같은 짓은 안하겠다고 한다. 포주인 안숙이는 그러면 빚을 갚고 나가라고 한다. 그 때 형사가 나타나 이영녀를 매음으로 체포한다.

2막은 구금되었다가 나온 이영녀의 새 생활이다.

목포 갑부이며 세도가인 강 참사 행랑방에 사는 이영녀는 강 참사의 면화공장에 여공으로 다닌다. 강 참사는 이영녀에게 몸을 요구하지만 이영녀는 싫다고 한다.

남편의 친구가 와서 떠돌던 남편이 객사했다는 사실을 알려준다. 이영녀는 결국 강 참사네 집에서 쫓겨난다.

3막에서 이영녀는 유달산 밑 빈민굴에 산다. 억센 노동자인 새 남편과 살고 있다. 그러나 이영녀는 병이 들어 앓아누워 있다.

명순 ─ 밤에 어머니가 끙끙 앓을 때마다 달려들어서 그놈의 자식을 찔러 죽이고 싶어요. 어쨌다고 사내들은 여편네만 보면 그리 못살게 한다요.

기일이네 ─ 그랑께 사내놈들은 염라국에 들어가면 죄 없는 놈이 없단다. 그저 사내란 사내는 말케 잡아다가 동해 바다 물 속에 집어 넣어도 이가 닥닥 갈리지.

이영녀의 딸과 이웃집 여인의 대화에서 결국 이영녀는 남편의 학대로 병들고 가난으로 죽어가고 있다는 것을 알 수 있다. 이혼해버리면 그만이지 왜 저런 놈하고 사는지 모르겠다고 명순이는 말한다.

이웃집 여인은 남편을 한번 얻어놓으면 궂든 좋든 살 수밖에 없다고 말한다.

「이영녀」를 자연주의 계열의 작품이라 하는 이유는, 이 작품이 남자의 욕정과 폭력에 생명을 잃어가는 여인의 숙명을 그리고 있기 때문이다. 가난 때문에 매음을 할 수밖에 없는, 남자의 폭력 앞에 무력한 여인, 이러한 숙명적 환경에서 벗어날 수 없는 여인을 그리고 있다. 작중 등장 인물 중 대부분의 여인들은 이러한 신세를 한탄만 하고 있지, 자기의 운명을 개척하려는 의지는 없다. 가난으로 침몰하는 여인들의 삶이다. 이영녀의 딸인 명순이만이 자기의 운명에 저항하려는 의지가 엿보인다.

창녀, 포주, 노동자, 식모 등 하층계급의 비천한 신분이다. 유일하게 돈 많고 세력 있는 인물인 강 참사는 가난한 자를 착취하고 이용한다.

「이영녀」는 일제 강점기의 사회적 부조리와 가난의 문제를 다루고 있다.

부잣집의 장남으로 부유했던 김우진은 「이영녀」를 통해 가난과 매음으로 찌들린 삶을 조명하고 있다.

김우진은 경제적으로는 안정되었을지라도 가정환경은 복잡하였다. 김우진은 어려서 어머니가 돌아가셨다. 첫번째 부인을 잃은 아버지는 새부인을 얻게 된다. 김우진은 여러 명의 계모와 배다른 동생들 속에서 자랐다. 김우진은 복잡한 가족관계에 괴로워했다. 또 19세에 부친의 뜻에 따라 사랑 없는 구습결혼을 하였다. 김우진은 이러한 가정의 울타리로부터 날아가기를 꿈꾸는 시인이었다.

일본에 유학하고 돌아온 후, 연극활동에 참여한다.

1926년 집을 나가 동경으로 갔다. 마지막 작품인 「산돼지」를 쓰고 집을 떠난 지 두 달 만에 현해탄에 투신자살한다.

그의 극작품을 읽으면 그가 얼마나 삶에 갈등을 느끼며 괴로워했는가를 알 수 있다.


「난파」는 집을 떠나기 직전에 쓴 작품이다.

원고 겉장에는 제목과 독일어로 '3막으로 된 표현주의 극'이라고 썼다. 그러니까 「난파」는 표현주의 극을 의식하고 썼다. 한국문학에서 아직 현대적인 극이 발달하지 않았을 때, 김우진은 일찍 현대 표현주의 극작법에 눈떴다는 것을 알 수 있다.

### 표현주의란?

　표현주의는 사실주의에 반발해서 일어난 문예사조이다. 사실주의는 현실을 그대로 재현하려고 했다. 사실주의 극은 우리와 똑같은 인물들이 우리가 살고 있는 모습 그대로를 무대 위에 펼쳐놓는다. 사건, 갈등도 원인과 결과에 따라 전개된다.

　그러나 표현주의 극은 현실을 그대로 재현한다는 것 자체가 있을 수 없는 일이라고 본다. 표현주의는 인간의 행동, 욕망 또는 심리의 한 부분들을 강조하여 표출하고 있다.

　「난파」는 유교사회와 복잡한 가족관계 속에서 현대적인 서구사상에 눈뜬 젊은 시인의 정신적 갈등을 그리고 있다. 자전적 요소가 강하다.

　제목 '난파'는 젊은 시인의 정신적 파멸을 상징하는 것이다.

　등장 인물들은 시인, 아버지, 동생, 배다른 동생, 악귀, 신주(망령), 의사, 친구들, 어머니, 흰옷의 여인, 제 1계모(망령), 제2, 3, 4 계모 등이다. 이 인물들은 사실적인 인물이 아니고, 인간의 관념을 의인화한 것이다.

### 난파

　　1막의 첫장면
　　모 − (흰옷, 유령처럼 점점 자세가 나타나며 걸어온다.) 아들아, 내가 너를 낳고 제일 미워하는 아들아.
　　시인 − (발가벗고 창백한 몸으로 나타나며) 흥, 제일 미워한다면서 왜 그리 자주 불러내슈.

위에서 볼 수 있듯이 사실주의 극과는 분위기가 다르다. 첫장면은 아들인 시인과 어머니가 만나서 다투는 것으로 시작한다.

어머니는 누구인가?

이러한 대화에서 볼 때 사실적인 모자관계는 아니다. 이것은 표현주의에서 쓰는 수법으로 인간의 욕망이나 내면세계의 어떤 관념을 의인화하여 표출하는 것이다. 예를 들어 인간의 비열한 심성을 드러내기 위해 '거지'를 등장시키고, 야수적 욕망을 표현하기 위해 동물로 분장을 하기도 한다.

「난파」에서 어머니는 무엇을 상징할까? 젊은 시인이 굴레로 여기는 전통적인 봉건윤리이다. 또는 시인이 절망적으로 느끼는 시인이 태어난 모국이다. 시인이 어머니를 부정할 수 없듯이 봉건적 윤리와 모국은 벗어던질 수 없는 굴레이다.

아버지는 우리 조선 사람들은 효를 근본으로 여긴다며, 시인을 불효자라고 욕한다. 아버지는 젊은 시인과 대립되는 전통적 보수주의자다. 아들을 사랑하지만 아버지는 보수적인 기성세대이고, 아버지를 동정하지만 아들은 전통적 윤리의 희생자이기를 거부하고 있다.

악귀, 신주 등은 조상들의 환영으로 구습의 굴레이다.

2막 2장에 '비비'라는 여인이 나온다.

> 비비 — 글쎄, 나 모양으로 지금이라도 인연을 끊어버려요. 그러면 날보고 달아듯이 당신에게 어머니 권리를 못 내두를 테니까.

비비는 시인에게 어머니와 인연을 끊으라고 한다. 이 말은 전통적 윤리, 가족으로부터 벗어나라는 뜻이다. 시인은 그럴 힘이 없다고 하지만 한편으로 또 꿈도 버릴 수 없다고 말한다.

3막에서,

> 모 - (나오며) 비비인가 바본가 웬 양고자년이 나오면 그애가 일변해지는구료. 제 어미는 모른 척하구.
> 부 - (따라나오며) 그러기에 여자란 요물이야. 동양사람의 창자가 길다니까. 남녀부동석이 아니냔 말야. 게다가 웬 서양년이?

비비는 3막에서 카르노메로 분장한다. 카르노메는 「리골레토」의 주인공이다. 카르노메는 시인의 사랑을 구한다.

"당신이 없었더면 난 비비가 되지 못했겠구료. 비비가 있었는지도 몰랐을걸. "

"나는 인제 습기 있는 땅으로 옮겨 심은 나무예요. 참, 양분 되는 습기를 마음껏 빨아들여야 해요. 살아야 합니다. 튼튼하게 씩씩하게 살아야 합니다"라고 비비는 말한다. 새로운 존재를 추구하고 있다. 비비는 새로운 존재로 변신하려 할 뿐 아니라 시인을 절망으로부터 구하려 한다. 그러나 시인의 부모는 둘 사이를 떼어놓으려 한다. 카르노메는 "죽을 때까지 당신의 어머니를 미워하겠다"며 사라진다. 어머니는 "내 품으로 들어오라"고 말한다. 시인이 카르노메를 부르고, 무대는 어두워진다.

표현주의 극은 사건의 인과관계가 없이 장면 장면이 나열된다. 문법에 맞지 않는 구절의 나열, 절규, 앞뒤가 맞지 않는 대사 등이 특징이다. 환상이나 그림자, 인형 등을 사용하기도 한다.

「난파」에서 시인의 절규와 고백 속에는 전통적 체제에서 벗어나 새로움을 추구하려는 김우진의 목소리가 담겨 있다. 젊은 시인과 아버지의 갈등을 통해 반전통적 · 반종교적 의식을 주제로 나타내고 있다.

「산돼지」를 살펴보자.

최 주사 댁은 원봉과 영순이라는 남매가 있다. 사실은 친남매가 아니다. 원봉의 아버지와 영순이의 아버지는 의형제를 맺은 사이였는데, 이들은 동학에 가담하였다가 원봉의 아버지가 붙잡혀 처형되고, 영순의 아버지는 도망가서 신분을 감추고 주사를 하면서 산다.

원봉이를 밴 어머니는 관군에게 욕을 당한다. 원봉이 어머니가 원봉을 낳고 죽자 영순이의 아버지는 친구와의 의리를 생각하여 원봉이를 데려다 친자식처럼 키웠다. 최 주사는 영순이를 낳은 지 얼마 후에 죽었다. 최 주사는 아내에게 원봉과 영순이를 부부로 맺어주라는 유언을 남겼다.

최 주사 댁은 원봉이와 영순이를 결혼시키면 친남매가 아니라는 사실이 알려지고, 또 동학의 유가족이라는 사실이 밝혀질까 봐 두려워한다. 지금까지 살아온 안정된 삶이 무너져서는 안 된다. 그래서 남편의 유언을 따르지 않는다.

원봉은 자신의 출생의 비밀을 알고 싶어한다. 원봉은 자신이 동학의 후예임을 알고, 아버지 뜻에 따라 사회개혁에 참여하는 것이 자신의 사명임을 의식한다. 그러나 현실은 그렇지 못하다.

원봉이가 잠들고 몽환 장면이 팬터마임으로 나타난다. 이것은 표현주의 수법이다. 몽환 장면은 동학란의 장면들이다. 어머니가 관군에게 끌려가며 뱃속의 애를 살려달라고 애원하는 장면들이 나타난다.

극중 대사에는 '산돼지'라는 말이 여러 번 나온다. 인간의 존재를 상징적으로 표현한 것이다.

"내 뜻을 받아 양반놈들 탐관오리들 썩어가는 선비놈들도 모두 잡아죽이고 내 평생 소원이던 원수를 갚지 않으면 산돼지 탈을 벗겨주지 않겠다."

"산돼지도 못 되고, 들돼지도 못 되고 그러니까 더욱 탈이지요."

"산돼지가 들돼지로, 들돼지가 집돼지로 진화하는 법은 있지만 집돼지가 들돼지로 퇴화하는 수가 있소? 한번 집돼지가 되어 구정물 얻어먹기 시작하면 영영 집돼지로밖에 못 있는 게야요."

「산돼지」는 울타리 안에 갇힌 집돼지로 살아가는 당대 지식인의 현실과 정신적 갈등을 그리고 있다.

### 강경애(姜敬愛. 1907~1943)

소설가. 황해도 장연 출생. 평양 숭의여학교에 다니다가 학생동맹사건으로 퇴학. 1931년 「파금」을 발표하여 등단하였다. 강경애의 문학세계는 경향파 문학이다. 가난하고 병든 현실을 그린 「지하촌(地下村)」(1936), 인천 공장에서의 노동운동을 그린 「인간문제」(1933) 등이 있다. 1931년 간도로 이주하여 이주자들의 궁핍한 현실, 일제 강점기의 암울한 현실을 그렸다. 간도에서의 좌익운동가를 그린 「원고료 2백 원」(1935) 이외에 「채전」, 「소금」 등이 간도의 체험을 그린 작품이다.

### 계용묵(桂鎔默. 1904~1961)

소설가. 평북 선천 출생. 1927년 단편 「최서방」, 「인두지주」로 문단에 나온 그의 초기문학은 경향파 문학이었다. 1935년 「백치 아다다」를 발표하면서 예술성을 중시하는 인생파 문학으로 바뀌었다. 그의 작품으로 「캥가루의 조상이」, 「유앵기」, 「별을 헨다」, 「바람은 그냥 불고」, 「병풍에 그린 닭이」, 「신사 허재비」 등이 있다.

### 김기진(金基鎭, 1903~1972)

소설가. 호는 팔봉(八峰). 충북 청원 출생. 일본 리쿄 대학 영문학부 수학. 감상적 낭만주의 경향이었던 '백조'파 동인으로 활동하였으나, 그와 박영희가 경향파의 선두주자가 되자 '백조'파는 해체되었다. 1925년 조선프롤레타리아예술가동맹(KAPF)이 결성되면서 김기진은 카프 맹원으로, 소설가, 평론가로 활약하였다. 카프 맹원들이 검거되고, 감옥에서 나온 후 전향하였다. 이 때 카프도 해체되었다. 1924년 발표된 「붉은 쥐」는 신경향 문학의 첫번째 작품이다.

### 김동인(金東仁, 1900~1951)

소설가. 호는 금동(琴童). 평남 평양 출생. 일본 명치학원 유학. 1919년 「창조」를 창간하고, 창간호에 「약한 자의 슬픔」을 발표하여 등단하였다. 「감자」(1925), 「발가락이 닮았다」(1931) 등은 자연주의적 사실주의 문학이고, 「배따라기」(1921), 「광염소나타」(1930), 「광화사」(1930) 등은 탐미주의적 경향, 「붉은 산」(1932), 「태형」(1922) 등은 민족주의 경향의 소설이다. 역사소설인 「대수양」(1931), 「젊은 그들」(1929), 「운영궁의 봄」(1933)이 있다. 그는 「근대소설고」(1929), 「춘원연구」(1935) 등의 글에서 이광수의 계몽문학을 비판하고, 목적을 위한 문학이 아닌 문학의 자율성을 주장했다.

### 김동환(金東煥, 1901~미상)

시인. 호는 파인(巴人). 함북 경성 출생. 일본 동양 대학 영문과 수학. 6·25때 납북. 1924년 우리나라 최초의 서사시 「국경의 밤」을 발표하였다. 1929년 종합지 『삼천리』와 순문예지 『삼천리 문학』을 발간하였다. 「북청 물장수」, 「산너머 남촌에는」 등의 시를 썼다. 서사시집으로 「우리 사남매」(1925), 「승천하는 청춘」(1926), 서정시집 「해당화」 등이 있다.

**김소월**(金素月. 1902~1934)

시인. 평북 곽산 출생. 본명은 정식. 배재고보 졸업. 1922년 스승 김억의 소개로 『개벽』에 「금잔디」, 「먼 후일」, 「진달래꽃」 등의 시를 발표하고, 많은 이들이 애송하는 시를 썼다. 그의 시 세계는 민요적 운율과 향토적 색채가 짙은 서정시로 이별의 정한을 읊은 것이 특징이다. 시집으로 『진달래꽃』(1925), 『소월시초』(1939) 등이 있다.


**김억**(金億. 1893~미상)

시인. 호는 안서(岸曙). 평북 곽산 출생. 6·25 때 납북. 1914년 『학지광』에 「미련」, 「이별」을 발표하였고, 1918년 『태서문예신보』에 「믿으라」, 「봄」, 「봄은 간다」 등 서정시를 발표하여 등단하였다. 신문학 초기에 『태서문예신보』에 서유럽의 시들을 번역, 소개하여 우리 문단에 새로운 영향을 주었다. 김소월의 스승으로 유명하다. 최초의 번역시집인 『오뇌의 무도』(1921)를 발간하였고, 최초의 개인시집 『해파리의 노래』(1923)를 출판하였다. 『안서시집』(1929), 『민요시집』, 『지새는 밤』 등의 시집이 있다. 그의 시 세계는 초기에는 서구적 상징주의의 시를 썼으나, 뒤에는 정형률을 살린 민요시를 썼다.


**김우진**(金祐鎭. 1897~1926)

극작가. 전남 장성 출생. 한국 근대극의 선구자. 일본 도쿄 유학생들을 중심으로 1921년 조직된 연극단체인 '극예술협회' 회원으로 활동. 표현주의 극을 썼다. 극작품으로 『정오』(연대 미상), 「이영녀」(1925), 「두더기 시인의 환멸」(1925), 「난파」(1926), 「산돼지」(1926) 등을 썼다.


**나도향**(羅稻香. 1902~1926)

소설가. 1922년 『백조』 창간호에 「젊은이의 시절」을 발표하여 문단에 나왔다. 「환희」(1922)를 『동아일보』에 발표. 「벙어리 삼룡이」(1925), 「뽕」(1925), 「물레방아」(1925) 등이 있다. 그의 문학세계는 초기에는 감상적 낭만주의였으나 후에는 사실주의로 바뀌었다.


### 박영희(朴英熙. 1901~미상)

시인, 소설가, 평론가. 호는 회월(懷月). 서울 출생. 1922년 '백조' 동인으로 등단하여 탐미적이고 상징적인 서정시 「꿈의 나라」, 「월광으로 짠 병실」을 발표하였다. '백조'에서 경향파로 전향하고, 곧 1925년 조선프롤레타리아예술가동맹인 카프(KAPF)를 조직하여 활동하였다. 뒤에 전향하였고, 6·25 때 납북되었다. 그의 작품으로 「사냥개」, 「정순이의 설움」 등이 있다.


### 백신애(白信愛. 1908~1939)

소설가. 경북 영천 출생. 대구사범 졸업. 1929년 단편 「나의 어머니」가 「조선일보」에 당선되어 등단하였다. 강경애의 「지하촌」과 백신애의 「적빈」(1934)은 맨살을 드러낼 정도로 가난한 삶을 살아가는 어머니의 모습을 그린 것이 충격적이다. 「꺼래이」(1933)에서는 살길을 찾아 러시아로 유랑하는 조선인의 모습을 그렸다. 이 외에 「정현수」(1935), 「악부자」(1935), 「광인수기」(1938), 「아름다운 노을」(1939) 등이 있다. 기행문으로 「나의 시베리아 방랑기」, 「청도기행」이 있다.


### 송영(宋影. 1901~미상)

소설가. 서울 출생. 배재고보 중퇴. 1923년 동경에서의 노동자 생활 체험이 그의 문학의 바탕을 이루었다. 카프에 가입한 후, 「용광로」(1926), 「석공조합대표」(1927), 「교대시간」 등을 썼다. 월북했다.


### 안국선(安國善. 1854~1928)

신소설 작가. 일본 유학. 동물을 의인화하여 인간을 비판하는 연설을 하는 우화소설 「금수회의록」 (1908) 이 대표작이다. 「금수회의록」에서 인간의 윤리적 타락, 개화파 인사들을 비판하고 있다. 최초 근대 단편집인 『공진회』 (1915) 에는 「기생」, 「인력거꾼」, 「시골 노인 이야기」가 실려 있다.

### 염상섭 (廉想涉, 1897~1963)

소설가. 호는 횡보(橫步). 1920년 『폐허』 동인으로 참여했다. 1921년 『개벽』에 발표한 처녀작인 「표본실의 청개구리」는 일제 강점기의 암울한 현실을 살고 있는 조선인을 표본실의 청개구리로 비유하였고, 주인공 '나'의 염세적 심리와 김창억의 이상심리를 그렸다. 최초의 자연주의 소설이라고 하는 「표본실의 청개구리」는 낭만적 요소를 벗어나지 못했으나, 「만세전」 (1924), 「삼대」 (1931), 「두 파산」 (1949) 등은 자연주의적 사실주의 작품으로 대표된다. 「만세전」, 「삼대」 등에서 일제 강점기의 현실을 잘 드러내고 있다.

### 유진오 (兪鎭午, 1906~1987)

소설가, 법학자. 호는 현민(玄民). 서울 출생. 경성제대 법학과 졸업. 1928년 『조선지광』 등에 작품을 발표하였다. 초기에는 「귀향」, 「여직공」 (1931) 등 동반자 작가로 빈민계층의 삶과 노동자의 문제를 다루었다. 프로 문학이 퇴조하던 시기에 쓴 그의 대표작 「김강사와 T교수」 (1935) 에서 현실과의 타협문제로 갈등하는 지식인을 그렸고, 이후에는 작품의 경향이 바뀌어 「창랑정기」 (1938) 같은 감상적 작품을 썼다.

### 이광수 (李光洙, 1892~1950)

소설가. 호는 춘원(春園). 평북 정주 출생. 일본 와세다 대학 졸업. 「기미독립선언서」를 낭독한 33인 중 한 명이다. 신문학의 개척자. 최남선과 함께 언문일치의 신문장운동을 전개하여, 한국문학사에서 초기의 신문학기를 최남선, 이광수 2인문단시대라고 하기도 한다. 1910년 단편 「어린 희생」, 「무정」을 발표. 1917년 최초의 근대 장편소설 「무정」을 『매일신보』에 연재하여 인기를 얻었다. 1917년 「소년의 비애」, 「어린 벗에게」 등 단편을 쓰기 시작하였고, 1918년 「개척자」 등의 장편이 있다. 「신생활」, 「자녀 중심론」, 「민족개조론」 등의 논설이 있다.

소설과 논설에서 봉건사회, 한국의 전통적인 가족제도, 결혼제도를 비판하고 신윤리와 자유연애를 부르짖었다. 그의 문학을 계몽문학이라고 한다. 농촌계몽운동을 고취하기 위하여 『동아일보』에 연재한 「흙」(1932)은 심훈의 「상록수」와 함께 농촌계몽문학으로 대표된다.

「유정」(1933), 「사랑」(1938) 등은 인도주의를 바탕으로 이상주의 애정관을 그렸다. 불교사상을 바탕으로 하는 「재생」(1924), 「이차돈의 사」(1934), 「원효대사」(1940) 등이 있고, 역사소설 「마의태자」(1926), 「단종애사」(1929) 등이 있다.


### 이기영(李箕永. 1896~1984)

소설가. 호는 민촌(民村). 충남 아산 출생. 일본 세이소쿠 영어학교에 다님. 1925년 카프 맹원으로 활동하다가 투옥되었다. 해방 후 조선프롤레타리아예술가동맹을 조직하였다가 월북하였다. 「민촌」(1925)은 일제 강점기 농민들의 참상을 그린 작품으로 그의 호는 여기서 따왔다. 그의 작품으로 「농부 정도령」(1924), 「가난한 사람들」(1925), 「쥐 이야기」(1926), 「홍수」(1930) 등이 있고, 월북하여 쓴 「땅」(1948), 「두만강」(1954) 등 장편이 있다.


### 이상화(李相和. 1901~1943)

시인. 호는 상화(尚火). 대구 출생. 도쿄 외국어대학 불어과 졸업. 1921년 '백조' 동인으로 가담하여 「말세의 희탄」(1922), 「단조」, 「나의 침실로」(1922) 등을 발표하였다. 그의 시 세계는 초기에는 낭만적·감상적이며 탐미적 경향의 시를 썼으나 후에는 민족의식을 바탕으로 하는 경향파적 특징을 지녔다. 당시 '백조'파는 감상적 낭만주의로 '밀실' 공간을 특징으로 한다. '백조' 동인인 김기진과 박영희가 신경향파로 전향하면서 '백조'는 해체되었다. 이 때 이상화도 경향파로 시 세계가 바뀌면서 「빼앗긴 들에도 봄은 오는가」(1926)를 썼다. 그의 시는 백기만이 엮은 『상화와 고월」에 16편이 수록되어 있다.


### 이인직(李人稙. 1862~1916)

소설가, 언론인. 호는 국초(菊初). 일본 유학. 1906년 『만세보』 주필을 지냄. 1906년 최초의 신소설인 「혈의 누」를 『만세보』에 연재하였다. 「혈의 누」는 청일전쟁 때에 아버지와 어머니를 잃은 옥련이가 일인의 양딸이 되어 일본으로 갔다가, 다시 미국으로 공부하러 가는 이야기로 신교육, 새로운 결혼관을 보여주는 신소설이다. 1908년 '원각사'에서 신소설 「은세계」를 공연하고, 신극 운동을 전개하였다. 작품으로 「혈의 누」(1906), 「귀의 성」(1906), 「치악산」(1908), 「은세계」(1908), 「모란봉」(1913)」 등의 장편과 단편 「빈선랑의 일 미인」이 있다.


### 임화(林和. 1908~1953)

시인이며 프롤레타리아 문학이론가. 본명은 인식. 서울 출생. 보성고보 중퇴. 카프(KAPF) 중앙위원회 서기장을 지냈고, 카프파 이론가로 대표된다. 1929년 「네거리의 순이」, 「우리 오빠와 화로」 등의 단편 서사시를 발표하면서 카프파의 대표적 시인으로 활동하였다. 1930년을 전후하여 카프파 동맹원으로서, 8·15 직후에는 조선문학가동맹을 결성한 좌익 문학운동의 주도자이다. 해방 후 월북하여 활동하다가 반동분자로 처형되었다. 시집으로 『현해탄』(1938), 『찬가』(1947) 등이 있고, 문학론, 영화론 등의 저술이 있다.


### 전영택(田榮澤. 1894~1968)

소설가이며 목사. 호는 늘봄. 평양 출생. 일본 아오야마 학원 문학부와 신학부 졸업. 김동인, 주요한 등과 동인지 『창조』를 발간했다. 1919년 『창조』 창간호에 「혜선의 사」를 발표하여 등단하였다. 『창조』 2호에 「천치? 천재?」를 발표했다. 그의 작품세계는 사실주의 문학으로 인간애가 드러나는 인도주의 정신을 깔고 있다. 「화수분」(1925), 「소」(1947), 「하늘을 바라보는 여인」, 「크리스마스 전야」

등을 썼다.


### 조명희(趙明熙. 1894~1942)

소설가, 극작가. 호는 포석(抱石). 충북 진천 출생. 1928년 소련으로 망명하여 그 곳에서 활동. 카프 맹원이었고, 그의 작품은 망명하기 전에 씌어졌다. 작품으로는 「땅속으로」(1925), 「농촌 사람들」(1927), 「한 여름밤」(1927), 「낙동강」(1927) 등이 있다. 「낙동강」은 사회주의 혁명 사상을 부르짖는 카프 문학의 대표작이다. 그의 희곡 창작집으로 『김영일의 사』(1923)가 있다.


### 조일재(趙一齋. 1863~1944)

극작가, 신소설 작가. 본명은 중환(重桓), 호는 일재(一齋). 그는 윤백남 등과 극단 '문수성'을 창립하고, '혁신단'과 '민중극단'에서 활동하였다. 우리나라 최초의 근대극인 「병자삼인」(1912)을 『매일신보』에 연재하고 공연하였다. 심순애와 이수일의 사랑을 그린 번안극 「장한몽」을 공연하였다.


### 주요섭(朱耀燮. 1902~1972)

소설가. 평양 출생. 1921년 단편 「추운 밤」을 『개벽』에 발표하여 등단하였다. 초기에는 경향과 문학으로 대표작인 「인력거꾼」(1925)이 있다. 뒤에는 「사랑 손님과 어머니」(1935), 「아네모네의 마담」(1936), 「추물」(1936) 등 휴머니즘적인 사실적 문학이었다.


### 주요한(朱耀翰. 1900~1979)

시인. 평양 출생. 상해 호강 대학 졸업. 1919년 1월 「봄」, 「시내」, 「샘물이 혼자서」 등을 『학우』에 발표하였다. 동경 유학생인 김동인과 함께 한국 최초의 문예 동인지 『창조』를 1919년 2월 발간하였다. 『창조』 창간호에 발표된 「불노리」는 우리나라 최초의 자유시로 평가되고 있다. 그는 우리의 현대시 형성에 선구적인 역할을 하였으며, 초기에는 상징적인 시를 썼고, 후기에는 민요시를 썼다. 시집으로 『아름다운 새벽』(1924), 시조집 『봉사꽃』(1930) 등이 있다.

### 최남선(崔南善. 1890~1957)

시인. 호는 육당(六堂). 서울 출생. 일본 유학. 1919년 3 · 1운동 당시 『기미독립선언문』을 기초한 민족대표 33인 중의 한 명이다. 우리나라 최초의 잡지인 『소년』을 1908년 창간하고, 신문화 운동을 하였다. 『소년』이 폐간당하자, 다시 『아이들 보이』(1913), 『청춘』(1914) 등의 잡지를 발간하였다. 출판사 '신문관'을 설립하고 고대소설과 교양도서, 신체시집 등을 출판하였다. 최초의 신시인 『해에게서 소년에게』(1908), 「경부철도가」 등 많은 신체시가 있다. 「심춘순례」, 「백두산 근참기」, 「금강예찬」 등의 산문에서 우리의 국토를 사랑하는 마음을 남겼다. 시조집 『백팔번뇌』(1926)와 시조를 편저한 『시조유취』(1928)가 있다.

### 최서해(崔曙海. 1901~1932)

소설가. 본명은 학송. 함북 성진 출생. 국민학교를 중퇴하고 간도 지방에서 유랑생활을 하였다. 1924년 『조선문단』에 「고국」을 이광수의 추천으로 발표하면서 등단하였다. 그의 작품으로 「탈출기」(1925), 「박돌의 죽음」(1925), 「큰물 진 뒤」(1925), 「홍염」(1927), 「기아와 살육」(1925) 등이 있다. 「탈출기」에 나오는 이야기는 그 자신이 간도에서 머슴 일도 하고 두부상수, 나무장수 등 여러 일을 직접 체험한 것들이다. 그래서 그의 문학을 빈궁문학이라 한다. 최서해 문학은 첫째, 직접 체험에서 씌어졌다는 것이 특징이다. 그래서 그의 문학을 체험문학 또는 소재문학이라 한다. 둘째, 가난과 방화, 살인이 나타난다. 가난으로 학대받고 모멸받는 삶을 살며, 결말에서 분노로 방화와 살해를 저지르며 끝난다. 그의 문학에 나타나는 분노는 사회구조의 모순에서 발생한다는 무산계급에 대한 각성이다. 이러한 결말은 신경향파 문학의 특징이다. 다른 신경향파 작가인 박영희, 김기진 등과 비교할 때, 그들은 체험에서가 아니라 이론에서 출발하여 관념적인 데 비해 최서해는 자신이 직접 체험한 빈궁에서 비롯된 기록이다.


### 한설야(韓雪野, 1901~미상)

소설가. 본명은 병도. 호는 설야, 필명으로 만년설도 썼다. 함남 함흥 출생. 중국과 일본에서 학교를 다님. 1925년 「그날 밤」을 이광수의 추천으로 『조선문단』에 발표하였다. 1927년 카프에 가입. 해방 후 월북하여 활동하다가 1962년 숙청당하였다. 부유한 지주 출신으로 만주의 탄광에서 노동생활을 하면서 사회주의 의식을 확고히 했다. 「계급대립과 계급문학」, 「계급문학에 관하여」 등 부르주아 문학을 비판하고 계급주의 문학을 주장하는 글을 썼다. 그의 작품으로 「과도기」(1927), 「씨름」(1929), 「대동강」(1954) 등이 있다.


### 한용운(韓龍雲, 1879~1944)

시인, 독립운동가, 승려였다. 본명은 유천, 법호는 만해, 용운은 법명이다. 충남 홍성 출생. 한학을 배우고 동학과 의병에 가담하여 활동하다가 설악산 백담사로 피신하였다. 불문에 들어가 중이 되었다. 1919년 3·1운동 때 민족대표 33인 중한 명으로 독립선언서에 서명하였다. 그는 임을 노래하였으며 한용운의 임은 사랑하는 임, 조국, 부처 등 다양한 존재이다. 그의 시 세계는 일상적 논리를 넘어선 색즉시공(色卽是空) 등 불교적 진리를 바탕으로 하고 있다. 시집으로 「님의 침묵」(1926), 소설로 「흑풍」이 있다.


### 현진건(玄鎭健, 1900~1943)

소설가. 호는 빙허(憑虛). 대구 출생. 중국 호강 대학 독일어 전문부 수료. 동아일보 사회부장으로 있을 때, 손기정 선수의 사진에서 일장기를 말살하여 투옥되었다. 1920년 『개벽』지에 단편 「희생화」를 발표하여 등단하였다. 김동인, 염상섭 등과 사실주의 문학을 확립하였다. 초기에는 자신의 신변 이야기를 쓴 사소설(私小說)로 가난한 소설가와 아내가 등장하는 「빈처」(1921), 「술 권하는 사회」(1921),

「타락자」 등을 썼다. 뒤에는 자연주의 계열의 「B사감과 러브레타」(1924)와 「불」(1925) 등이 있고, 사실주의 계열의 「운수 좋은 날」(1924), 「고향」(1922)이 있다. 역사소설인 장편 「적도」, 「무영탑」(1939), 「흑치상지」 등이 있다.

## 그물코 한국문학 ①

1995년 4월 15일 초판 1쇄 발행

지 은 이 - 한혜선
펴 낸 이 - 홍  석
펴 낸 곳 - 도서출판·풀빛
주     소 - 서울시 서대문구 북아현3동 176-87 능안빌딩 3층
              영업부/363-6972 편집부/362-8900 FAX/393-3858
출판등록 - 1979년 3월 6일 제8-24호

┌─────────┐
│  작가와   │
│  협의 아래 │
│  인지 생략 │
└─────────┘

© 1995 한혜선

● 값 5,800원 잘못된 책은 바꾸어 드립니다.

ISBN 89-7474-514-3